NIHAO,
LIU XIUQING

你好，刘秀青

时代出版传媒股份有限公司
安徽文艺出版社

何荣芳 ◎ 著

何荣芳，2015年开始小说写作，中短篇小说散见于《小说选刊》《北京文学》《清明》《雨花》《安徽文学》《野草》《青春》《山东文学》《广州文艺》等杂志。长篇小说《你好，刘秀青》入选"安徽省中长篇小说精品工程"。

安徽省中长篇小说精品工程丛书

你好，刘秀青

何荣芳 ◎ 著

时代出版传媒股份有限公司
安徽文艺出版社

图书在版编目（CIP）数据

你好，刘秀青/何荣芳著.--合肥：安徽文艺出版社，2021.6
（安徽省中长篇小说精品工程丛书）
ISBN 978-7-5396-7170-3

Ⅰ．①你… Ⅱ．①何… Ⅲ．①长篇小说－中国－当代
Ⅳ．①I247.5

中国版本图书馆 CIP 数据核字(2021)第 035034 号

出 版 人	：段晓静		
责任编辑	：张妍妍	姚爱云	装帧设计：张诚鑫

出版发行：时代出版传媒股份有限公司　www.press-mart.com
　　　　　安徽文艺出版社　www.awpub.com
地　　址：合肥市翡翠路 1118 号　邮政编码：230071
营 销 部：(0551)63533889
印　　制：安徽新华印刷股份有限公司　(0551)65859551

开本：710×1010　1/16　印张：17.75　字数：300 千字
版次：2021 年 6 月第 1 版
印次：2021 年 6 月第 1 次印刷
定价：56.00 元

（如发现印装质量问题，影响阅读，请与出版社联系调换）
版权所有，侵权必究

目　录

上卷／001

下卷／155

上卷

1

　　刘秀青想买一件连衣裙,她要穿给雷伊鸣看。

　　那是一条橘黄色亚麻布料的裙子,泡泡袖,小圆领,腰间穿了一根紫色的细带子。上个月她去给蒋安琪做家教时,路过步行街的一家名叫"伊人丽影"的服装店,它就套在模特的身上,向日葵似的亮着,一下就撞进了刘秀青的眼睛里,钻进了她的心坎里。伊人丽影,这名字她也喜欢。

　　人生就像一张早已绘好的草图,由生到死,其间经历春夏秋冬。你能做的只不过是用生活的细节去让它生动起来,用不懈的努力做一些改变。你却无法知道它的结构。这张草图有时平庸得就像一条直线,让人一眼就能看到头;有时又异峰凸起,每一个拐角处都藏着出人意料的变故,或让人措手不及,或让人大喜过望。刘秀青觉得,雷伊鸣和这条橘黄色的裙子,都是她人生拐角处的惊喜。

　　那以后,她每次路过伊人丽影,都会迫不及待地去寻找橱窗里的那抹橘黄,生怕那朵"向日葵"被人摘走了。只要看见它还亮在橱窗里,她的小心脏便安定下来。人走远了,还要扭回头来,目光被它拽着。

　　今天给蒋安琪上完辅导课,拿到一个月的工钱,刘秀青就直接奔向了伊人丽影。但一看它的标价牌,她就傻了,265元?对于一直被穷困挤压的她而言,这无疑是一个庞大的数字。失望和无奈凝聚在她的眼睛里,挂在她长长的睫毛上。她拖着沉重的双腿沮丧地走出伊人丽影服装店。

刘秀青坐到伊人丽影服装店对面的街心公园发呆,六月的阳光从繁茂的枝叶缝隙里洒落到她身上,依然有灼人的热度。她抬眼看它们,它们像金子一样晃得她眼睛睁不开。但它们不是金子。它们是老天爷的眼睛吗?以前受穷困挤压时,她会向老天爷祈祷:老天爷,你帮帮我。但老天爷一次也没有帮她。

刘秀青在街心公园里坐了一个多小时,咕咕唱歌的肠胃提醒她该回学校了。她不甘心就这样回去,又转回到伊人丽影服装店。她捏了捏那件橘黄的裙子,糙糙的,料子不是很好。真要200多元?拿起价牌翻来覆去地看,可不是明明白白地标了265元吗?她看看坐在柜台后玩电脑的老板娘,又看看橱窗里的衣服,欲言又止,转身勾头慢慢朝店门口走去。

"想买可以便宜点。"看似漫不经心的老板娘,从电脑后面伸出头来。刘秀青站住了,不好意思地看着老板娘,犹犹豫豫的,兜里的银子跟衣服的标价差距太大,她开不了杀价的口。

"过来试试吧。"老板娘已经从柜台后面转出来了。老板娘看上去五十多岁,微胖,脸上的肌肉板结着,没有笑意,但说话的口气还算温和,目光也还柔软。刘秀青红了脸,细语道:"我钱不够。"

"200块有吧?200块你拿去。"说话间,老板娘已经把模特身上的那件橘黄色连衣裙褪了下来,递给刘秀青,指指柜台旁边的布帘,叫她进去试试。

"能不能再让点?"

"已经是亏本价了,再让我折得裤子没的穿。"

"我钱不够。"刘秀青这回声音提高了一点点,不好意思地强调着。

"那你明天来吧,回家跟爸妈再要点。"老板娘显然已经失去了耐心,准备把手上的衣服重新给模特穿上。

"我没有爸妈。"刘秀青低了头轻声嘀咕道,转身朝服装店的玻璃门走去。

老板娘一愣,看面前的小姑娘也不像是个会撒谎的人。

"那你有多少钱?"

刘秀青再次站住，取下黑色双肩包，拉开拉链，从里面摸出160元钱来，一个月四节辅导课挣的钱全在这了。最终老板娘只收了她150元，刘秀青抱着这件橘黄色的连衣裙，揣着10元人民币，欢天喜地地回到了市一中高二女生的宿舍。这是她有生以来第一次买到的连衣裙。

周末，室友们都回家了。只有她一个人是"常驻大使"。叔叔打过几次电话，叫她周末回去，她不想看到婶婶那张黑黑的垮脸，借口作业太多婉拒了。周末一个人待在宿舍里，安静是安静多了，但孤独和无助感也雾霾似的袭过来。自从同桌许文给她找了个课外兼职，让她给初三女生蒋安琪做家教，那种孤独无助感才缓解了些。

刘秀青迅速脱掉被许文戏谑为"老面孔"的T恤衫和牛仔裤，这些"老面孔"都是堂姐刘枝枝穿过的，室友柳莎莎毫不客气地称它们为"废物利用"。刘秀青笨拙地套上了连衣裙。宿舍里没有穿衣镜，但吴佳的那面塑料框的圆镜还留在桌面上。她一只手拿着镜子，镜子黄灿灿地亮起来。随着镜子的上下移动，她看到了自己柔细的身姿，恰是一棵清新的翠竹。那根紫色的细腰带稍微收一收，她的身子便显得婀娜起伏了。她看到了自己秀气的瓜子脸上泛起了一层润红，不大对称的杏仁眼里溢满了惊喜。她朝镜子里的自己吐了吐舌头，圆圆的鼻头俏皮地从镜子里退出。

衣服现在不能穿。雷伊鸣说，他高考完就会来学校看她。她屈指算了算，一考完就来的话，还有十多天。十多天后，她再穿上这件橘黄色的连衣裙，把那个日子穿出节日的味道来。对了，到时候要不要再抹点口红？许文有口红，淡淡地抹一点就好，不能抹得像吴佳那样，夸张地妖艳，不是显得没见过世面的土气，就是显得暧昧的狐气。她把镜子拖到面前来，翘起嘴唇端详，看见的是一抹健康的红艳。她决定还是不涂口红为好，免得雷伊鸣错把她当成骨子里闷骚的女生。

刘秀青把裙子脱下，叠好，踮起脚打开床铺上面的行李箱，把它放在别的衣服上面，轻轻抚平，这才心满意足地坐下。往事像潮水一样——漫上记忆的堤坝。

和雷伊鸣相识完全是一个偶然,但刘秀青愿意把这看成是命中注定的。如果不来市一中读书的话,怎么能遇到雷伊鸣呢?刘秀青进市一中读书颇费了一番周折哩。

刘秀青是以全区第二的中考成绩被市一中录取的。考上市一中对她来说不是什么意外的惊喜,所以拿到录取通知书时,她心里惦记的是上高中的学费。她在录取通知书的附件里,看到高一新生学费、书本费还有军训费等,总计要1400多元,心便沉甸甸的了。

那天她心事重重地回到叔叔家,发现家里来了两位客人。一位是头发花白、五十开外的长者,一位是玲珑娇小的年轻女子。他们和婶婶谈得正投机,婶婶扁平的小圆脸像四月的杜鹃花绽放开来,颧骨上那片黄褐斑像块被风扯动的旗子,欢快地起舞着。婶婶见她回来了,忙招呼她过去,指着两位客人说:"这两位是市二中的教导主任和老师,他们想叫你去他们学校读书。"

两位老师叫刘秀青坐下,把显然已跟婶婶说过的话又对她说起:他们希望刘秀青能去二中上学,直接进实验班,免除所有的学费和住宿费,另外每学期给她1000元的生活补助。如果刘秀青将来能够考入清华、北大,学校将一次性奖励她5万元;考入211大学,奖励2万元。婶婶满脸喜气,催她应下,好像奖金已经摆放在面前了。原来两位老师是来"掐尖"的。

听了他们的话,刘秀青也有些许心动,但考进市一中毕竟是她三年的追求,也是初中班主任陈老师的殷殷期望。好不容易考进市一中了,让她放弃,她怎能甘心?二中两位老师和婶婶脸上的热切期望又让刘秀青不忍心拒绝,她只好表示再考虑考虑。他们站起身后,又游说了半天才真正离开。他们刚踏出大门,婶婶就回头埋怨刘秀青:"遇到这样的好事,还要考虑,你傻呀?"

刘秀青说:"人家都抢着上一中呢,二中条件差一点。"

"你能跟人家比吗?你也不看看自己的经济条件,高中三年的费用你可知道要多少?那么多钱从哪来?"婶婶提高了分贝,显然已压了一肚子火气。

晚上,婶婶和叔叔刘成武正在商讨刘秀青应该进哪所高中时,刘成武的一位同事正巧过来串门。那位大胡子同事大着嗓门惊诧道:"什么?考上了一中还要去上二中?"他说谁谁的孩子没有考进市一中,花了几万块钱买进去了。哪有考进去了不上的道理?别只顾眼前,毁了孩子的前程。婶婶很不高兴,呛了他几句,呛得大胡子只好早早打道回府。

第二天,又有一家民办高中打电话到叔叔家,婶婶接的电话。刘秀青听见婶婶大声地询问入学的优惠条件,对方好像是在说,学费免除,只交伙食费。

"伙食费多少?一年4000?算了吧,我们上不起。"婶婶斩钉截铁地回绝了人家,电话啪的一声挂了。"吃什么?一年4000?真会做生意。"挂了电话她还在抱怨。

禁不住婶婶反复絮叨,刘秀青几乎快要动摇了。这天,婶婶要她拍板时,她决定打个电话给初中班主任陈老师,向陈老师请教一下。

她又听到了班主任陈老师亲切的声音了。当她说明情况后,陈老师急切地叫她要慎重,刘秀青见机摁下了免提键,好让婶婶听得真切些。

"刘秀青,二中为什么要开那么优厚的条件,你想过没有?我知道你经济困难,但困难是可以想办法克服的。不去市一中你以后肯定会后悔的。"于是,陈老师在电话中给刘秀青分析,学校与学校之间在师资力量、管理等方面存在着差异,好比是肥沃的土地同贫瘠的土地之间存在着差异一样;学生之间整体素质、竞争意识等的差异,如同狼群与羊群之间存在的差异一样。比喻虽然不够恰当,但陈老师希望刘秀青不要莽撞选择。刘秀青放下电话时,婶婶脸上早已是阴云密布,她冲着刘秀青说:"一个电话打到现在,电话费都打掉好几块了,你是不当家不知柴米贵。你们老师真是站着说话不腰疼……"说着,狠狠地摔下抹布。她本来是装着抹桌子站到刘秀青身边的。

叔叔下班回来,刘秀青告诉叔叔,说自己想上市一中,明天就要去报名了。她说她身上已经有了 900 元了,差不了多少学费了。婶婶立即火冒三丈:"伙食费不要钱?来回车费不要钱?下学期上学不要钱?枝枝都快高三了,有地方免费住宿你不去,偏挤在一起祸害她。"接着又跟丈夫刘成武吵起来。

刘秀青烦得受不了,就冲婶婶说:"婶婶,你们别吵了。钱从借我家的债中扣。这学期我住校去。"

婶婶张着嘴,惊愕地看着她:"什么债?"

"我爸爸跟我说过,你们买房子借了我家 3 万块钱。"她撒了个谎,爸爸并没有跟她说过此事。她是上次听叔叔和婶婶吵架时说过,她也记得爸爸曾递给叔叔一个鼓鼓囊囊的纸袋。

婶婶显然没有料到刘秀青知道有这笔债,脸都气绿了,倒是没再说什么。战火终于平息。

晚上,刘秀青上卫生间,经过婶婶的房门外时,听见婶婶还在怒气冲冲地絮叨:"住了这么长时间,吃我的,喝我的,还要我伺候她,她也不算算账……"刘秀青赶紧溜掉,心怦怦直跳,像做了亏心事似的。

这一夜,刘秀青辗转难眠。听见堂姐均匀的呼吸声,她悄悄起来推开门,走到阳台上。

没有月光的夜晚,也看不见星星,但城市的夜晚亮如白昼,路灯流线般地伸向远方,仿佛璀璨的银河坠落到人间。万家灯火组成无数个星座,那灯火的下面涌动着暖暖的家的气息,那一扇扇窗户后面该有多少动人的爱的故事?可这么多的灯火没有一盏是属于她的。此时,她真的很想有个家,有个自己妈的家,有爸爸也有妈的家。她想靠在爸爸的背上休息,想偎在妈妈的怀里撒娇,哪怕像堂姐枝枝一样经常被妈妈絮叨,被爸爸责骂,也是好的。但是,命运对她不公。她没有了爸爸,慈母却不知道在哪里流浪。妈,你现在在哪呢?……璀璨的灯光在刘秀青眼前模糊了,冰凉的泪水滑过她的脸颊。

她倚在栏杆上,想到今后的生活,真的很茫然、很无助。

堂姐快要上高三了，打搅堂姐，刘秀青实在是过意不去，待在叔叔家显然已不合适。刘秀青能够住进他们的房子，却很难融进他们的家庭。她不怪婶婶，她知道一个低收入家庭要供养两个高中生是多么不容易，要承受多大的经济压力。她甚至打算就去读二中算了。但她又不想放弃自己的追求。知识改变命运，她想上最好的学校，得到一个更好的发展平台。她要自己有能力给憨母一个家，她要自己有能力回报社会。

2

刘秀青最终还是上了市一中。开学的第一天她就住进了市一中的学生公寓。刘秀青喜欢市一中的生活,觉得这里比婶婶家好。

市一中学生公寓在运动场西南面的食堂后面。女生公寓和男生公寓之间隔着一条十几米宽的绿化带,一端由开水房和浴室把它们连成一个整体。紧挨着女生公寓的围墙外面,就是附近居民区的一条小巷,像一条商业街,早晚行人颇多。

学生公寓都是筒子楼,一楼的楼梯口设置了一个大铁门。

刘秀青的宿舍是302,用柳莎莎的话说,这里藏了四朵金花。她们四人都是高(1)班的同学。柳莎莎是个小胖子,长着一张娃娃脸,披散着头发,留着厚厚的刘海儿,一张嘴整天不停,不是在咀嚼零食,就是在叽叽喳喳。沉默寡言的叫王娟,头发不长,在脑后胡乱地揪成一个疙瘩,个头高挑,背影很窄,看上去有点腼腆。王娟看书时,爱用一只手托着眼镜,好像瘦削的鼻梁承受不了眼镜的重量。吴佳是四朵金花中的"花魁",有一副明星相,不仅脸庞长得靓,身材也火辣。她头发高高地扎在头顶,走起路来,马尾辫便在脑后活泼地乱摆,显得挺拔又有朝气。她喜欢照镜子,一边照镜子一边哼歌:"梦醒来是谁在窗台把结局打开,那薄如蝉翼的未来经不起谁来拆。我送你离开,千里之外……"歌声缠绵柔美,好听极了。柳莎莎常怂恿她去参加《中国好声音》比赛。

吴佳的歌声不仅室友们喜欢听,就连对面男生公寓的那帮小伙子也爱听。有一次吴佳在宿舍里唱歌,对面窗台上挤着几个毛头小伙子,他们冲着302女生宿舍的窗口齐声唱道:"对面的女孩看过来,看过来,看过来,这里的表演很精彩,请不要假装不理不睬……"有一个男中音特别好听,人也长得帅气,吴佳只要一开口唱歌,他指定会推开后窗,伏在窗台上看着这边笑。

吴佳是302室的快乐因子,她在宿舍,宿舍就会有笑声。

有一次放学回来,刘秀青整理书桌的抽屉,打开自己的日记随手翻翻,发现里面竟然有几条批注。例如:她日记中有一段文字写自己想念初中老师,怀念她的母校。她感慨不知道什么时候能够回母校看一看。旁边就有红笔做的批注:"没有机会了,阴阳相隔啊。"

"谁偷看了我的日记?"刘秀青火气大了。

"怎么啦,隐私泄露了吗?"王娟想开玩笑,见刘秀青脸上挂满霜,知道她真的生气了,伸了伸舌头,把后面的话咽了回去。

"我可没有看哦。我不做这么小儿科的事。"柳莎莎咽下嘴里的生鱼片,赶紧撇清。

刘秀青瞪着吴佳。吴佳有点不自在,避开了刘秀青的目光。"是谁?"刘秀青仍在发问。吴佳转过头来,发现刘秀青还在瞪着她,急了:"干吗呀?不就是那么点家事吗?有什么不能看的?我原以为你写小说呢,想给你润润色……"

"啪!"刘秀青拿起一本旧书作势要拍吴佳,吴佳急忙用双臂抱着脑袋,书拍中了她的胳膊。她哎哟叫了一声,然后朝刘秀青嬉皮笑脸地说:"气出啦?好了,我们两清了。君子动口不动手哦。"

"你还谈君子呢,你就是个小人。"

"好,我是小人。未成年人,当然是小人。"吴佳朝刘秀青做鬼脸,柳莎莎在一旁嘻嘻直乐。刘秀青忍不住也笑了。

做罢鬼脸的吴佳,讨好地要去替刘秀青打开水,临走时亮起银铃般的歌喉:"掀起了你的盖头来,让我看看你的脸……"还朝刘秀青抛了一个媚眼,

"你的脸儿红又圆啊,就像那苹果到秋天……"歌声一直朝走廊尽头传去。

可是吴佳回来时却一瘸一拐的,满脸怒气。仔细一看,大家都乐了。吴佳显然是摔跤了,雪白的裤子上沾满了泥土,屁股上淋淋沥沥的,尤其难看,暖瓶也摔碎了一只。她说打水时,有几个男生故意推搡起哄,说什么"知音来了",硬是把一个男生挤倒在她身上,她新买的高跟鞋也帮了她的倒忙。

"哪个男生啊?"柳莎莎好奇地问。

"不就是对面那个男中音。"吴佳朝对面的窗户努努嘴,没好气地回答。

"哦——"室友们怪声怪气地哦了一声,齐声表示认同,又一起唱了一句"对面的女孩看过来,看过来,看过来"。

吴佳换下裤子,看看脏成那样,忍不住骂了一句极粗俗的话。王娟惊讶地张大着嘴巴看着她,不明白一个姑娘家怎么能够骂出这么难听的话。刘秀青却一本正经地建议吴佳用普通话骂,别用方言,那样会更有影响力和震撼力。大家立即笑倒一片,柳莎莎滚到刘秀青身上,直叫:"妈呀,妈呀,肠子都笑断了。"吴佳伸过头来,忍住笑,亲热地应了一声"哎",柳莎莎立即跳起来追着吴佳打。刘秀青建议下次学校评选"文明标兵"时,大家要一致推选吴佳同学。吴佳扔掉脏裤子,扑过来挠刘秀青痒。小小宿舍里乱成一片,惹得对门的女生纷纷探出头来张望。

但是,过完寒假之后,吴佳就变了。

吴佳新买了手机,这是她过年得到的礼物。她不仅能够戴着耳机饱饱地听歌,还能够上网看大量的小说。即使夜间熄灯了,她也不受影响,依然在那忙碌。后来,她渐渐喜欢上了手机网聊,半夜里还在嘀、嘀、嘀地忙个不停。

"喂,吴佳,你发报吗?快睡吧。"刘秀青阻止她。

"她在发微信呢,老土。说不定网恋上了。"柳莎莎作答。

"网上净是钓鱼的呢,别给人家钓走了。"刘秀青提醒。

"这可是一条美人鱼哪。"柳莎莎帮腔。

"都睡吧。都什么时候了?"王娟反感了,大家忙住了口。没有再听到嘀嘀嘀的手机声,可能是静音了。手机的荧光还在,吴佳依然在忙。高一第二学期的第一次月考,刘秀青的名次上升了二十多名,吴佳却下滑了三十多名。春末的某个星期天,她回了一趟家之后,整个人就全变了。她发呆,摔东西,莫名其妙地找大家吵架。柳莎莎背地里骂她提前进入了更年期。

后来,周末她也不回家了,整天躺在床上。刘秀青劝导她:"我是无家可回,你为什么也不回家看看爸爸妈妈?"

吴佳不理刘秀青。刘秀青又说了她几句,她掀掉被子坐起来,歇斯底里地大叫:"我没有家了!你满意了吧?"然后便呜呜地哭。刘秀青吓了一大跳,不知道出了什么事。吴佳哭累了,才告诉刘秀青,她爸妈离婚了,她被判给了爸爸,而她谁都不想要,她恨他们,恨死他们了。"没有妈妈的家还算个什么家?"说罢,吴佳又呜呜地哭起来。

吴佳的痛苦刘秀青能够理解。刘秀青思索着怎样去安慰,她知道其实这个时候,什么动情入理的话都是苍白无力的,但还是试着去劝说。刘秀青说:"爸爸妈妈不再相爱了,并不等于他们不爱你了。对你而言,只是生活发生了改变,并没有缺失什么。爸爸妈妈有追求自身幸福的权利,做子女的不能太自私,只顾及自己的感受……"吴佳根本就听不进,依然呜呜咽咽地哭。

哭就哭吧,发泄一下不是坏事,刘秀青心想。

坏事还是发生了。终于有一天,吴佳翘课了。大家下午临出宿舍时,邀她一道上学,她坐在床上玩手机不理她们,下午竟没有到班上上课。她们以为吴佳就在宿舍里上网,谁知放学回到宿舍也没见到她。吃晚饭时她还没回来,上晚自习时她依然不见。刘秀青有些着急了,叫柳莎莎打吴佳手机。吴佳的手机却关机了,无法联系。

晚上公寓楼锁门时,她还是没有回来,宿管程阿姨不满地叨咕着,说了一些很难听的话。第二天早读时,刘秀青赶紧把吴佳的事告诉了沙老师。沙老师翻开记事本,找到吴佳家长的电话号码,打电话跟她家长联系了。刘秀青不晓得是吴佳爸爸还是吴佳妈妈接的电话,她听见沙老师建议她家长立即报警。看来吴佳也没有回家。

几天后,她们在宿舍里第一次看到了吴佳的爸爸。很魁梧、很帅气的一个男人,穿着也很时尚。刘秀青她们进宿舍时,他正在教训女儿吴佳:"这次你要接受教训,下次如果还有这种情况发生,老子是不会叫警察解救你的,让你在那个火坑中自生自灭去。"见到她们也不住口,仍然骂骂咧咧的,让她们觉得很不自在。

几天不见,吴佳瘦了不少,她痴痴呆呆的,对她爸爸的话没有反应。后来她们知道,吴佳被网友骗走,坏了身子,还差点被拐卖。

王娟和柳莎莎明显地疏远了吴佳,像躲避传染病人一样避免和她接触。刘秀青很同情吴佳,想和她交流,但吴佳把自己裹在自织的茧中,根本不容别人靠近。不久,她晚上就不去上晚自习了,据说是上酒吧唱歌挣钱去了。老班(同学们都这样称呼班主任)沙老师多次找她谈话,都没有效果,找她家长,家长也懒得管。

有一天,吃完晚饭,刘秀青看见吴佳又在换衣服,擦口红,看样子她又准备出去了,便好意劝她:"吴佳,人生不是做作业,做错了还可以擦掉重写。你不可以这样。"

"我已经这样了。你都说了不可以擦掉重写了,你还能叫我哪样?"吴佳冷冷地抛过来一句话,一下子把刘秀青噎住了。

后来,吴佳怀孕了,做了人流。302宿舍里几个姑娘谁也不敢再说什么。当着她们的面,吴佳总是一副满不在乎的样子,背着大家她常常哭泣,她们常常看到她红肿着眼睛。302宿舍里再也听不到吴佳那动听的歌声了。

不久,吴佳突然失踪了。现在,302的四根台柱子,只剩下了三条腿。

3

文(1)班的老班沙老师是个胖胖的小老头,五十岁左右,已经谢顶了。刻意留着的一绺稍长的头发,象征性搭遮着仍在发展中的"沙漠"。他是教地理的,他先前的弟子给他起了一个"沙特"的雅号。雅号很响,已经在弟子间流传好几届。探究他雅号的由来,刘秀青估计是"特"与"秃"音近的缘故,但也有可能是他上课时讲"沙特阿拉伯"给学生带来了灵感。他做事很利索,说话也干脆果断,脸上总是带着笑,显得很可爱,没有老班的威严。

听老班的地理课是一种享受。他简直就是一幅活地图,仿佛世界上所有国家的地图都装在他脑中。他随便一抬手,三下两下,黑板上就出现了一幅地图,让人觉得他特别牛。他指着地图,讲这个国家或地区的经济、物产、风土人情,如数家珍。那种洒脱与自信,犹如央视《天气预报》的主持人。

历史老师的出现,让刘秀青莫名其妙地心颤了一下。这是一个干净、白皙的年轻老师,好像只有二十多岁,眼睛像晴空一样明朗。当他的眼睛看着刘秀青时,刘秀青就被它吸引了,胸腔中油然而生的是一种亲切感。他上课随意、幽默,没有老师的架子。他姓高。

高老师对历史的看法颠覆了刘秀青的历史观。他说,历史是人写的,难免夹杂着人的主观色彩和个体需要,有些历史是不真实的。如果从应试出发,那就多记书上的;如果真的对历史感兴趣,那就得尊重历史,看书还要动脑筋。他强调学习历史的意义时,告诫学生:历史是重要的,学习它,不仅能够提升我们的人文素养,对我们的人生也有借鉴和指导意义。他认为,作为一个有时代责任感的青年,更应该关注将会成为历史的"当下",关注未来发展的方向,这对于我们更有意义。

就像饥饿的人来不及辨别食物的味道一样,高老师的讲授,刘秀青照单全收,听得如痴如醉。其他科目的老师也各有特点。在市一中学习,作业多了,要求更严格了,让刘秀青感觉到学习节奏明显加快,学习气氛紧张了。高中老师的管理与初中也有明显的区别,老师对学生更多的是尊重而不是管教。一切都在有条不紊、紧张有序地进行着,就像车间里流水线上的作业。只是刘秀青还难以辨别,自己是流水线上的操作手,还是被操作的产品。

第一次月考,刘秀青成绩在班上排名中等。同宿舍的王娟比她高30多分,吴佳比她高17分,柳莎莎成绩差一点,也只比她少1分。拿到成绩单的那一刻,刘秀青难堪地勾下了头,红着脸,不敢看沙老师,一整天都无精打采。夜晚,她再次打开成绩单时,泪水再也忍不住了,噗噗地落在被单上,她像一个孩子打碎了自己心爱的玩具,难过至极。

到了高二期末时,她的成绩在班上已经进入前十名了。这学期,她的目标是争取进入前五强。对手太强,她每上升一步都要付出艰辛的努力。有时,咬着牙在学,却不料单元小测时又下滑了好几个名次。就像攀岩,一不留神就摔下来了。于是,打起精神再攀。生命不息,奋斗不止。

平静单调的学习生活有时也会起一些波澜,让人意想不到。上学期国庆节前的某一天,刘秀青认识了高三理科实验班的雷伊鸣。

国庆节的前一天,学校举行了一场数学竞赛,文、理科分场进行。刘秀青参加完数学竞赛,又回到了自己的教室。班上为迎接国庆节,要布置教室,要重新出黑板报。刘秀青是文娱委员,写得一手好板书,又会画画,出板报常常亲自出马。忙完班上的事,已经有点晚了,她抱着书本快步下了楼,她想从运动场抄近路回宿舍,吃饭、打水、洗澡,还有许多事要做呢。运动场上有几个学生在踢球,她心想他们离我还远着,不碍事吧,便迅速地朝前插过去。

嘭！是球砸刘秀青后脑勺的声音，她打了一个趔趄，差点摔倒，书本撒了一地。刘秀青踉跄了几步，站稳后，摸着后脑勺回过头去，那几个男生全都傻傻地站在那儿朝她行注目礼。她瞪了他们一眼，弯腰拾起地上的书本，又继续走她的路。可是，头胀痛、发晕，胃也开始翻腾起来。走了十几米，她开始呕吐，只得蹲下，书本又撒到草地上。

身后有杂乱的脚步声，那几个男生很快围了过来。有人帮她把书本捡了起来。

"没关系吧？"

"是不是脑震荡了？"

"要不要去医院？"

……

七嘴八舌，真够吵的。刘秀青向他们摆摆手，站起来，接了一个男生手中的书，一手夹了书，一手捂着脑袋，继续往宿舍走。可是，身体很不得劲，说不清哪儿不舒服，除了脑袋，好像还有别处，走起路来晕晕乎乎，喝醉了酒似的。回到宿舍，室友们都去食堂吃饭了，刘秀青从一本黑皮日记本里翻出饭卡，又把它塞了进去，倒在床上不想起来。这晚，晚饭她也没有吃。

这天晚上的晚自习，刘秀青几乎都趴在桌上休息。看堂的老师起初以为她在打瞌睡，走到她面前敲她的桌子。刘秀青抬起头时，他看出了她不舒服，问她要不要去看医生，或者回宿舍休息。刘秀青说不要，又打起精神看书。

市一中的学生没有小长假，国庆节依然上课。这天中午，刘秀青在食堂吃了几口饭，回到宿舍又躺到了床上。不久，对门的女生突然过来敲门，尖着嗓子叫："刘秀青，楼下有人找。"刘秀青只得从床上爬起来，下楼去。

女生公寓楼的铁门外，站着两个男生，他们是被管理宿舍的程阿姨拦截在此的。学校住宿制度规定：男女学生不得进入异性的公寓楼。那两个男生一高一矮，站在楼下正说着什么。见了刘秀青，高个子男生向前跨了一步,他手里提着一兜苹果和香蕉,很腼腆地对她说:"真的对不起,昨天砸着你了。不知道要不要去医院检查?"

"没关系,不需要去医院。"刘秀青怕麻烦,也没有时间去检查,再说她一贯都是不舒服扛一扛就没事了。说话的男生又自我介绍,说是高三理科实验班的,叫雷伊鸣,让她想去检查时再去找他。刘秀青明白了,昨天他们是回市一中本部参加数学大赛的。

市一中每年最好的生源都放在实验班,文、理各设一个小班,每班人数不超过30人。为了给这些学生一个更好的学习环境,学校在风景秀丽的天井湖边另辟了一个园地,建了一座教学楼。坊间称那里为"别院",官方称那里为市一中分校。那里远离市区,学习环境安静。学校把业务能力最好的老师选派到分校,一名副校长和实验班各班班主任坐镇管理。最近几年,实验班本科升学率都是百分之百,每年都有几个考上清华、北大的。市一中本部的学生,谈起"别院"的同学,那是一个羡慕嫉妒恨。

听到"理科实验班"几个字,刘秀青不由得朝他多看了一眼:瘦瘦的,长得不算很帅,但有朝气,看上去感觉很舒服。他的笑容很富有感染力,一笑就露出一颗小虎牙。眼睛也是清澈明朗的,有点像高老师的眼睛。刘秀青看人的样子有点傻傻的,他忽然局促起来,显得很不自在。他的同伴比他大方多了,也对刘秀青说了一番客套话,然后拉着他就走。

走出几步,雷伊鸣又跑回来,把手里的水果兜递给刘秀青,说是专门为她买的。刘秀青推辞不要,他把水果兜放到她脚边就跑了。刘秀青只好提起水果回到宿舍。

刘秀青一进门,柳莎莎就好奇地探问是谁找。刘秀青说不认识,好像叫什么雷伊鸣。柳莎莎立即尖叫:"雷伊鸣啊?大才子你都不认识?快说,他找你什么事!"

"叫我捎水果给你们吃。"大帅哥?刘秀青不以为然。她对他有好感,这是肯定的。

"捎给谁吃?谁呢?他说了吗?他一定是看上我们宿舍的谁了。"柳莎莎有点兴奋。

"看上你了!"刘秀青和王娟一起朝柳莎莎喊。

"那不可能。我还从来没跟他套过近乎哪。有可能是谁呢?让我想想……"柳莎莎伸手从刘秀青手上的水果兜里抓了个橘子,一边思索一边吃起来。让她去想吧,刘秀青懒得解释,她把水果兜放到窗边的条桌上,招呼王娟也来吃。

几天后,刘秀青在教学楼的楼梯上又碰见了雷伊鸣。她明显感觉到他和她不是巧遇。

"今天又有什么竞赛吗?"她疑惑。

"不是,这几天身体不舒服,请假回家了。我家就在那边。"雷伊鸣朝校区东边指了指,让人感觉他家就在校门外似的。刘秀青想知道他是不是还在担心她的脑袋,很想告诉他脑袋已经不痛了,跟平常一样了。他似乎知道她在想什么,冲她笑笑,露出一颗洁白的小虎牙。他说他估计刘秀青的脑袋已经不碍事了,问她高一时发的地理书还在不在,说他一哥儿们毕业考试地理没有通过,要补考,地理书找不着了,他来替哥儿们借地理书。刘秀青说:"地理书倒是可以借给你,千万别弄丢了。"

刘秀青去宿舍拿书,雷伊鸣在校园花圃等。

一回到宿舍,刘秀青就找出了他要的那本地理书,拿了就要往外跑。

"哎,等等啊,一道哦。"歪在床上玩手机的柳莎莎想叫住刘秀青。

刘秀青把拿书的手放到了背后:"我过一会儿去食堂,我同桌许文在等我呢。"刘秀青撒了个谎,她不知道自己为什么要撒谎。她匆匆忙忙地逃开宿舍楼,快步穿过运动场,转过体育馆,一眼就看见了雷伊鸣站在一棵桂花树下。他也看见她了,老远朝她挥手。

刘秀青抱着书向他跑过去,他迎了上来。她递给他书,不知道说什么好,脸色绯红。她偶然一抬头,发现他在看着她笑,眼睛好亮,看得她手足无措。他接过书,并没有要离开的意思,却也不说话。刘秀青很愿意和他多待一会儿,又怕别人看见会说闲话,就勾着头匆匆地逃了。

后来,刘秀青又在实验楼边遇到过一次雷伊鸣,俩人隔了一段距离,她看他时,他也在看她。他俩目光相遇时,他冲她笑笑,露出好看的虎牙;她则赶紧扭过头,移开目光,心里甜甜的。不知道他又是什么原因来到本部了呢?她心里很希望他来这里的种种原因,都是来看她的借口。

又有一次,是周末,刘秀青意外地看见雷伊鸣在足球场上奔跑,英姿飒爽的。她不由得停止了脚步。她看见他在球场上迅猛地穿插,像只灵敏的驯鹿。他抬脚射门时,她就忍不住在心里为他叫声好。他停下来擦汗的姿势她都爱看。

这以后,路过教学楼的楼梯或走廊时,刘秀青就不由自主地东张西望;路过运动场时,她的目光也会在人群中寻找,她多希望还能和他不期而遇。她甚至遐想,再次见到他时,她会假装看不见,谁叫你这个坏家伙这么久才出现呢?他要是和自己打招呼怎么办呢?对了,只向他扯扯嘴角,矜持点。

见不到他的时候,她喜欢静静地回忆他的每一个笑脸,品味他对她说的每一句话,晚自习时难免常常走神。这种情绪既让人感到美好,又让人觉得烦恼。真是莫名其妙。很多次,刘秀青都想把懵懂的甜蜜流淌到黑皮的日记本里,但打开日记本时,她又无法用言语去表达了。下课和许文坐在座位上,很多次她都想跟许文说说什么,但心里的那些小秘密好像还没有成形,拿不出手,说不出口。

雷伊鸣还刘秀青地理书时,已临近期末。他是借周末的空当过来的。他依然是那样看着她笑,露出一颗璀璨的小虎牙;笑容里比以前少了份羞怯,多了份亲切。他问刘秀青学习上有没有需要帮助的,还跟她说,高三了真的很忙。还说,希望刘秀青提前做好进入高三魔鬼般境界的准备。他的话挺多,也不着边际。

拿回书,刘秀青偷偷地检查了一番,想从中找到留言、纸条什么的。可是,翻了好几遍,什么也没翻到。她心里好失落,酸酸的,不是个滋味。当她打开日记本想倾诉的时候,猛然醒悟:我心海翻起的浪花是不是爱的情愫?说不定就是自作多情。危险,刘秀青!千万不要坠入早恋的泥潭!她努力说服自己，在心田的某块角落筑起一道挡潮的堤坝，她将努力让雷伊鸣从自己的视野中淡出。她知道自己的处境，她也知道只有埋头苦学，才能改变自己的命运。

再后来，刘秀青的兜里只剩下几十元钱了，生计问题成了燃眉之急。如何利用寒假去打工挣钱主宰了她的意识，雷伊鸣便被渐渐地忘在了脑后，他的形象也被模糊成一张久远的旧照片，她给他们的邂逅，画了个句号。

4

　　仿佛梅雨季节提前到来了一般,这个春天雨水格外多。刘秀青的鞋老是湿漉漉的;被子没法晒,也是潮乎乎的,本来就薄,现在就更不暖和了。

　　头晕得厉害,鼻子也不通,刘秀青只好张着口呼吸。嗓子不知道怎么也哑了。在她的人生简历上,还没有"生病"的字眼。这一生病她才知道健健康康是多么美好。

　　刘秀青已经几乎两天没有吃东西了,这回她才体验到什么叫"没胃口"。在她受饥饿折磨时,柳莎莎娇滴滴地说着"没胃口"曾让她觉得柳莎莎多么矫情,原来"没胃口"不是什么好感觉。人整天昏昏沉沉的,四肢也酸软得没力气。白天,刘秀青还在坚持上课,但这天去教室上晚自习,没一会儿,就被老师劝回宿舍了。靠在床上,拥着薄被,刘秀青还是拿出了课本看起来。可是精神难以集中,书上的文字总是在眼前跳动。实在支撑不住了,她就和衣倒下了。

　　是谁在摸我的额头?我发烧了吗?是谁在替我掖被子?我的肩膀露出来了吗?刘秀青扭头看看,哦,原来是妈妈。刘秀青的妈妈回来了。

　　"妈,你怎么来啦?这么长时间你在哪啊?你知道我有多想你吗?"看见妈妈,刘秀青哭了。妈妈用干净的毛巾替她拭泪,又用手轻抚她的脸。妈妈告诉她,七叔已经不生她的气了,爸爸还治好了她的病。她说:"青青生病了没关系,有妈陪着你,你就好得快。"而后她给青青喂药。她把青青抱起来靠在她的怀里,把药递给青青。她说她已经尝过药了,不苦。刘秀青接过药吞下,却又差点吐出来。妈妈便轻轻地拍着她的背,哄她再吞。妈妈给刘秀青喂糖水,她用勺子舀起,放到自己的唇边吹凉,再送到刘秀青的口中。忽然,给刘秀青喂水的人变成了柳莎莎的妈妈。不,我要我自己的妈妈……刘秀青挣扎了一下,醒来了。原来是个梦。

多美的梦啊。我为什么要醒来?我的妈妈现在到底在哪?大颗的泪珠从刘秀青眼角滑落下来,冰冷冰冷的,滑过她的脸颊,落进她的脖子。她心里莫名地脆弱,真想投进谁的怀里好好地哭一场。可是,没爸没妈的,想哭都找不着地方。

嘈杂的人声和杂乱的脚步声从楼下一直响到楼上,刘秀青知道同学们下晚自习了,赶紧擦干泪,面向墙壁躺下了。

"刘秀青,刘秀青,睡着了吗?"是王娟在床边小声地叫。刘秀青继续装睡。生病的人,心事重,不想与人说话。"也不知道是否好点了。"王娟自言自语。

"她这样撑着也不是个事,我们明天一定要劝她去医院。"是柳莎莎压低了的声音,口里还含着什么东西。

"该不会是没钱吧?"柳莎莎小声地问。"嘘——"是王娟在阻止。

声音没有了,她俩蹑手蹑脚的。不久,熄灯了。各床便陆续传出均匀的呼吸声,而刘秀青失眠了。她想妈,想爸,在这个下着雨生着病的夜晚,她刻骨铭心地想着自己的亲人。

第二天早上,刘秀青起得比大家早。没等王娟和柳莎莎劝,她自己就去了学校外面的小巷中。

校门外的小巷是一条热闹的小街,早点铺啦,面馆啦,花店啦,书店啦,网吧啦……一家挨着一家。背着书包的学生,骑车上班的工薪族,提着菜篮或塑料袋的主妇、主男,晨练的老头、老太……小巷中车水马龙、熙熙攘攘,非常热闹。刘秀青在人群中穿插了会儿,钻进了一家大药房。

她在柜台前慢慢转着,寻找那种最便宜的感冒胶囊,以前她替堂姐枝枝买过,5毛钱一板,也挺管用。穿着白大褂的女售货员走了过来,问她想买什么。刘秀青说:"5毛钱一板的那种感冒胶囊。"售货员淡淡地一笑:"现在哪还有那么便宜的药?"售货员随手从货架上拿了一盒感冒药丢到玻璃柜面上,"这盒28元,效果不错。"刘秀青摇摇头,叫售货员拿最便宜的。售货员装模作样地在柜架上找,又拿了一盒10块的,说再便宜就没有了。刘秀青知道就是换家药房恐怕也是一样的情况,药品价格太低,药房没有利润空间,肯定不会进货,到医院去的话,还要交挂号费。想不买了,既担心老师不让她去上课,又担心把许文和王娟、柳莎莎她们给传染了。刘秀青咬咬牙,还是拿出了10块钱。

吃药后不久,感冒就好多了,不知是药真的发挥了作用,还是心理暗示所致,总之,好多了。刘秀青打开宿舍的窗户,深深吸一口潮湿的空气,竟然嗅到了春的气息。

雨,还在淅淅沥沥地下着。刘秀青没有伞。下小雨的时候,顶着书包跑一阵;雨下大了的话,就和同伴共用一把伞。好在宿舍离教室不远。

可是不巧,这天放学后刘秀青因为和高老师讨论了一道历史题,走到教学楼门口时,本来不大的雨突然大了起来。她发愁地看看天,布满乌云的天空黑沉沉的,看来老天要打持久战了。她犹豫了一下,还是缩着脖子冲进了雨帘中。刚跑几步,一只大手从她身后抓住了她的肩膀,一把雨伞就罩向了她。她扭头一看,是雷伊鸣!她想起来了,这天下午学校好像有什么竞赛活动。她想挣脱,却被他一把抓住,紧紧地揽在了臂弯里。她只好乖乖地由着他护送。

他们一言不发,就这样行进在雨幕中。刮过一阵风,雷伊鸣把伞又朝她这边斜了斜。刘秀青见他淋到雨,就把伞柄朝他那边扶了扶,他又固执地把伞朝刘秀青这边斜过来。雨敲击着淡绿的伞,浅唱低吟着,像个诗人。树枝在风中婆娑起舞,小草在路边探头张望。往日感觉到的凄风苦雨突然有了不一样的韵味。雨中的风景原来也会这么美丽。刘秀青的心暖暖的、甜甜的。心底那一角柔柔的要化了似的,是好不容易筑起的堤坝吗?原以为跟雷伊鸣的那一页已经翻过去了,却没想到"句号"又变成了"逗号"。

不经意间就发现女生公寓楼已在眼前了,雷伊鸣说话了:"拜托你照顾好自己。"声音很严肃,"我,现在处在最紧张的备战之中。我……"

刘秀青抬眼看看他,他黑了,瘦了。她等着他说下文,却已经到了女生公寓楼的楼下了。刘秀青怕被人看见,忙钻出他的伞,跑向楼梯,转弯时回头看看,他仍站在雨幕中目送着她。他一只手半喇叭状地卷在嘴边,冲着她喊:"高考完我就来看你!"她朝他急急地摆摆手,一转身像只兔子消失在楼道里。

刘秀青的幸福一定是没有藏好,不小心流露到脸上了。进宿舍,柳莎莎劈头就问:"捡钱啦?"

"你丢啊,我捡了和你平分。"刘秀青也变得活泼起来,打着哈哈掩饰着。

雷伊鸣今天是不是特意站在楼道口等我的?他不会还傻傻地站在雨中吧?他的家远不远啊?雨好像越下越大了,他会不会被淋湿?高三冲刺阶段到底有多苦?"我,现在处在最紧张的备战之中……"后面,他还想说什么呢?——心中揣了秘密的刘秀青,难免走神。每当此时,她就立即警告自己:刘秀青,不可以!于是,做一个深呼吸,把他从脑海中赶走,又继续看书做题。

这段时间,刘秀青接触过的男生还有她的初中同学周童。她和周童遇到过两次,一次是路遇,彼此微笑了一下,算是打过招呼;另一次是体育课时,他们两个班打篮球友谊赛,看比赛时他俩恰巧坐在了一起。那次,他们闲聊了许多过去的事。后来,不知道怎么就扯到了他姑姑的身上。周童的姑姑是刘秀青的小学老师,还是她爸爸的初恋女友。周童说,他姑姑一直关注刘秀青的学习,常向他打听刘秀青的学习状况。

周童告诉刘秀青,他姑姑退休后就住城里了,现在在家带孙子。周童读高中就一直住在他姑姑家。

"住别人家,住得惯吗?你妈为什么不像别的家长一样租房陪读呢?"

刘秀青问。

周童奇怪地看着刘秀青:"姑妈家怎么能说是别人家呢?姑妈家跟自己家差不多啊。"

刘秀青吐吐舌头,做了个鬼脸,不想多说了。她跟他说不清理,人和人是不一样的,她羡慕周童命好,有一个像周碧秀这样的好姑姑。和周童的交谈勾起了刘秀青对周碧秀的思念。周老师的身影在她心中挥之不去。周老师曾用母亲般的爱滋养过刘秀青,用自己平凡而伟大的人格影响了她的人生志向,使她向往长大后成为周老师一样的人。

王娟这学期报了数学辅导班,于是刘秀青多了一个任务:抄她辅导课上记的笔记,和她一起做辅导资料上的题。有空的时候刘秀青还是喜欢看课外书。她的床头堆着厚厚的一摞《读者》、短篇小说选之类的书,没有钱买书时,她就把旧书翻上好几遍。有时她也会向同学借名著看。沉浸到课外书中,她便有了另一种满足。刘秀青的日子过得充实而快乐。

五月底,刘秀青和几个同学被沙老师带着去了"别院"听名师讲座。她特意穿了一套还不算旧的T恤衫,球鞋也被刷得干干净净。来做讲座的老师是省内一位知名的诗人,年纪不大,自我感觉特好,与他的年纪不相称。刘秀青本来认为她能读懂诗歌,听老师那么一说,她反而觉得要把诗歌读懂也不是那么容易的事。

听完讲座,即将离开"别院"时,她捕捉到了雷伊鸣的身影,他和一群学生正朝运动场走去,也许是去上体育课。他和一帮同学边走边说着什么,刘秀青站在远处看着他,心里呼喊着他的名字,希望他能扭过头来,突然看见她,他的脸上会不会闪现惊喜的光芒?但是他们谈得太投入了,有一次他扭过脸来了,刘秀青心口咚咚乱跳,几乎就要挥起手臂来,但他没有发现她,很快又把脸转到别处。刘秀青心里好失落。她目送他走过林荫道,转到实验楼后面去了。她望着他的背影,心中暗暗祝福他高考顺利。"高考完我就来看你",想起雷伊鸣的这句话,刘秀青心里宽慰了许多。

该回去看看枝枝姐了,这个时候她最需要鼓励和安慰。星期天,刘秀青带着两本厚厚的复习资料——她从为数不多的生活费中挤出几十元,复印了高三学姐的政治和历史资料,回到了叔叔家。婶婶把她迎进门,告诉她叔叔又去打零工了。婶婶说自己已经开始请长假了,在家全方位地照顾枝枝,让枝枝一心一意去备考。刘秀青心想有这个必要吗?增加了枝枝姐的心理压力,说不定帮了倒忙。刘秀青向婶婶扬了扬手中的资料:"这是我们学校备考秘籍,有押题的成分在里面,学校可是不许外传的。"婶婶立即高兴起来,让刘秀青去房间看看枝枝。

刘秀青推开房门,看见枝枝趴在桌上,瘦削的背影已明显有些佝偻。刘秀青向枝枝说明来意,枝枝依然显得很冷漠,冷漠得不想看一眼刘秀青带来的资料。刘秀青知道,她一定是厌倦透了。

和堂姐说不上话,刘秀青只好出来了,和婶婶聊起来。婶婶这回终于提到刘秀青的生活费了。她说,他们实在是没办法,供一个孩子读书都够呛,哪有能耐供两个?她让刘秀青别怨恨她,要怨就怨青青爸爸不该走,怨叔叔没本事。说着,婶婶的眼圈红红的。刘秀青说:"我谁都不怨,其实我过得挺好的,学校对特困生有关照。"婶婶说这样她就放心了。后来婶婶又开始咕叨大姑子不仁义,侄女生活费的事怎么说撒手就撒手了呢?又埋怨小姑子太抠了,越有钱越抠……刘秀青不想听婶婶的唠叨,吃了午饭,步行近一个小时,回学校了。

5

　　柳絮不再飘飞的六月,校园里一片姹紫嫣红,不仅有绽放的红月季、紫色的鸢尾、黄灿灿的金鸡菊,还有女生飘舞的裙裾。刘秀青知道自己穿橘黄色连衣裙的日子不远了,就要高考了,高考后的第一天,她就会穿上它。万一这天雷伊鸣没有来,傍晚洗洗晾干,第二天就可以接着穿,这些,她都盘算好了。

　　这天,离高考还有三天,刘秀青做完值日下了教学楼,一阵嘭嘭嘭的声音便从花台那边传过来,有人在蔷薇花丛后面拍球哩。刘秀青听到拍球声,本能地想让开,她朝另一条通向宿舍的甬道走去。

　　"刘秀青,哪里走?"

　　听到熟悉的声音,刘秀青猛一扭头,她看见了雷伊鸣。他并没有看她,仍在玩球,原来他已知道刘秀青过来了。

　　"你放假了?"她惊喜地问。"嗯。今天放的假,让我们考前休整几天。"

　　"复习完了?"

　　"差不多了。"

　　"有信心吧?"因为他突然出现了,刘秀青措手不及,原来准备好的台词都忘了,她问话有点结结巴巴。

　　"还好吧。"

　　"估计能上什么学校呢?"

"其实,我早就被学校保送了。"

"那你还考啊?"

"当然要考了。不参加高考,对我来说高中生涯就不完整了。"他又用脚尖颠了几下球,刘秀青吓得朝后闪了闪。他竟故意朝她面前颠,刘秀青急了:"别,我害怕呢。"

"得了恐惧症啦?看来上次你被砸得不轻啊。"

"你还说呢,我还没有找你算账呢。"

"找我算账?你弄错了吧?那一脚球不是我踢的哦。"

"不是你是哪个?"

"是江滨啦。就是和我一道给你送水果的那个男生。"

"嗨,我还一直以为是你踢的呢。"刘秀青忍不住掩嘴笑起来。雷伊鸣也觉得很好笑,咧开嘴笑起来。

"请你看电影好吗?明天的午场。"他低下头看着自己的脚尖问,又把目光移到刘秀青的脚尖上。刘秀青不由自主地把脚往后缩了缩。那已露出一点大脚趾的球鞋让她难堪极了。这时她才想起自己身上败兴的"老面孔",才想起被小心摆放在行李箱中的橘黄色连衣裙。

"明天我没空。"刘秀青本来想把话说得委婉点,轻松点,可是话一出口却是硬邦邦的,像是拒绝了。也许是太过紧张的缘故吧,也许是因为"老面孔"难堪、为橘黄色连衣裙没有穿上身懊恼吧。这时,运动场上来了几个人,远远地喊雷伊鸣,看样子他们要开练了。雷伊鸣抱歉地朝刘秀青笑笑,挥挥手,抱着球跑了。

看着他跑远的背影,刘秀青心里懊恼极了。她等待他的相约等了好久,她一直在等他说:我请你看电影。她的本意是不愿拒绝他的,但她明天确实没有空。明天是周末,她答应回家给枝枝姐送市一中的押题卷,可能还要帮助枝枝姐解决一些难题。

刘秀青期待高考过后,雷伊鸣再来学校,那时她就会穿上橘黄色的连衣裙,就会跟他一道去电影院看电影。

但是高考后的第一天,雷伊鸣没有来本部。

第二天,刘秀青还是没有等到他。

第三天,还是没有看到他的影子。刘秀青回到宿舍,王娟和柳莎莎已经去教室上晚自习了。刘秀青的身子软得像被抽掉了筋骨,心口好像被烙铁烙熔了一块,痛得整个身体都要坍塌下去。慢腾腾地脱下橘黄色连衣裙,抱着它,把脸埋进衣服里,哭得稀里哗啦。

直到刘秀青期末考试结束,雷伊鸣都没有再出现。

"他应该是误会了我的意思,把我的难堪当拒绝了,才感觉到抱歉的。"一股苦涩的感觉渐渐浸透了刘秀青,吞噬了刘秀青。

她想找他解释,想要看到他露出小虎牙对着她笑。想要那种他不曾离开的甜蜜和温暖。她想,应该要买个手机的,如果能够的话。因为没有手机,她从来没有问过他手机号。也因为没有手机和电脑,她到如今连个QQ号都没有。

现在她只能给他写信了。可是,他已经高考过了,离开学校了,信件往哪里投递呢?他既然不出现,说明他们的缘分已断了,也不能厚着脸皮满世界去找他。

她把许文送给她的黑皮笔记本打开,她想写一个人的名字,写了满满一张,然后又撕了,揉了。她知道宿舍里藏不住秘密,吴佳就曾翻看过她的日记,还公然在她日记后面留言。吴佳虽然失踪了,刘秀青仍然不放心。但想跟他说点什么的愿望如此强烈,像海浪拍击着岩石,訇訇作响。晚自习时,她无心做作业,托着腮发了一会儿呆,还是拿出了许文送她的黑皮笔记本,开始写起来。

第一封信

我想跟你说说话。说什么呢?还是说说我自己吧。反正你又看不见,想怎么写就怎么写喽。

我出生的时候,我爸爸刘成文四十八岁,我妈二十岁左右。

四十八岁的爸爸看上去有六十八岁。爸爸身材高大,但我记事时,他的身板已经有些佝偻。他方形脸,是很周正的那种方形脸。他头发斑白,胡子拉碴,满脸皱纹。皮肤黝黑,黑得有厚度,总让人疑心他好久没有洗过脸。他言语不多,说话也从不大声。

妈生我时没有去医院,一则没钱,二则他们实在不知道还应该去医院。于是那座处在十三冲苦水塘边的三间旧瓦房,便成了我实实在在的出生地。你可能想象不到,我们山里有多穷。

据坡后本房四奶奶说,那天,我爸照例挑着破筐、拎只旧锣去四乡八庄收废品。太阳快落山时,我妈挺着大肚子,坐在门槛上嗷嗷地哭。哭声招来了从菜地摘菜路过的四奶奶。四奶奶本没有闲工夫理会我妈,因为那天她家供着木匠,正为她的小儿子——我的七叔刘宝结婚赶做家具。但四奶奶猛然醒悟:憨子怀着的孩子是否该临盆了?于是她倒着小脚赶了过来,趋近一看,我妈的羊水早破了。

四奶奶回头看看西山树梢上顶着的硕大的蛋黄似的落日,知道我爸刘成文回家还要些时候,指望他是指望不上了,只好耽误木匠师傅的晚饭了。四奶奶把我妈扶到床上,褪了她的裤子,就开始接生。用不着接生婆,再说也来不及了。好在四奶奶一生养了七个儿女,有的是经验。于是,我便被四奶奶活拉硬拽地扯到了这个世上。

爸回家时月亮已挂上枝头。那天他收获颇丰,累得满头大汗。当他喜滋滋地推开虚掩的门时,妈已吃过一碗糖水蛋安稳地进入了梦乡,我仍猫吱似的哭着。听见孩子哭,爸爸一时慌了手脚,不知该站还是该坐。等他明白了他期待已久的孩子已经降临了人世,就兴奋地一步跨到了床边,想掀开被子抱起裹在褟褓中的我。听四奶奶说生的是个女娃,爸便有些黯然,伸出的手又缩了回去。他本想生个儿子传宗接代的,他弟刘成武生的也是女儿,他把希望全寄托在我妈身上。

不过,爸爸很快接受了我是女娃的现实,并且全心全意地爱我。我是他生命中最重要的一个人。我出生不久,爸爸就郑重其事地给我取了一个大名：刘秀青。不过，村里的乡邻只叫我的乳名"青青"，或"青"。他生命中另一个重要的人便是我妈——他捡来的妻子。后来我才知道他生命中还有另外一个重要的女人，我的名字便见证了爸爸那隐藏的心思。

我的家乡十三冲，窝在皖南众多丘陵的褶皱中。这里的山绵延起伏，层层叠叠，苍翠蓊郁。山与山之间或有河流，河流清澈蜿蜒；或有小块的田畴，田间小路像蜘蛛网似的纵横交错。生活在这块土地上的儿女，有的便吮吸了水的柔情、涵养了山的坚毅。我们这儿最大的山叫城山，离我家有四十多里；我屋后的小山是城山延伸的子孙，我们叫它板栗山。山上种着大片的板栗树，也有杉木和毛竹。树林间还有村民们开垦的坡地，用来种杂粮和蔬菜。

我家单门独户住在半山坡上，门前有口清凌凌的苦水塘。从板栗山上流下的竹溪之水日夜不停地灌注其中。溪深不盈尺，宽不过一米。它穿过山道的地方，有两块大青石铺在上面成了桥。扁平的石桥已经有些年头了，不知是我爷爷造就，还是我爸爸造就，年深月久，雨打人踏，桥面光滑玉润。苦水塘厚集的塘水像绸缎似的柔柔的、滑滑的，使人忍不住想去抚摸它、亲近它。坡后200米外是村庄，住着我本家四奶奶一家、队长（现在应该称村民小组长了，但村民还是习惯称队长）二图哥和其他一二十户村民。村口有一条机耕路一直通到镇上。我和虎子后来曾爬上板栗山山顶，站在大板石上看山外的山。也曾看见村口那条灰白的路，像河似的扭着、伸着，伸向远方。我爸每天骑车来回走的就是那条道。那时我们曾憧憬过以后也沿着那条道去上小学和中学。

虎子是我的堂弟——七叔刘宝的儿子——四奶奶的孙子。他小我三个月。

我的出生让爸爸快乐了起来，更让他忙乱起来。妈不会奶孩子，爸便当起了妈，磨米粉、冲米糊、洗尿布，他什么都做。高兴了，也会把我高高托起,逗我玩乐;我吵瞌睡时,他也会学着四奶奶的样子哼着土土的催眠调哄我入睡。我长到四个多月时,爸爸便把我"入托"给了四奶奶的儿媳珍子。

长大后,我曾听村里人说,珍子婶在嫁给我七叔前另有婆家。

因为家里穷,珍子的三哥一直没能成家。等到他三十好几时,终于有一个寡妇看上了他。寡妇原本想招他上门过日子的,无奈寡妇的公婆、小叔、姑子一致不肯,不愿外姓人占了他们那点薄薄的家产。寡妇如果想要再婚,只能被扫地出门。珍子的两个大哥已分家单过。珍子的父母带着两个小儿子和一个待嫁的姑娘住在三间小房里,已然很挤。寡妇拖儿带女地再过来,建新房就势在必行。而老两口在给两个大儿子各建了一栋平房、各娶了一房媳妇之后,背已累驼,力早已用完,再也无力为三儿子砌房了。那时老两口急得坐立不安,托人四处为珍子找婆家,条件只有一个:男方给的彩礼,要足够建三间新房。

珍子瓜子脸、小蛮腰,长得虽然也有几分姿色,但毕竟不是倾城倾国;再说乡村里流传的话语说:漂亮又不能当饭吃。穷困的百姓懂得,踏踏实实地过日子,比贪图"漂亮"这种无关痛痒的虚荣更有实际意义。给得起、也愿意给这么多彩礼的男方实在不好找。最后,有一个丁姓男子被敲定为珍子婚嫁的候选人。

丁姓男人家住的山里,是我省著名的凤丹皮产区。因为一直种药材,卖药材,所以家境较殷实;又因为身体有缺陷,所以临近四十还是孤身一人。

丁姓男人,我七叔刘宝也见过。珍子的大妈用丁姓男人给的彩礼钱为三儿子砌新房,请的砖匠就是我七叔刘宝。那个时期,珍子家忙得不可开交,丁姓男人理所当然地要经常过来帮忙做活。那个男人个头极矮,矮得像个侏儒;鼻子、眉眼全挤在一起,仿佛造物主在创造好他以后,一不顺心,就故意在他的要害部位捏了一把似的。珍子看见他就气不打一处来,背地里她哭过、闹过,就是违拗不了大妈。七叔可惜珍子这一朵鲜花要插到丁姓男人这坨牛粪上,心里老大不平,便经常在干活时作弄他,这很迎合珍子的心理。

"老丁,把那桶砂浆给我递上来。"七叔刘宝冲着丁姓男人喊着,他故意喊他"老丁",而且还把"老"字喊得拐着弯、变着调。丁姓男人就像忌讳"秃"而不愿听"光"一样,讪讪地丢下正拌着砂浆的铁锹,极不情愿地提起一桶砂浆走了过来。

丁姓男人吃力地朝着脚手架上的刘宝——刘师傅举着满是砂浆的泥桶,小脸憋得通红,短腿也微微发着颤。蹲在脚手架上的刘宝却不愿匀下身子,他冲着徒弟张福贵喊道:"小张,给他弄条凳子,瞧他这受罪的样。"

张福贵抿着嘴强忍住笑,用脚划拉了一块砖到丁姓男人的脚下。丁姓男人垫了块砖一用力,那泥桶终于到了七叔刘宝的手中。丁姓男人还没有来得及喘口气,谁知刘宝"一不小心",弄翻了泥桶。一桶砂浆劈头盖脸地全浇在了丁姓男人身上,弄得他鼻子不是鼻子眼睛不像眼睛。刘宝一纵身从脚手架上跳下来,手忙脚乱地替丁姓男人胡乱地擦拭着,一面假惺惺地道着歉:"哎哟,对不住了,对不住了,怎么能够把我们的丁大公子打扮成这样?我该死,我该死。"

他这一擦拭,丁姓男人的脸上就更花了,甚至连鼻孔都要被堵上。旁边的人早就笑喷了,有几个帮忙做活的小媳妇简直就要笑得打滚。珍子妈见了,气哼哼地一脚踢翻了鸡食盆。她不知道是该恨这个恶作剧的砖匠师傅,还是该恨那个不成器的准女婿,或许她更心疼那桶被糟蹋了的砂浆。珍子则暗暗称快。

珍子很快就看上了我七叔——这个长相虽不十分出众,但浑身充满活力,又幽默风趣的小伙子。刘宝本来没有要在珍子和丁姓男人之间插一脚的意思,架不住珍子芳心暗许,秋波频递,很快俩人的情感便热络起来。俩人眉来眼去的,也曾引起珍子妈的警觉。不想她紧盯暗防,还是防不胜防。一不留神,珍子就和砖匠师傅刘宝在屋后的竹林里,把生米煮成了熟饭。

见到女儿日益隆起的肚子,珍子的大妈打过、骂过女儿之后,不得已还是让我七叔迎娶了她。不过,七叔要赔付丁姓男人的损失。如同商店里的物品有了瑕疵,珍子家这次的许婚也是打了折的。

珍子嫁给七叔刘宝几个月便做了妈,用时髦点的话说,她与七叔刘宝是奉子成婚。但村里人笑话她时,说她怀的是"早黄早"("早黄早"是早熟稻子的一个品种)。七叔家三代单传,四奶奶一连生了六个女儿,才有了七叔刘宝这个儿子。刘宝生下刘虎,四奶奶一家也不知道有多宝贝他。

七婶奶水足,虎子吃不完,我便成了堂弟虎子的"陪食",七婶成了我事实上的奶妈。

我与虎子后来成了最好的玩伴。我们在村井旁的老板栗树下玩过家家,在四奶奶屋山头枣树上打枣,我们在连接两家的山道上疯跑,在我爸爸堆起的纸壳和酒瓶旁躲猫猫,在屋后的竹林里捉蚂蚱……

能跑会跳的我,也常常往坡后的村中跑。四奶奶常常一手牵着我,一手牵着虎子,去老板栗树下玩耍。老板栗树静默在村中间的老井边,那里是全村人的"游乐场"。说是游乐场,并没有什么玩意儿可玩。无非是大人小孩都爱聚在一起,男人们蹲在地上抽烟、说新闻、骂粗话;妇女们坐在马扎上奶孩子、打毛衣、纳鞋底,说张家长李家短;小孩和狗在人堆里窜来窜去,很是热闹。我玩累了便倒在四奶奶怀里睡,饿了也常在四奶奶家吃。

稍大点,七婶便给我们进行启蒙教育。《宝宝看图识字》《儿童必读》《宝宝学儿歌》等,或是挂在墙上,或是摞在茶几上,闲暇时七婶便揽着我们,教我们读 a、o、e,认日、月、水、火,算 $1+1=2$,还教我们背"鹅、鹅、鹅……""离离原上草……"等。花花绿绿的图片像施了魔法一样令我着迷,我总是记得又快又准;而虎子常常被七婶打手心、拧耳朵,或是赏一颗糖、一粒枣,才会心甘情愿地坐下读书。有一回,七婶紧盯着翻书的我慨叹:"憨子怎会养个这么聪明好看的姑娘?敢情瘦田也能出肥稻?是基因变异了?"坐在一旁纳鞋底的四奶奶说:"弯弯竹子破好篾嘛。成文有福哩。"

"依我看,憨子未必是先天性弱智,要么是小时候得过脑膜炎,要么是精神上受过重大打击。去医院看看,说不定还能医得好。"七叔刘宝在一旁插嘴。

"可别给你成文哥出馊主意啊!她又年轻又漂亮,医好了还不跑啦?"四奶奶赶忙阻止。

从他们的闲谈中我知道了爸爸、妈妈的故事。

今天不早了,下次再说吧。

6

雷伊鸣高考后没有来学校找刘秀青，刘秀青收起了她的橘黄裙子，放暑假的第一天她就去找工作了。

刘秀青的打工生涯是从中考后开始的。

中考过后，她又回到了十三冲。推开家门，第一眼看见的就是"爸爸"那慈爱的目光。她走上前去，仰头看着镜框里黑白的爸爸："爸爸，青青回来了。"心中的伤痛已不像从前那样剧烈了。

为了筹集下学期的学费，她顾不得等着看考试结果。临行前，她拜托许文帮她打听考试结果，写信告诉她。刘秀青打算跟在砖匠后面做小工，这在农村，是最快最好的挣钱方式。

刘秀青吃过简单的晚饭，就去村头找柱子帮忙找活。柱子原是七叔的徒弟，他俩关系也不错。柱子爸早年垦地烧荒引发了山林大火，因而坐了牢，不久就病死在牢里。他妈因此落下了后遗症——不能听见"火"字，听见"火"字就心惊肉跳、发慌欲倒。就连队长大人刘得福在她面前也得注意忍住口头禅。柱子很早就辍学了，十五六岁就跟着刘秀青的七叔学砖匠，现如今已有十年工龄，是大师傅了。

刘秀青到柱子家时，孤儿寡母正坐在桌上吃晚饭。"哟，青青回来了？"柱子妈忙把青青让到电风扇前坐下。隔壁的杏花嫂子听见青青说话声，也摇着蒲扇过来了。柱子妈有一段时间没看见刘秀青了，她一直盯着刘秀青看,看得刘秀青都不好意思了。柱子妈听刘秀青说明了来意,直咂嘴:"看你在城里养得细皮嫩肉的,哪能干得了这活?"又回头对杏花嫂子说,"这丫头年把没见,出落成大姑娘了,能说婆家了。"

刘秀青立即飞红了脸:"婶婶,别瞎说,我还念书呢。"

"咳,姑娘家大了,理当嫁人。能认得几个字,识得自己的名,也就够了。"

杏花嫂子骂她老古董,什么时代了,还用老皇历看日子,能读书自然要读书。

于是大家便谈到学费上来。柱子妈仍劝刘秀青:"别瞎花钱了,高中每年恐怕也要个五六百吧?"

刘秀青说:"高中学费每年要2000多。"

柱子妈惊呼:"天啊,这丫头真不懂事,这么多钱还要读书。"杏花嫂子用扇子遮了嘴,咯咯咯地笑。柱子翻了他妈妈一眼,说她老鼠眼光。刘秀青央求柱子帮忙找小工做,他答应去说说看。

见事已说妥,刘秀青忙起身告辞,生怕柱子妈又会说些不中听的话来。柱子丢下碗说送青青,她说走惯了山道,何况又不远,不怕的。但他仍坚持要送,杏花嫂子和柱子妈也说该送送的。

一路上他都不说话。原本他就是个老实巴交的人,在女孩子面前自然更拘谨了。刘秀青觉得别扭,便无话找话地跟他谈起来,他总是简单地只说几个字。上了坡刘秀青便谢他,叫他回家,自己则飞快地跑向家中。

第二天,柱子收工回来便来到刘秀青家。并不进屋,远远地站在场地上喊"青青"。刘秀青出来了,他说:"妥了。你明天去上工吧。"

"这么容易啊?谢谢你了。"

"本来不要的,有几个小工回去搞双抢了,缺人手。老板说让你试试看。"

"好哪。你早上什么时候走啊?"

"6点。你跟我摩托车吧!"

"知道了。太谢谢了!"

送走柱子,刘秀青异常兴奋。她寻找干活要穿的衣服和鞋子,盘算着整个暑假能有多少进项,学费能否凑齐。

这一段时间,柱子的老板承包了几栋民宅。柱子把刘秀青带到工地时,老板用极挑剔的目光把她上下打量着,柱子仿佛作了弊,搓着手很不好意思。反倒是刘秀青主动向老板问好,告诉他自己从小就干活,吃惯了苦。老板是个黑胖子,满脸的横肉。他听刘秀青这么说,摆出一副勉为其难的神情:"好吧,那就跟我们后面干吧,不过工钱每天只能给你40块。"柱子急了,接口道:"小工每天不是80块吗?"

"80块?她能扛水泥袋吗?能抬预制板吗?"老板有点火了。柱子哑了言,刘秀青也不好争些什么。40块就40块吧,一天能挣40块,一个月就能挣1200块了。

干活的几乎都是男工,除了刘秀青一个女性,还有一个三十多岁的妇女。据说她是老板的小姨子。

老板分派刘秀青捡砖、推砖车、拎砂浆。起初,刘秀青浑身是劲,干这点活不算什么。但很快就觉得腿酸手软,衣服也全汗湿了。柱子趁人不注意,小声提醒她:"干活要悠着点,别把力气出过头了。"

老板也亲自干活,他只是一个小包工头。他手上拿着砖刀,嘴里叼着香烟,一边麻利地干活,一边指挥这个,责骂那个。见刘秀青干活的节奏慢了下来,他便冲着刘秀青喊:"不要磨洋工,干我们这种活,就要舍得吃苦。"刘秀青只好又加快了步伐。

中午,主人家管一餐饭。男工们在饭桌上大碗喝酒,大口抽烟,大声喧哗。不知道他们哪来的好劲头,再苦再累的活好像也不能压垮他们。刘秀青本来早已饿了,盛了一碗饭,夹了点菜坐到屋外的树荫下,却难以下咽。此刻,她就想喝一碗凉凉的、薄薄的粥。老板的小姨子也端了一碗饭坐到刘秀青身边来。她见刘秀青一粒粒地数着饭,便好心地劝道:"累不惯吧?多夹点菜,把饭吃下去。不好好吃饭怎么会有力气?"

中午稍稍休息了一会儿,就又接着干活。太阳毒辣辣地定在天上,懒懒的,不肯移步。刘秀青的汗水就跟雨水似的不住地往下淋。弯腰做事时,汗珠滚进眼里,眼睛辣得都睁不开。不停地要喝水,胃里像着了火。即使胃里的水往上漾,看见水还想喝。衣服紧紧地裹在身上,为了使自己不至于太难看,刘秀青一边干活,一边还得扯着紧贴在身上的衣服。老板的小姨子又告诉她:"夏天干活应穿厚衣服,穿厚衣服才能防晒,又能多吸汗。"

天太热,老板自己也热得受不了,下午四点多钟大家又休息了一会儿。刘秀青一屁股坐到树荫下,似乎再也起不来了。歇不到二十分钟,就又干活,下班通常要到下午6点多。好不容易下班了,刘秀青仿佛已经虚脱了,软软地坐上了柱子的摩托车。

摩托车风驰电掣般朝家的方向奔去,虽然暑气未散,但已经很凉爽了。衣服很快就干了。浑身已散了架的刘秀青,在颠簸中竟昏昏欲睡,头软软地靠在了柱子的背上。柱子放慢了车速,刘秀青闭上眼靠在他的背上,真想就这样软软地睡去,不要醒来。

第二天的日子更难熬。早上浑身酸痛几乎爬不起床来。手上的血泡早已破了,被汗腌到或是不小心碰到,钻心地痛。这一天,刘秀青被老板骂了多次。下班回家时,柱子劝她说:"觉得累,还是别干吧。"刘秀青坚决表示,一定要坚持下来。

做过一个星期的活后,刘秀青渐渐适应了。老板不再骂她了,脸上露出满意的神色。

阴雨天也要干活。做地平,粉墙壁,似乎是专门留待阴雨天做的。男工们抱怨,下雨天也不能在家陪陪老婆,管管孩子。刘秀青是巴不得天天有活做,这样暑假她就能挣更多的钱。

有一天,收工回家刚下柱子的摩托车,杏花嫂子就猴急地冲她喊:"青青,赶快回家吧,有客人来了,都等你三四个小时了。"

"谁呀?"

"我哪认得?是个挺洋气的小姑娘。大概是你同学吧。"

刘秀青想：会是谁呢？是邻村的，还是镇上的？她三步并作两步朝家赶去。拐过四奶奶家的院墙，陡然看到一个肩挎小包、穿连衣裙的女孩趴在井口的石栏上朝井里探望着，好像井里面有什么稀罕物。"许文。"刘秀青万万没想到会是许文。"许文——"刘秀青惊喜地跑着，叫着，向许文扑过去。

"是刘秀青吗？哎呀，你怎么晒成这样？我都不敢认了。"许文抱住刘秀青蹦着、跳着。"我去非洲进修了。"俩人大笑，继而又叽叽喳喳起来。

许文告诉刘秀青，她俩都被市一中录取了，她就是专门来告诉刘秀青好消息的。许文按照刘秀青给的地址，让司机导航把她送过来的。她看见刘秀青不在家，就在村前村后转着。许文对十三冲的一草一木都感到新奇，井台边的老板栗树让她惊叹不已，她张开双臂去搂抱它粗糙的树干，却怎么也搂不过来。"来呀，你来呀！"她嚷嚷着让刘秀青和她一起搂，结果俩人也搂抱不过来板栗树粗壮的树干。刘秀青听老人说，这棵板栗树已经有几百年了，枝头上依然缀满青色的板栗蓬，它茂盛的枝叶间还藏着几个大鸟窝哩，冬天落完叶子时，远远地就能看见它们像灯笼似的挂着。许文仰起头，张着嘴寻找着。"哇！"她指着一个鸟窝跳起来，那神情惹得刘秀青扑哧笑出声来。俩人朝坡上刘秀青家走去，许文看见青石板的路面也会"哦"地瞪大眼，路边坡地里的野花野草，也让她"啊！啊！"地惊叹。刘秀青说，你都快要"啊"出诗来了。许文挎住刘秀青的胳膊，说真正的诗人来了，也只能"啊"。她说农村真有趣，到处都有像电视电影上一样的美景。路过竹溪时，许文便蹲下身，好奇地探究它，把手伸进溪流中轻轻地撩水，然后惊讶地大叫："呀，水好凉。"

"你尝尝，还很甜哪。"

"能尝吗？没有血吸虫吗？"

"我们这里从来没有出现过血吸虫，我家吃的一直是溪水。"

许文便掬了一捧喝了："嗯，好喝。能不能做成矿泉水呀？我回去后叫我爸爸带人来看看。"

来到刘秀青家，看着刘秀青家的房子，她惊奇地瞪大了眼睛："不会吧，刘秀青,这就是你家呀?太夸张了。像电视中放过的西部贫困山区的住房……"

"这就是贫困山区。"刘秀青没好气地打断她的话,"这就是不太富裕的皖南山区一个特困户的家。"许文见刘秀青假装生气的样子,赶忙道歉,说她不该忽视刘秀青的感受。

许文也许是太兴奋了,话特别多,跟醉酒了似的。刘秀青没工夫跟她闲聊,她得赶紧做饭。许文则好奇地在刘秀青家门前屋后转悠,并拿出手机拍照。待天完全黑了,她才围到刘秀青身边,说东道西,像只兴奋的喜鹊。

吃过晚饭,趁着朦胧的月色,刘秀青又带许文到外面四处转了转。许文指着苦水塘说:"这里应该栽一些莲藕,这个时候应该就是'接天莲叶无穷碧,映日荷花别样红'的时候吧。"

刘秀青顺着许文的思路说:"在水边建一座小亭,水中放一只小艇,再放几只白鹅。"

许文说:"不够,不够。刘秀青,把你的破房子推了,建一座山庄,雕梁画栋、曲廊小亭高踞于水塘之上,游客们在这里休闲垂钓,赏荷看山。夜晚,灯火璀璨,与星月交相辉映,水面上、水底里,分不清哪里是人间,哪里是天上——太美了,简直就是人间仙境。"刘秀青应道:"好吧,我会努力的,下辈子请你来看。"于是,她俩相顾大笑。

"阿嚏!"许文忽然打起喷嚏来,凉意确实越来越浓了。"乡间这么凉爽,晚上恐怕不用开空调吧?"她问。刘秀青说:"我家没有空调。"俩人站在外面说话,讨厌的蚊虫不断地骚扰她们,许文感到奇怪:"这么凉还有蚊子?这里怎么这么多蚊子?"

刘秀青一本正经地说道:"夏天当然有蚊子了。蚊子也适应了山里的环境,晚上不怕凉的。今天有城里的佳人送来美餐,机不可失,它们一传十,十传百,就都来会餐了啊。"许文先是蛮认真地听着,后来听着不对劲便来打刘秀青。俩人打着、闹着跑进了屋子。

这个晚上,刘秀青没有像往常那样坚持看两个小时书。她要给自己放个假,好好陪陪老同学、好闺密。

俩人坐到蚊帐中躲开蚊子。许文惊讶刘秀青床上铺的不是凉席而是被子。刘秀青说,我们山里夏天从来就不用凉席,半夜会更冷。许文将信将疑。她们促膝坐着,从老师谈到同学,从城里谈到乡下,从现在谈到未来,一直谈到深更半夜才略有睡意。

临睡前,许文说要上卫生间。刘秀青便带她到屋后上茅房。许文踟蹰在茅房外不肯进去。刘秀青好说歹说地把她劝进去了,她刚一蹲下,却有一只老鼠从她脚边窜过,她拎着裤子惊叫一声跳了起来。刘秀青笑话她是胆小鬼,后来发现许文哭了,才忙去安慰她。解决完问题出茅房时,许文看见树影的婆娑,听见山鸟的鸣叫,也吓得缩着脖子,紧紧地抓住刘秀青的手臂,指甲都掐进了刘秀青的肉里。她的样子让刘秀青觉得又担忧又好笑。

回家关上门,上了床,许文开始担心门是否闩好,半夜里会不会有狼或是坏人来。刘秀青再三保证,说没有,许文依然吓得哆嗦,不敢睡觉。刘秀青便一直安慰她,直到自己实在支撑不了蒙蒙眬眬地睡去。

早上醒得有点迟。见许文仍在呼呼熟睡,刘秀青蹑手蹑脚地下了地,洗漱完毕便做早餐。这时柱子没见刘秀青下坡便骑车上坡来接她。刘秀青告诉他,家里来了客人,烦他替她请个假。

"不用陪我,我很快就回去。"

刘秀青一回头,见许文穿着睡衣站在了门口,原来她已经被说话声吵醒了。"那你先走吧,待会我骑自行车去。"刘秀青打发柱子先走,他欲言又止的,还是先走了。刘秀青招呼许文洗漱,许文看着她怪笑:"刚才那小伙子对你有意思呢。"

"别瞎说,快去洗脸吧。"

"说真的,我从他眼神中看出来了。"

"别打趣。真的不玩啦?"

"夜里太恐怖,不敢多待了。"

"我建了别墅你也不来了?"

"当然会来。放心吧,不建别墅我也会来的。多带几个同学壮胆不就得了。"说罢,她掏出手机给她妈打电话,叫司机来接。

一个小时后,许文家的司机就到了,在坡下按喇叭。刘秀青找了些干笋和野茶让许文带上。

刘秀青骑自行车赶到工地时,也才9点多,大胖子老板龇着黄牙对着她一顿唾沫乱飞。刘秀青自知理亏,无心计较他的责骂,赶紧干活。骂罢,老板说要扣刘秀青20元工钱。刘秀青拉着柱子一起找老板说理,老板一摔砖刀,问:"你们是不是不愿干活了?不干回家去!"刘秀青只好住了口,乖乖干活去。

自从许文开过刘秀青和柱子的玩笑,刘秀青便注意和柱子保持距离,说话尽量客客气气。

那天,收工有点晚,他没有像往常那样,让刘秀青在他家门口的路边下车,而是直接把车骑到了坡上,把她送到了她家场地上。刘秀青下了车,柱子却没有掉转车头,好像要说什么。刘秀青很紧张,生怕他会说出想处朋友之类的话来。

"柱子哥,你是个好人,人又长得这么帅,一定要娶个好姑娘哦。到时候别忘了给我留喜糖哦。"

柱子扯了扯嘴角,笑得很勉强。

暑假快要结束时,刘秀青开始向老板要工钱。"工程没有结束,哪会有钱付?即使结束了,人家也不知什么时候付款呢。"老板龇着一嘴的大黄牙,敷衍她。

眼看八月中旬都要完了,按照往常的惯例,高一新生要提前十天左右报名,要进行军训。刘秀青不能再等了。这天,吃过午饭小憩时,她又找到老板,说要开学了,希望尽快给她结算工钱。老板吐掉嘴里的牙签,火气蛮大地嚷道:"钱钱钱,我没有结到工程款,哪有钱来垫付你?要念书的孩子多了,我哪管得了许多?"

刘秀青恳求他帮帮忙,说自己是为了挣学费才来做工的。人家孩子没钱上学,大、妈还能在别处想办法,她除了要工钱还能有什么办法？看着老板无动于衷的样子,刘秀青几乎要哭了。大家见她说得可怜,也七嘴八舌地帮她。老板的火气小了,但仍坚持说没钱付。

这时,坐在一旁不声不响的老板小姨子突然发火了:"你这人怎么这样不通情理？没大没妈来做这等苦活已经够可怜了。开学了,不要你帮助几个钱,要结算工钱交学费还不行吗？"原来,她是冲她姐夫开火的。老板似乎有点怕他小姨子,这才极不情愿地从口袋中掏出账本给刘秀青结算工钱。

老板很快算清了刘秀青的账,一共是 2080 元工钱,迟到扣除 20 元,还有 2060 元。老板说没带现金,得从手机中转账。刘秀青没有手机,柱子忙说:"转给我吧,我回家给她现金。"刘秀青满怀感激地向柱子道谢。有工友在一旁打趣,说老板这是特事特办了。

学费就这样挣到了,这对刘秀青是个鼓舞。后来的寒暑假,去打工挣钱不仅成了习惯,也是一种必需。

7

　　高二结束的这个暑假,刘秀青找到的工作是在一家高档酒店——海天大酒店当服务员。

　　刘秀青站在镜前看自己,一身藏青色的制服使她显得挺拔又精神;头发被小谢帮着盘起来了,人一下子成熟了许多。小谢要给她化妆,她拒绝了。小谢说:"按规定我们上岗时都要化妆的,你最起码也要涂个口红吧。"刘秀青只好让她给涂了一点点口红。小谢要给刘秀青画眼影时,被她坚决拒绝了。小谢仔细看了看刘秀青,说:"是个美人坯子。你要是一妖媚啊,能迷倒不少人哪。"刘秀青打了她一下,不许她瞎说。小谢是她们的领班,也是刘秀青的师父。

　　老实说,刘秀青对镜中的自己还是满意的,唯一让她感到不舒服的是脚上的高跟鞋。高跟鞋是小谢的。起初,刘秀青是在楼上的包厢送茶、送菜,有时还要帮客人斟酒。有一次,她上楼送菜时不小心扭了脚,小谢便安排她专门站在门口,对进来的每一位客人喊:"您好!欢迎光临!"

　　和她一同站在门口喊"您好!欢迎光临!"的还有小董,这是一个五官精致,但为人刻薄的女孩。进门的客人大多都很傲慢,尤其是女宾,几乎从来不正眼看她们,趾高气扬地走过去,这让刘秀青觉得很伤自尊。所以,她喊"您好!欢迎光临!"的时候,只看着对面的墙壁。男顾客有的进门时会盯着她和小董看,目光像苍蝇似的黏着,使人感到既讨厌又恶心。

一天,临近日暮的时候,一个熟悉的身影跟在一个秃顶的男人后面从刘秀青身边晃过,刘秀青怔怔地看着那个女子的背影发呆。烫着大波浪、染得红红的头发垂在脑后,一身衣服像几块布片似的搭在一起,又细又高的鞋跟笃、笃、笃地敲击着楼梯,那些布片便随着音响的节奏飘拂、起舞。一条栗色的小狗用绳拴着牵在她的手心。见刘秀青发愣,站在她身旁的小董附耳过来:"怎么啦,羡慕有钱人啦?"

"有钱人?"

"是啊。别看她打扮得像个鸡似的,那身衣服少说也要四五千呢,全是名牌呢。"小董误以为刘秀青是羡慕人家的衣服。

"衣服?就那么零碎挂挂的,像破旗似的,还要四五千?"刘秀青奇怪。

"那当然了。她们哪一件衣服穿出来,不是好几千的?"小董的眼中闪着光。

"她是什么人?穿这么贵的衣服。"

"傍上大款了。刚才那位秃头,就是包养她的××硫铁矿的矿长。"

"多丢人!"

"丢什么人?这个社会,讲的就是实惠。如果运气好的话,说不定也会有人看上我们。"

刘秀青瞪了小董一眼,心里充满了反感。小董很迟钝,还在刘秀青耳边聒噪:"这有什么大不了的?我们这家酒店的老板孙姐,还不是当小三当成了老板的?这家酒店少说也能让她一年挣个六七百万。还有,以前在这里当服务员的小吴……"

"好啦。来客人了。"刘秀青打断小董的话,于是俩人一个冲着墙壁一个冲着来宾,一起喊:"您好!欢迎光临!"

刘秀青仔细注意每一位出门的女宾,耐心等待那位和栗色小狗一道进来的女人。可是,直到换班,刘秀青也没有看见她。

刘秀青见过孙姐,人长得说不上很漂亮,浓妆艳抹的,看不出年龄是二十几岁,还是四十几岁。面试时,知道刘秀青是在校学生,孙姐几乎没说二话就录用了她。刘秀青不明白她录用人的标准是什么,心里多少有些警觉。刘秀青在以往的打工经历中,受过几次骗。

刘秀青上班后不到一周,又见到了孙姐。那是她遭顾客投诉,被孙姐请进了办公室。

那天,刘秀青被扭的脚已经好了,小谢冲她喊:"小刘,四号包厢要茶。"

刘秀青泡一壶上好的碧螺春送了过去。四号包厢里坐着一位男顾客,四十来岁,头发梳得光光的,穿着很整齐,左手上戴了三枚金灿灿的戒指。

这人是个老主顾,是那种喜欢用苍蝇似的目光盯人的男人。刘秀青刚上班时,他和客人来此对饮,刘秀青给他斟过酒。他那三枚戒指很招摇,服务员背地里叫他"戒指男"。那次"戒指男"还给过刘秀青200元的小费。当时,刘秀青吓得不敢接,他说:"不接,这可是对客人的不尊重哦。"她只好接了。刘秀青知道有小费的,面试时老板就说过,她只当是5元、10元的,没想到会有这么多。刘秀青拿着钱去问小谢接这么多是否合适。小谢说:"有什么不合适的,他们那些人钱来得容易,他们手中的200元,比我们手中的2元还轻呢。"小董在一旁伸过头来,说:"不敢要啊?不敢要就请我们撮一顿啊。"小谢忙顶她:"你上次接了500块也没有请我们客呢。"小董立即涨红了脸,忸怩着走了。

刘秀青把茶送进四号包厢,包厢里只有"戒指男"一人,他很亲切地招呼刘秀青坐下,自己慢慢地品着茶水,有一句没一句地问这问那。杯中的茶水浅了,他叫刘秀青给他斟茶。店里有规定,要尽量满足客人的需求。客人要求斟茶,合情合理,刘秀青尽管觉得不自在,还是站了起来。她一手提了壶柄,一手托了壶底,给他倒茶。"戒指男"那只戴满戒指的手,蛇一样游上来,伏到了刘秀青的手腕上。刘秀青像被蜂蜇了似的一哆嗦,壶中的茶水冲到了他的胸口,茶杯也差点被打翻。他烫得跳起来,忙不迭地哈着腰去抖衣服。刘秀青趁机赶紧逃了出来,心里真后悔上次不该接他的小费。

很快,刘秀青就被叫到了孙姐办公室。孙姐坐在高大的老板椅上,不动声色地直盯着刘秀青,看得刘秀青心里直发毛,刘秀青只当要被炒鱿鱼了。

没料到孙姐并没有要辞她,而是心平气和地开导她,说:"不要太保守,都什么时代了?摸摸你的手又有什么关系?人家会给你小费的。你想,上大学还不是为了工作?工作还不是为了挣钱?"

孙姐的话让刘秀青觉得很不顺耳,甚至有点恶心。难道人来到世上就是为了挣钱吗?她比谁都清楚:挣钱很重要;但她更明白:尊严比金钱更重要。君子爱财,取之有道。最起码,她想有尊严地去挣钱。

一天忙下来,胳膊酸痛,两条腿也木木的。回到宿舍,刘秀青胡乱地吃了点东西就躺着不想动了。笃、笃、笃,宿舍的门突然被敲响了,随着敲门声一起传进来的还有宿舍管理员程阿姨的大嗓门:"开门!是谁在里面?谁还没有走?"

刘秀青赶紧跳起来,拉开了宿舍门,说:"阿姨,我在打暑假工,暂时回不去,想在宿舍多住几天。"

"高三学生补习可以住这里。学校有规定,你又不是高三,还是快走吧。"

"好的好的,我会尽快搬走的,不让你为难。"

程阿姨垮着脸,没有再说什么,伸头朝宿舍里狐疑地看了几眼,这才摇着肥胖的身板,企鹅似的慢慢走了。

关上宿舍门,刘秀青再也睡不着了。她坐到窗前,托腮看着树影婆婆的校园,十三冲、叔叔家、失踪的妈妈、远离的雷伊鸣……思绪竟无处奔突,焦虑和苦恼像雾霾一样在宿舍里弥漫。

刘秀青做了几次深呼吸,又拿出黑皮笔记本开始写起来,她要平复自己。

第二封信

还是想给你写信,上次跟你说了我的出生,现在就来说说我的爸爸、妈妈吧。

爸爸兄妹四人,他排行老大,下面有俩妹妹和一个弟弟。小时候,我几乎没有见过姑姑和叔叔,我爸也从不提他们。倒是四奶奶有时在背地里骂他们忘恩负义、白眼狼什么的。

爸爸本来也读书,因为祖父识字,很重视子女们的教育。

爸爸读书时成绩很好,拿四奶奶的话说,是铁板钉钉可以成为公家人的。

不幸的是命运多舛,爸爸十七岁那年,一场干旱像瘟疫一样盘踞了江南,水田咧开了干渴的嘴巴,路上的浮尘没过了脚面,连着被称为龙宫的苦水塘也快干涸了。我祖父还被贴上了"反动派"的标签,不仅让他戴着高帽子游街,还要他跪在祠堂前接受批斗。

祖父捎口信把我爸爸从学校叫了回来,嘱咐他:"做长子的要挑起家庭的重担,弟弟妹妹一定要叫他们读书成人。成文啊,大对不起你啊。"说罢,号啕大哭。他还再三叮嘱祖母来年春天一定要多多地种南瓜,房前屋后全种上,越多越好。祖母已然知道祖父的用意,日夜守护,并不时地恳求、开导,但祖父最终还是离开了人世。

爸爸的悲剧,便在祖母决堤的泪水和撕心裂肺的哭号中拉开了序幕。

爸爸放下了书包,卷起了裤管,和村民一道做起了农活。手上的血泡渐渐变成了老茧,白皙的皮肤也越来越黑。他用自己稚嫩的肩膀扛起了养家的重任。

祖父死后的第二年,确实出现了更大的饥荒。而我父亲刘成文一家,靠着房前屋后的累累南瓜而得以保全性命。

耕田种地,养牛喂猪,起早摸黑。冬去春来,爸爸送走病终的祖母,供起上学的姑姑和叔叔。大姑后来考上了不用花学费的师范。小姑姑和叔叔赶上了买工潮,爸爸为他们一一买了工作。姑姑、叔叔由乡下人变成了城里人;爸爸由健壮的小伙变成了木偶般的"老人"。大姑上了师范,远嫁外省,几乎和家中失去联系;叔叔买工在城里成了家,离开了伤心地,很少再踏旧家门。

爸爸有过心上人，但不是我妈。那时，爸爸不像现在这样黑，他多才多艺，人厚道，长得也帅气，很受姑娘们青睐。

爸爸的心上人是邻村周书记的大女儿，名叫周碧秀，是爸爸的同学，一个长得很好看的女孩。祖父去世后，爸爸辍学回家，周碧秀曾多次来十三冲苦水塘劝爸爸返校。第二学期，她还主动给我爸垫了学费报了名。但爸爸实在没有办法上学了，奄奄一息的祖母已完全失去了劳动能力。爸爸要参加生产队的劳动，挣工分养家糊口，他不再搭理周碧秀同学。周碧秀抹着眼泪接受了现实，后来成了周老师，我上小学时，她教我语文。

我妈，是爸爸捡回来的老婆。

不知道她姓甚名谁，也不知道她来自何处。爸爸第一次看到我妈时，她正在垃圾桶边翻着垃圾找食物吃。她头发蓬乱，衣不蔽体，浑身臭味，但眉眼倒还周正。有几个痞子不怀好意，邪邪地打量着她。爸爸见她可怜，把自己正在啃的馒头匀了半个给了她。痞子们便看着我爸起哄，说一些难听的话。我爸被惹毛了，取了扁担吓跑了那几个痞子。

我爸走时，旁边理发店的理发员大姐撺掇她紧跟着我爸。不知是半个馒头给勾引的，还是她听懂了理发员大姐的话，知道我爸可以信任。也许还是冥冥之中有一段孽缘需要了却吧，她果真紧跟着我爸，亦步亦趋地来到了十三冲。

爸很犯难，跟她说话，她也听不懂；赶她，她也不走。倒是四奶奶热心肠，硬要把她留下来给我爸做媳妇。四奶奶把我妈好一番拾掇，要她当我爸爸的新娘。干净漂亮的年轻女性对男人是有诱惑力的，何况我爸也觉得她太可怜。四奶奶的话也不无道理啊："成了家，养个一男半女也好续个香火不是？老了病了也有个孩娃递茶送水的不是？"四奶奶好说歹说终于使他们圆了房。在爸爸的憧憬与期待下我出世了，我却没能在他临终前为他递茶送水。

8

刘秀青在海天大酒店意外地看见了失踪的吴佳。

刘秀青这天跟在小董后面去八号包厢送菜。八号包厢里面只有五个客人,四男一女,里面烟雾弥漫,说笑声很放肆。布菜的当儿,刘秀青瞟了一眼座中的女宾。这一看,惊得她差点扔掉了手中的托盘。"吴佳——"她惊讶地叫出了声。正在埋头抚弄膝上栗色小狗的女宾抬起了头,果然是吴佳。这回她穿着黑色吊带连衣裙,露出光光的膀子和雪白的乳沟。见了刘秀青,她也很诧异,眼神不由自主地投向她身边一个六十多岁的男人,一个胖胖墩墩、满面红光的秃顶男人。她好像有点尴尬,很敷衍地和刘秀青打了个招呼。小董为他们斟酒,刘秀青拿着托盘就出来了。

席间刘秀青再次给他们送菜出来时,吴佳也跟了出来。刘秀青想抱她,想拍她,想拉住她的胳膊问这问那,她有太多的话想说。但吴佳一副波澜不惊的表情,似乎想拒人于千里之外,刘秀青有点失望。吴佳示意一起坐一坐,刘秀青便把她带到大厅的一个角落里坐下来。

"你怎么会在这里?不读书了吗?"刚一坐下,吴佳劈头就问。

"暑期打工嘛。你现在在干什么?"刘秀青好奇地问,话一出口她就后悔了。

吴佳转过目光,玩弄她的指甲,指甲上缀满了紫色的小花,还撒满黄色的金粉。良久,她才缓缓地说:"你也看到了,我现在已经有男人了。不用读书,不用工作,在家做太太呢。"刘秀青想起了小董说的关于"傍大款"的话题,不敢问,怕伤吴佳的自尊,只好委婉地说:"这不太好吧?你应该把书读完。"

"这样也挺好,读书已与我无缘了。你不明白,读书需要单纯,心思一复杂就读不进去了。真的很羡慕你,你一定要好好读下来呀。"

"你也应该找点事情做。"

"我不像你,我肩不能挑手不能提的,能干什么?"

刘秀青对吴佳的话很反感,心想,谁天生就会做事?我也是爸爸妈妈的宝贝。我们没必要太惯着自己。

"你可以去唱歌啊。"刘秀青劝道。

"唱歌也不像你想象的那样容易,每条道上都有黑暗丑陋的一面。"于是她幽幽地说起了她的故事。

吴佳离开学校后,在市内一家有名的夜总会唱歌,还去另一家茶楼赶场。当时给她捧场的人很多,她现在的老公范矿长就是其中之一。唱歌时经常遇到一些人无理纠缠,甚至提出过分的要求。一次,她在夜总会唱罢,急着去赶茶楼的场,却被一个富二代拽住不放,人家偏要吴佳陪着喝酒。他把吴佳按在座椅上时,还顺手在她胸前捏了一把。吴佳忍无可忍,端起一杯酒就泼向他的脸。那个富二代当即就抢起一个酒瓶朝她砸过来,嘴里不干不净地骂着污言秽语。满脸鲜血的吴佳被范矿长送进了医院,从医院出来她就走进了他给安排的家。吴佳撩起额前的头发,让刘秀青看她发际处的伤疤。她说那次她被缝了6针,感到在茫茫尘世孤立无援,她才找了个男人来做依靠,虽然她知道这个男人有妻室。

"这样的花心男人并不可靠,有一天他要离开你怎么办?他老婆知道了怎么办?"

"不怕的,我有他的把柄。"说着,她凄然地笑了一下。

俩人坐在那儿,足足谈了半个小时。吴佳一直想装得很高兴,但刘秀青看得出她的神情很黯然。"黯然"才是她的底色,"高兴"只不过是化妆。后来小董喊刘秀青,说正忙着哪,怎么躲到一旁逍遥去了。刘秀青赶紧拿起托盘跟吴佳告辞。

见过吴佳,刘秀青心里一直很沉重,说不清道不明地沉重。"我能想到最浪漫的事,就是和你一起慢慢变老。直到我们老得哪儿也去不了,你还依然把我当成手心里的宝……"那个整天哼着小曲的女孩现在还唱歌吗?

刘秀青还在替吴佳担忧哩,却不想自己的处境也堪忧起来。这天傍晚,孙姐叫人来找刘秀青。刘秀青以为又遭人投诉了,她忐忑不安地走进孙姐的办公室,孙姐一见她就直奔主题:"有一个客人,希望你能够提供特殊服务。"

"什么服务?"刘秀青一脸茫然。孙姐惊讶地挑了挑眉:"这个你都不知道?不会那么单纯吧?价钱会很高哦。"

刘秀青突然醒悟过来,一股怒气在她心头翻滚着,她羞得涨红了脸,也涨大了脑袋。刘秀青抓起孙姐办公桌上的一个小玩意儿朝她扔过去。孙姐赶紧双手护着脑袋,尖叫着连唤:"保安!"刘秀青转身冲出了她的办公室。

刘秀青一直奔向服务员的休息室——厨房旁的小隔间里,她脱下高跟鞋扔给了小谢。小谢惊讶地看着她,问她发什么神经。

"这地方太肮脏,没办法再待下去了。"刘秀青一边脱着工作服,一边愤愤不平。小谢似乎明白了,她拉刘秀青坐下,劝她说:"不要意气用事。你遇到的情况,我们这些姐妹都遇到过。只要你自己把握好,别人不能把你怎么样。清者自清,浊者自浊嘛。"

刘秀青知道以后这样的纠缠还是免不了的,她不愿让这些龌龊的纠缠复杂了她的心灵,她还是决定辞职不干了。

保安没有来找刘秀青。半个小时后,心情已经平静的刘秀青又主动走进了孙姐的办公室。孙姐一见刘秀青,立即阴沉下脸,涂了浓浓眼影的双眼警觉地盯着刘秀青。刘秀青向她说明了来意:"我要辞工了,希望能把我这十几天的工钱结算了。"孙姐这才放松了,嘴角轻蔑地撇了撇:"你还想要工钱?你违约该付我违约金。你砸碎了我的翡翠饰件,你还得赔。"

"如果你想要违约金,我们可以去仲裁部门或是公安机关谈;你的饰件被打碎是你咎由自取。再说,谁知道你那东西是真货还是假货?"

孙姐没有太坚持,也许她不在乎这几个小钱,懒得和刘秀青费神;也许怕刘秀青真的动了犟脾气,搞到仲裁部门会给她惹麻烦。她从手袋中抽出了650元扔到桌面上。刘秀青捡起600元,把另外50元学着孙姐的样子扔给她:"这是赔你的翡翠饰件钱。"刘秀青也还给她一个轻蔑的眼神,高昂着头走出了她的办公室。想到孙姐有可能气得跳脚的样子,刘秀青终于觉得解气了。

回宿舍的路上,刘秀青花了一元钱,在吆喝着"老面馒头"的三轮车上买了两个馒头,又在小街梧桐树下的瓜摊上挑了一个大西瓜。她把西瓜拎到管理员程阿姨的宿舍,恳请阿姨再让她住几天。

程阿姨收了西瓜,不置可否,她朝刘秀青挥挥筷子,示意她走,自顾自地喝着一碗稀粥。

刘秀青回到宿舍,一边啃着馒头,一边拿出了黑皮笔记本。她又想跟雷伊鸣说点什么了。

第三封信

今天我看到我的室友吴佳了,为她的迷失而痛心。本来想跟你说说我的室友们,说说吴佳。为了不打乱书信的顺序,我还是接着讲我小时候的事吧。

我以前有爸爸,也有妈妈(忘了告诉你,现在学校把我当孤儿了)。有爸爸妈妈的时光,草是绿的,花是香的,月亮是圆的。

爸爸很慈祥。我喜欢爸爸温暖的怀抱,但他不常抱我。他总是忙,忙着收废品,忙着堆扎旧报纸、硬纸板,忙着修补他那常常漏气的车胎,忙着屋后的菜地。山脚下还有一亩七分田,收稻子、种油菜,那也是要忙的。为了我娘俩过得像样点,爸爸一年到头勤劳地工作着。

爸爸疼我,我是知道的。我被虎子打哭时,爸爸再忙也会蹲下身子为我抹去泪水,呼呼我被打的地方。爸爸的"呼呼"有神奇的效果,打疼的地方立马不痛。但被爸爸抹泪是个极难受的体验,他的手像树皮似的刮疼了我的脸,被抹过泪的我,便成了虎子口中笑骂的"花脸猫"。

煮熟的鸡蛋永远是留给我的。我从不蓬着头发、穿着脏衣服。爸爸用他那双布满裂口的手把我收拾得漂亮可人。

爸爸把他收回来的旧彩电拾掇好,放在条几上,精心转动着天线固定在少儿频道,我便能看动画片。

妈很少说话,但她一天至少也要喊我二十声"宝宝"。她总是看着我呵呵地笑。从我记事起,我记得妈终日把我紧紧抱着,我在她怀里挣着、挺着,她才会把我放下来。我玩不到一会儿她又来抱我,因而我就常常躲着她。村民给了什么好吃的东西,妈会紧紧地捏在手里留给我吃。如果我正贪着玩不愿吃,她会不住地说:"吃啊,宝宝。吃啊,吃啊——"这是我记忆中她会的唯一的哄劝我的方式。我掉到地上的食物她会捡起来吃,虎子见了会用手指刮着脸蛋羞她,我便很不高兴,心里恨着虎子,也恨着我妈。

春天山花开满屋后的坡地时,妈会牵着我去采花。红的、黄的、紫的花插满了我的头、妈的头,然后娘俩蹲在苦水塘边"照镜子",水塘中娘俩的脸上洋溢着心满意足的笑。偶尔有村民路过看见我们的傻样,会很夸张地将我们大大赞美一番,然后扭过脸偷偷地乐。

我在门前的场地边逮蝴蝶、捉蜻蜓的时候,妈就坐在屋檐下的石头上静静地看着我。她的目光紧紧跟着我,犹如我是她放飞的风筝,她的目光便是风筝线。我玩累了,便会靠在妈妈怀里,或是趴在她的背上,玩弄她的头发。扯痛了她的头皮,她只是咝咝地吸凉气,从来不责罚我。有时我的小手伸进了她的脖子,她立即缩紧了脖子,咯咯地笑。于是我便故意地一次又一次地把小手伸进她的脖子,直到她笑得喘不过气来。妈的耳朵后面有一颗红痣,我疯累了,就用手指去抠它,轻轻的,不让我妈觉得疼。

夏天,古井旁的老板栗树下特别热闹。吃过晚饭,爸爸会把我架上脖子,去老板栗树下凑热闹,妈也会乐颠颠地跟在爸爸后面。一到老板栗树下,我就从爸爸身上溜下来,混入人群中去找虎子;爸爸便蹲下身子,抽着香烟和乡亲们聊天;妈则被大家冷落在一旁。说话声、吵闹声、嬉笑声和着呱呱的蛙鸣一直要到半夜。回家时,我通常是已经睡熟,被爸爸抱在怀里带回家的。

还没有入冬,爸爸就给我买回好看的棉鞋。我穿上棉鞋去村中炫耀。大妈、奶奶们建议我留待夏天穿会更好,晚上睡觉最好也别脱下来。我知道她们是嫉妒我,我才不上她们的当呢。

南方的冬天是很少见到大雪的,通常小雪花稀稀拉拉地飞一阵就停了,只在树梢上、山尖上留下一点记号。但我六岁那年冬天下了一场大雪。大雪纷纷扬扬地下了一天一夜,第二天早晨爸爸打开门连苦水塘都不见了,门前全是白皑皑的一片。后坡的毛竹全都弯下了腰,有的已经被压断。几只山鸡和灰鸟呆愣愣地立在雪地里,脚已经被冻住,动不了了。爸爸把它们捡回家,妈很快就做了一锅野味烧豆腐。腾腾的热气弥漫了小小的屋子,诱人的香味也弥漫了小小的屋子。很多年过去了,小屋子弥漫着热气和香味的场景却一直留在我的脑海里,天气恶劣的时候,爸爸也会不出门。他会把我抱上膝头,陪我看图识字,或是教我画画。"今天我们画什么呢?画小牛好吗?"于是,爸爸教我画小牛。我们也画花,画树木。

"爸爸,画人吧。"

"你想画人啊?"

"对呀。画跟抽屉里本子上一样的人。"我曾在抽屉的底层翻出一本本子,上面画着许多人,人物尽管穿戴不同、姿势不同,但面孔几乎都一样:双眼皮、大眼睛、圆鼻头,很漂亮的一个年轻女孩。一提到抽屉里本子上画的那个人,爸爸情绪立即黯淡了。"好了,自己玩吧。"爸爸把我从膝盖上放下来,闷闷地抽起烟,我便只好独自胡乱涂鸦。后来,我终于从七叔的闲谈中得知:爸爸本子上画的那个人是他旧时的恋人周碧秀。

七叔常抱我,以此来逗弄虎子。虎子的眼睛像七叔,小得像巴茅草割的一条伤疤,似乎没睡醒的样子,笑起来根本就没了眼睛。七叔常拿自己的眼睛开玩笑:"眼睛小怎么啦?聚光。牛屎块倒是大呢,它抵不上狗屎肥。"惹得七婶咯咯大笑。七婶笑的时候,我们也跟着笑。

虎子还小心眼。小心眼的虎子护怀,七叔抱我时他就不乐意,总是围着石桌追七叔,四奶奶挂满丝瓜的小院中欢笑与哭闹便沸扬起来。七叔闹够了,会笑着逗七婶:"珍子,再生一个吧,像青青一样的女孩。"七婶剜他一眼:"你不怕超生罚款呀?喜欢青青,把她领回家。"

"那哪成啊,"七叔说,"成文哥就这么点福气,你还想占有,你也太自私了吧。"说罢,又抱起我来逗虎子,小院中又扬起了欢笑声。七婶甘甜的乳汁和七叔温暖的怀抱幸福了我的童年。

七叔是我们这儿小有名气的砖匠,是大师傅,收入尚可,一家人过得其乐融融。如果说有什么不称心的,那就是虎子身体弱。虎子常生病,发烧啦,咳嗽啦,闹肚子啦,没个消停。四奶奶和七婶便要常常带他到镇上去打吊针。

每次去打吊针,虎子总是好一番哭闹,揪他妈的头发,在四奶奶怀里打挺。有一次,他哭急了,扯着我说:"叫青去打针,叫青去打。"四奶奶便说:"好,叫青儿去打针,我们去镇上买糕吃。"虽然我觉得这个建议不够合理,但我还是愿意的。虎子多可怜啊,谁叫我是姐呢。再说,我也想吃糕。

四奶奶终究没带我去打针。我似乎也从不生病。虽然疯热过后脱掉棉袄我也曾咳嗽过几天,在竹溪中打湿了棉鞋我也淌过几天鼻涕。我淌鼻涕的时候妈也会不停地为我擦,但没人说我生病,我便不生病。

我是爸爸靠天收的宝贝。

如果时光能停留该有多好。如果时光能停留的话,我就不会失去虎子,不会失去妈妈,也不会失去爸爸了。

9

　　辞掉了海天大酒店的工作,刘秀青解气是解气了,可解气不能解决她的生活问题。上学期,沙老师知道了她的家庭情况,埋怨她当初填家庭情况表时不该隐瞒实情。刚上高一时,沙老师就询问过有没有家庭困难的同学,有的话政府会有补贴。当时,有两个男生迟迟疑疑地举起了手,底下便有同学讪笑。刘秀青不想当众晒自己的窘境,何况政府救助的指标有限,她就沉默了。沙老师替刘秀青申请了一个助学指标,学费由不知名的爱心人士代缴,但几百块钱的书本费还是要自己出。这个暑假,因为到了高三要提前上课,能够利用来打工挣钱的日子满打满算也只有二十来天了,下学期的生活费怎么办呢?枝枝姐高考成绩不理想,只能上个三本,高昂的学费已让叔叔、婶婶焦头烂额。他们自顾不暇,刘秀青要指望他们给生活费,那是万万不可能了。

　　满街随处都可以看到窄小的中介所。中介所外的墙壁和黑板上密密麻麻地写满了各种信息,房屋买卖和租赁,求职的,招聘的,五花八门。刘秀青走进了一家开设在楼道里的中介所,想询问一下有关招聘的事宜,一个扎着马尾辫的薄嘴唇女人,鼓动刘秀青先交200元中介费,她保证能给刘秀青找一个不错的工作。刘秀青舍不得这笔钱,继续向前找。问了多家中介所,情况如出一辙,都是要先交中介费,再给相关信息。后来她来到益民中介所,老板是个慢条斯理的中年男人,说话慢腾腾,动作也慢腾腾。他见刘秀青是个学生，通情达理地表示只收她40元中介费，叫刘秀青留下电话号码，说尽快帮刘秀青联系。刘秀青在他递过来的登记表上填写了一些信息，但没有电话号码可留。刘秀青交给他一张50元的钞票，他站起来，一瘸一拐地去衣架上的衣服口袋里掏零钱，原来是个残疾人。

走出益民中介所，刘秀青又跑了好几条街，还是没有找到工作。第二天一大早，她又来到了益民中介所，远远地看见瘸腿老板正用力地向上推中介所的卷闸门，他回头看见了刘秀青，向她招招手。

他走进狭小的中介所，坐下，才慢条斯理地告诉刘秀青，工作替她找到了，叫她去一家小商品批发市场试工。试工一星期，试工期间没有工资，只供应午餐。试工合格，月薪3000元，包吃包住。

刘秀青喜出望外，庆幸这40元交得值。她问清了用工的地点，急急向小商品市场跑去。一路上她兴奋不已，心里盘算着，除去一个星期的试工，她至少还能挣1000多块钱。

刘秀青赶到小商品市场42号，才知道这是一家批发商场。老板个头不高，却显得彪悍魁梧，胸毛都长到脖子上，从圆领汗衫的领口跑出来。刘秀青见到他时，他正在训斥一个穿蓝色大褂的工人。刘秀青向他说明了来意，他冷冷地打量了刘秀青几眼："试工期间是没有工钱的，我得把丑话跟你说在前头。"

刘秀青说："我知道。"老板便交代她跟着穿蓝色大褂的工人去干活。穿蓝色大褂的工人是个瘦高个，他很开心地朝刘秀青打着手势，啊啊哦哦地说着什么，原来他是个哑巴。

到这家小商场打工的只有哑巴师傅和刘秀青俩人，他们负责搬运物品，把老板进的货从大货车上卸下来，把批发出去的货装上车。老板自己有时候也干活，比如进的货物到了，他也会穿上一件紧绷绷的蓝大褂，和他们一起卸货。他一刻也不让两个工人闲着，没有生意的时候就让他们整理物品。哑巴干活轻快，说话也勤快，总是见缝插针地跟刘秀青啊啊哦哦地说着什么，脸上的肌肉夸张地跳动着。刘秀青几乎一句也听不懂。干活方面，刘秀青手脚麻利,头脑灵活,账也算得快,应付有余。哑巴师傅偷偷地向她竖起大拇指。

试工第六天,老板不知为什么不高兴,总是找刘秀青的茬,一会儿埋怨她货物没有摆放整齐,一会儿埋怨货物放得不是地方。到下班时,他怒气冲冲地朝刘秀青吼:"明天不用来了。娇小姐似的,能干什么事,白搭了我几餐饭。"

刘秀青整个人一下子就凉了,前几天不是对我还满意吗?吩咐的事或是没有吩咐的事我不是都做得好好的吗?哑巴师傅显然也弄明白了刘秀青的处境,他在老板身后指着老板撇嘴、摇头,摆着手对刘秀青比画着。刘秀青也不明白哑巴师傅要表达什么,她确信自己做得很好,不存在不能胜任工作之说,不至于遭老板辞退。她怀疑老板大概只长期留用哑巴一个人工作,其余来打工的,试工期一满就辞掉,他就一直不需要付工钱了。刘秀青要据理力争,她对老板说:"货物怎么摆,我是跟着你后面干的;摆在什么地方,也是你指定的。我整天像陀螺一样转着,只想为你店里多做一些事情,只想得到你的认可。你不能昧着良心说瞎话。"老板没有想到一个小丫头竟敢和他较真,他冷冷地盯着刘秀青:"我不满意我当然要辞工,不行吗?"

"你不满意就应该早说,干吗要耽误我的时间?干吗要剥削我的劳动?"刘秀青说。

老板不搭理刘秀青,转身走了。哑巴师傅朝着老板的背影咧嘴皱鼻子地说着什么。

刘秀青突然有一种上当的感觉,她真想去找益民中介所评评理,想想也是无从说起,他们很可能就是穿连裆裤的呢。试工何为合格,何为不合格,事先也没有说清楚。人家嘴巴大,自然是人家有理,刘秀青只能打落牙齿往肚里咽。不知道下一个上当的又会是谁?

刘秀青拖着沉重的脚步回到宿舍,一头栽倒在床上。想想这几天的辛苦和今天的委屈,真想大哭一场。

"嘭、嘭、嘭!"有人敲门,不用说肯定是程阿姨。刘秀青打开门,程阿姨宽阔的身板几乎塞满了门框,她一脸的不高兴:"你怎么回事啊?怎么还不走啊?"刘秀青赶紧解释,说明天一定走。程阿姨很不满意,嘟嘟囔囔地走了。唉,简直是祸不单行,刘秀青苦笑了一下,开始收拾东西。

刘秀青不死心,第二天,她背着书包,拎着换洗的衣服,依然在大街上寻找工作。她不相信这么繁华的城市,就找不到一份她需要的工作。她不敢再去中介所,她一边注意墙上和电线杆上的小广告(她知道有些广告也不靠谱),一边挨家上门询问工厂、商场、饭店需不需要人手。

功夫不负有心人,一家规模不大、生意却不错的饭店老板答应让她留下试试。接受上次的教训,她问他试工的具体情况,是不是试工期间没有工资。老板不耐烦地说:"干一天活,结一天账。不能干我开人,不愿干你走人。"

老板的口音是外地的,说话还挺干脆,刘秀青决定留下试试。说好每天60元,包吃包住。60元一天的工资不高,但包吃包住很诱惑人。

这家饭店处在郊区进城的国道边,招牌为"老乔饭店"。老板姓乔,夫妇俩原本也是从乡下来城里打工的。饭店的主要客源是附近镇政府的官员、来往过路的司机和城建工地上的小老板和民工,生意很红火。

饭店的活,靠的不仅是力气,还考验人的耐力。工作时间太长,早上4点多就得起来择菜、洗菜、打扫,晚上10点多还有客人来吃饭,等到把碗盘洗刷好,都快到夜里12点了。

睡的地方其实难以启齿,楼梯间旁的小库房里,在地面上铺一张凉席就算安了床。虽然有一台小电扇,但在又小又闷的空间里开着电扇,扇出的也是热风。好在是一楼,躺下后,地面上还有丝丝凉意。不必顾忌堆得高高的杂物会不会突然倒下,也不必顾忌睡着后有没有老鼠、蟑螂来访,累了一整天,刘秀青倒头便能睡着,如果没有人叫,第二天恐怕也难以醒来。

刘秀青干活从不偷懒耍滑,所以老板和老板娘对她还算满意。老板夫妇有着生意人的奸猾,也有着乡下人的敦厚。他们待刘秀青还好。下午没有客人的时候,他们也叫刘秀青休息;吃饭时也会给她夹菜,叮嘱她一定要吃饱。在这里打工的生活虽然很累,但也还快乐。

开学的前一天,刘秀青辞掉了饭店里的活,买了些水果,去了趟叔叔家。

一见面,婶婶就告诉刘秀青,叔叔又失业了。他工作时,手受了伤,险些断了手指。在家休养了十来天,再去上班时,老板不仅不给他报销医疗费,还辞了他。说他是违章作业,给厂里带来了损失,自己受伤也是咎由自取。"到哪去讲理啊?"婶婶说,"明明就是机器出了故障。你叔叔多老实,多本分,你是知道的。这下好了,一家老小就等着喝西北风了。"

枝枝姐不打算去上三本,准备补习。补习费太贵,要好几千元,婶婶正为此犯愁呢。面对刘秀青,婶婶有些过意不去,她叫刘秀青给大姑打个电话,报个平安,话里话外,暗示刘秀青向大姑讨要生活费。刘秀青装着没听懂婶婶的话,为了免除婶婶的心理压力,刘秀青撒谎说,学校对困难学生有补助,她的钱够用了。

刘秀青和婶婶在客厅闲谈时,堂姐枝枝一直没有露面。临走时刘秀青想看看她。刘秀青推开枝枝的房门时,看到她佝偻着背伏在书桌上。枝枝见到刘秀青,有些讪讪的,可能为高考的失利难为情吧。看到她脸小了一圈,刘秀青有些心痛。她很想对萎靡不振的堂姐说些什么,但堂姐枝枝那冷若冰霜、一副拒人于千里之外的神情又使刘秀青无法开口。刘秀青拍拍枝枝,对她做了一个加油的姿势。枝枝嘴角艰难地挑起了一缕笑容。

刘秀青是第一个回到宿舍的人。管理员程阿姨见到她,没有再说什么。刘秀青把宿舍收拾干净,连同室友的床铺都给擦拭干净了。晚上,她看了一会儿书,心里总不能安静,后来她还是拿出了那本黑皮笔记本。

第四封信

有一段时间没有给你写信了,这段时间我一直在打工。不用担心,打工对我来说不算什么,我有这个"能力"。

我四岁开始便帮爸爸干活了。

那时,我会拎着竹篮去菜地摘菜,在苦水塘边的大石板上把菜洗干净,把衣服泡上洗衣粉用脚使劲地踩。我最爱干的活是用竹箩在水中淘米。把竹箩慢慢沉入水中,一会儿便有小鱼儿、小虾儿游进来,我猛地一提箩,小鱼儿、小虾儿便在白花花的米上乱蹦。我再把竹箩伸进水中,鱼儿便立马逃离,虾还笨笨地在箩中迟疑。我把脚伸进水中,鱼儿便来咬我的脚,脚丫被弄得痒痒的,我忍不住咯咯地笑。妈在门口场地上看着我,也呵呵地笑。淘好的米放进电饭锅中插上电,爸爸回家只要生火炒菜就行了。

傍晚,我把晒着的衣服、鞋子收回家,把小鸡仔赶进窝,给圈中的猪加几瓢食,就坐在电视机前看动画片等爸爸回家。妈也看动画片。我靠在妈怀中,妈用手紧紧揽着我。我一边看电视一边玩妈的头发,偶尔把她的头皮扯疼了,她也只是偏偏头让一让,从来不阻止我。

妈基本上是处于糊涂状态,很少有清醒的时候。清醒时她会问我:"吃吗?"我懒得搭理她,仍低头玩我的小石子。她便会哄我:"吃啊,宝宝。"我剥毛豆时,她也会跟着剥,我踩好的衣服,她也会拎到塘水中洗净、晾好。她洗衣服时,我会在一旁玩水。清凌凌的水好诱人,我忍不住捧了一口送进嘴里。

苦水塘的水其实不苦,甜丝丝的,很好喝。从后山竹林间渗出的溪水清冽甘甜,它不分昼夜地欢唱着注入苦水塘,灌溉着山下大片的良田,滋养着十三冲和邻近乡村淳朴善良的乡邻。

"水不苦为什么叫苦水塘呢?"问妈是没有用的,有一回在老板栗树下纳凉时,我便问四奶奶。四奶奶的邻居黑子妈打了我一蒲扇,抢着说:"早年那里没有塘,是坡地。有一年啊,起了蛟水,一股蛟水从那儿蹿了出来,便留下了一个大坑。起蛟时,蛟头上坐着一个美人儿,所以叫作'美人蛟'。美人是溺死的,所以苦啊……"

"别听她嚼舌头根子。那塘啊是'大跃进'时开挖的当家塘,当小水库用的。挖塘时可苦了。"回忆起当年挖塘挑土的情景,四奶奶至今还痛苦着,怪不得叫苦水塘了。但我还是喜欢黑子妈说的那个版本。

四奶奶和黑子妈都说,苦水塘挖得深,一直通到龙宫呢,再干旱的季节,也没见苦水塘的水干涸过。

几年后,在虎子溺死的那段时间里,我反复做着同一个梦:我梦见我在塘边淘米洗菜,突然从塘中蹿出一股蛟水,蛟头上坐着虎子,正眯着小眼朝我笑呢……

有一回,妈洗衣时突然发起愣,她怔怔地看着宁静温婉得如同润玉般的水面,清清楚楚地说出一个让我感到惊诧莫名的名字:"潘桂花。"

"是你的名吗,妈?快说,是你的名吗?"我急忙摇着她问。可是,妈又糊涂了,没有回应。我猜想潘桂花极有可能是我妈的名字,或者是她妈的名字。总之,这个名字对我妈很重要。晚上爸爸回来时,我告诉他这件事,爸爸若有所思。他自言自语地说:"等攒足了钱,该送你妈去医院看看。"于是,我小小的心里便有了一个期盼,期盼我的妈也能像七婶、黑子妈、香妮妈那样正常。

妈是我的跟屁虫,我到哪,她到哪。她到老板栗树下,便成了人们打趣的对象。有一次,几个妇女坐在井边做着手工活拉着话,我和虎子、黑子蹲在地上玩石子。黑子妈便逗我妈:"憨子,昨晚刘成文和你睡觉了吗?"

"睡了。"

"二图跟你睡过觉吗?"

"睡了。"

妇女们便使劲地笑,有的还笑岔了气。我虽然听不懂她们说的是什么,但能够感觉到她们是在欺负我妈。一股怒气直冲头顶,我腾地站起来,把手中的石子对准黑子妈使劲砸过去。黑子妈哎哟惊叫一声,捂着额头的指缝间便流出了殷红的血。她朝我扬起巴掌,我瞪着眼毫不避让。她便放下了手,大声骂道:"你个小狗日的,怎么这么狠?女娃子这么泼,长大了还嫁得了人吗?"

"我不要嫁人。谁欺负我妈我就打谁。"

黑子妈捂着额头回家去抹香油,回头又狠狠地丢下一句话:"你等着啊,叫二图把你抓起来关小黑屋。""我才不怕呢!"我嘟哝道。妇女们又都哄哄地笑,妈也跟着傻傻地笑。

我心里有些忐忑,我还是怕二图的。二图大名刘得福,脾气暴,爱说的口头禅是"太气人了。我气得头毛根子冒火星"。他头上有小时候长疖子留下的两个小疤,又因排行老二,村民们便戏称他"二图",久而久之,"刘得福"这个大名反而不如"二图"有知名度了。

二图天不怕地不怕,当然也不怕和村干部较真,时常能维护村民的利益。他也不怕得罪人,村中没有他惹不起的钉子户。因而一直以来他都被大家推选为村民组长。大家当然更希望推选他当村干部,但不知是什么原因,他一直也没能当上。二图对小孩不亲切,村里开会时,我们吵闹或是不听话,他只要喝一声,大家便乖了。二图虽然年纪比我爸小不了多少,但按辈分我得喊他哥。这个下午,我心不在焉地玩着石子,心里很怕二图来抓我。还好,二图一直也没来。

妈有时不争气也让我尴尬。那天,我正专注地用竹枝编线玩——我在学习织毛衣,妈从山道上飞快地跑过来:"吃啊,宝宝。"她欢天喜地地递给我一根烤山芋。山芋太烫,她龇咧着嘴,不停地倒腾着双手,手都被烫红了。山芋的香味太诱人了,我接过来,掰成两截,一人一半。我们狼吞虎咽,把胃都烫疼了。不久,香妮的妈站在坡地里骂:"我火粪堆里的烤山芋谁偷啦?饿死鬼投胎还是害喜呀?……"我这才知道妈偷了人家的烤山芋,我恨不得把吃下去的东西全吐出来。我告诉妈:"下次不许!记住了,不许!"妈吓得瞪大了眼睛。我小小的心里,有了与年龄不相称的自尊。

不过,我也有不懂事的时候。一次吃饭的时候我犯起了倔,我看见桌上又是大蒜和青菜,不肯吃。"我要吃肉。"我想起了黑子碗中油滋滋的那块肉。黑子吃得嘴唇也油滋滋的,我知道肉比青菜好吃。

爸爸从抽屉里拿出一支铅笔和一张纸,很快为我画了一只小兔。

"看啊,小兔子多漂亮啊,因为它爱吃青菜呀。"爸爸又给我递过来一面镜子,"你看,我们青青多漂亮啊,因为青青爱吃青菜呀。"我看到镜中那个噘着嘴的丑丫头,立即害羞地推开镜子,扭着头笑了。我喜欢小兔子,我把爸爸画的小兔子放在碗边的桌上,说:"我要真的小白兔。"

"行,哪天我给你逮一只。"

"不许骗人。"

"当然不会骗你。"

"好,我吃青菜。我漂亮,因为我爱吃青菜。"

"这就对喽。"于是,我们高兴地吃起来。

稍大一点,我就跟着村里的奶奶、大妈或是姐姐们上山打山货,以贴补家用。春天里,我在刺窠和灌木丛中找野笋、采山茶,制成的干货叫七婶顺带着捎到街上去卖。秋天,我在板栗山上打板栗,板栗刺不知道有多少扎进了手。我还跟着爸爸一起下田抱稻铺、割油菜……

穷人的孩子早当家。我是穷人家的孩子,我有一个特殊的妈妈,我很小就学会了干活,所以,你得相信我,打工对我而言真的不是事。

10

  第二天早上,王娟和柳莎莎前脚压后脚地也回到了宿舍。王娟瘦了,柳莎莎胖了,她俩都说刘秀青黑了。仨人像归林的鸟雀叽叽喳喳,宿舍里顿时热闹起来。柳莎莎说假期里她在上辅导课,高三的课程基本上过了一遍。王娟说,她借了高三的课本,自己在家里看的,还没来得及看完。刘秀青有点慌了,她假期只顾着挣钱,担心掉队了。

  中午,程阿姨又企鹅一样摇晃到302室,她一言不发地侧了身子站在门口,一个胖胖的女孩从程阿姨身后钻了出来,背着书包,还拖了一只袖珍型的红色行李箱。302室的三朵金花都坐在自己的床上准备午休,她们一起好奇地看着胖胖的女孩。女孩冲她们腼腆地笑笑,看着刘秀青对面的床铺发愣。

  王娟和柳莎莎占了窗边的1、2号床铺,刘秀青睡3号床铺,她对面的4号床铺紧挨着卫生间,原来是吴佳的,吴佳走后就成了公共领地。柳莎莎的行李箱、化妆品和没有拆封的酸奶,随心所欲地扔在下面的床板上,上面的床板上堆放着三人的旧课本和复习资料,还有准备再次利用的塑料袋等。胖胖的女孩显然是程阿姨给她们安排的新室友,柳莎莎噘嘴走到4号床铺前,噼噼啪啪地收拾自己的东西,踮脚把它们吃力地往自己的上铺上放。刘秀青赶紧过去帮忙,王娟见一时无法午休,就托了眼镜坐在床上静静地看书。刘秀青帮柳莎莎把东西放到上铺,就又爬上4号上铺,把大家的旧书本和杂物收拾整齐,分拣到各人的上铺上。胖胖的女孩在和刘秀青目光相碰时,感激地朝刘秀青笑了笑。

下午放学回来时,新来的室友已经在宿舍了。刘秀青主动和她说话,才知道胖胖的女生叫王晓玲,高考落榜了来复读。刘秀青介绍过自己,也向王晓玲介绍另外两位还没有回宿舍的室友:"瘦高个的叫王娟,她不爱说话,喜欢安静,有洁癖。厚刘海的叫柳莎莎,喜欢说话,常常是有口无心,你别介意。"

"我看她有点古怪。"王晓玲把自己的床单抻了抻,表示不愿苟同刘秀青的评价。

"柳莎莎虽然有点公主病,但人热情,没有坏心眼,处久了你就知道了。"

刘秀青刚来这里时,对柳莎莎也是没有好感的。高一新生报到时,刘秀青是第一个来到302宿舍的,宿舍里像军队溃败撤离的战场,旧书本撒了一地,红的白的塑料袋裹夹其中,旧鞋子横七竖八,积满厚厚的灰尘。压扁了的酸奶盒睡在书桌上,溢出的酸奶已经干涸成一块印痕。散发着馊味的席子上,长出了一层黑黑的霉菌……刘秀青没处下脚,东西没处放。她花了一个多小时才把宿舍收拾干净了。她把靠窗的2号床铺彻底地擦洗了一遍,这才擦了一把额头上的汗,去校外的小街置办日用品。等她端了塑料盆,提了暖瓶回来,发现宿舍里已住满了人,她擦干净的床上已铺了别人的席子,一个留着长长的、厚厚的刘海的女生坐在2号床铺上,一边看书一边嗑着瓜子,那人就是柳莎莎。刘秀青的行李箱和书本被扔在满是灰的4号床铺上。

刘秀青走到柳莎莎面前,郑重地告诉她:"你坐的床铺是我先占的,而且我已把它擦拭干净了。"

柳莎莎抬起她的方脸,从厚刘海下面翻起眼睛瞪着刘秀青,不说话。刘秀青也毫不示弱地瞪着她。柳莎莎突然粲然一笑:"你说是你的?你叫它,你把它叫答应了我就让给你。"

刘秀青拿她没办法,只好又去擦拭4号床铺。那时3号床铺上住的是吴佳。

　　吴佳总是喜欢哼歌,早上一睁开眼就开始哼,下晚自习回来还是哼。她的歌声柔曼甜美,刘秀青觉得比某些"超女"的歌喉还要好听。吴佳哼歌时,王娟总是捂着耳朵看书。刘秀青虽然也看书,但是吴佳唱歌时,她总会凝神静听,有时免不了也会和她接上几句。

　　柳莎莎比较娇气,高一军训时就晕倒过两次。

　　下午军训后回到宿舍,大家的迷彩服上已结了一层汗碱,散发着浓重的汗味儿。刘秀青和王娟赶紧动手洗衣服,要不,迷彩服干不了,明天就只能穿湿的了。但吴佳懒得洗,要穿好几天,等到衣服硬邦邦地硌肉了,才洗。

　　柳莎莎军训回来,苍白着脸,像被霜打过似的。刘秀青见她真的没有力气,就主动帮她把脏衣服泡洗了。没料到后来每天军训回来,她换下来的迷彩服都适时地扔进刘秀青的塑料盆里。刘秀青去洗衣时,柳莎莎不是在嗑瓜子,就是在打电话跟她妈撒娇,或是一边嗑瓜子一边在电话中撒着娇。多洗几件衣服对刘秀青来说算不了什么,但柳莎莎这种做法实在让她觉得憋气。直到有一天,柳莎莎把内裤也泡在了刘秀青的衣盆里,刘秀青就没能忍住,她抓起柳莎莎湿漉漉的内裤扔在了2号床上。柳莎莎没吭声,不过此后见着刘秀青就拉下脸,好长时间俩人都不说话。

　　柳莎莎也有优点,带来的东西总会分给大家吃,就连辅导资料也愿意拿出来与大家共享。

　　王娟和柳莎莎回到宿舍时,王晓玲已经躺下午休了。

　　"哟,胖子动作真快,都躺下啦。"柳莎莎没心没肺地嚷着,王晓玲皱了皱眉,没有搭腔。王娟猫一样轻手轻脚地放下眼镜,也躺下了。柳莎莎从上铺摸出一盒酸奶,插了吸管,叼在嘴里吱溜吱溜地吸着。又摸出一盒,伸长手臂递给王娟,王娟摇摇手。柳莎莎便又把它送到刘秀青面前,刘秀青侧了身子让开,笑骂道:"你还天天嚷着减肥。"柳莎莎吱溜吱溜地吸着,转过身看了王晓玲一眼,没有再送她的酸奶。

　　不久,王晓玲也和大家打成一片了,只是她有点护短,而并不比王晓玲瘦的柳莎莎偏偏喜欢"胖妞""胖妞"地叫她,叫得她不胜其烦,宿舍里偶尔有点不和谐。

进入高三,压力现于无形,紧迫感顺理成章,无处不在。大家都好像懂事了,课堂上埋头苦干的同学越来越多,宿舍里也不再像高一、高二那样吵了。以前晚自习回来,一走进宿舍楼,就感觉像山雀炸了窝似的沸腾,总要程阿姨大声地呵斥几遍之后声浪才渐渐小些。关上门后的各个宿舍里,被压制的是大声说话的声音,压制不住的是兴奋。兴奋地吃零食,兴奋地开玩笑,兴奋地小声谈着这一天的逸闻趣事。当高二学生升级为高三时,学生宿舍陡然间安静了,楼道里的脚步声都自觉地降低了,大家的交流也简短了许多,宿舍里的灯光常常亮到凌晨一两点钟。

高三第一个月的月考,刘秀青在年级排名前进了50名,进入了前100名,柳莎莎排在313名。成绩公布的这天,柳莎莎放学后用脚撑开302宿舍的铁门,把双臂抱着的一摞课本和资料哗啦一下扔到床铺上。"刘秀青你要请客。"柳莎莎噘嘴嚷嚷。

"请客就不用了吧?这次考试,我是侥幸碰对了几题,你只不过是大意失手了。"

"我这次真倒霉,那道数学题明明能做对的,不知道怎么看错了一个数字。不行,你得请我们撮一顿,我们得帮你庆贺庆贺。"

"这又不是金榜题名……"

"不行,不行。喂,王娟,你说是不是?"

王娟脸上挤出一丝笑,她看看柳莎莎,又看看刘秀青:"刘秀青,你给她买根雪糕,堵堵她那张嘴。"

"这个可以有。算我犒劳大家考试辛苦。"

柳莎莎皱皱鼻子,勉勉强强表示接受。"喂,胖妞,你要不要也请客?"柳莎莎的目光转到了坐在床沿勾头翻书的王晓玲身上。王晓玲跟她们不在一个班,她的月考成绩柳莎莎不知道。王晓玲装着没听见,她的月考成绩在500名开外,心正被一根针扎着,柳莎莎这是给她伤口上抹盐了。刘秀青朝柳莎莎瞪了一眼,柳莎莎也感觉到了刚才的话似乎有点不妥,立即把话题不留缝隙地转到了自己身上:"本小主郑重宣告,从今天起每天早起五分钟,晚睡十分钟,争取每天多看半页书,多做一道题。要是,要是下次月考我能上升个名次,我就请你们在学校食堂撮一顿;如果能上升 50 个名次,我请你们去海天大酒店;如果能上升 500 个名次,我请你们去北京王府井……"

"拉倒吧你,还上升 500 个名次?你要升到天上去?"王娟这回真的被柳莎莎逗乐了,王晓玲也抿嘴笑了,刘秀青用手指点着柳莎莎,笑得说不出话来。只有柳莎莎自己不笑,她一本正经地继续说道:"不过呢,我觉得上升 5 个名次比较合理些,沙特同志不是常谆谆教导,要够那个跳一跳就能够得着的苹果吗?唉,我跳,我跳。"柳莎莎跳着去够她上铺的酸奶了,大家忍不住都大笑起来,宿舍里此时又充满了欢快的气氛。

这天晚上,刘秀青从校门口小超市里,花了二十多块钱,买了三支蓝莓雪糕、三袋薯片,犒劳了室友。室友或笑嘻嘻,或漫不经心地接过她递给的慰劳品,却没有一个留意到,刘秀青自己什么也没有吃。

刘秀青的兜里只剩下 600 多元钱了。开学后的资料费远远超过了她的预算,整个九月份,她每天的饭钱都控制在 12 元以内。学校食堂宽敞明亮,食物品种丰富,从过桥米线、鸭血粉丝到铁板饭、盖浇饭,从便宜的小菜到价格不菲的鸡鸭鱼虾,应有尽有,还有各式各样的套餐。食堂里也兼卖各种奶茶和冷饮。而刘秀青早上只买一块钱的馒头,中午和晚上,她打一份饭,再打一份 5 块钱的青椒土豆丝,或者一份 4 块钱的青菜。4 块钱的青菜,是食堂最便宜的菜,但现在刘秀青连这样的饭菜也不敢享用了。这学期还剩下三个多月,而她兜里却只有 600 多元了。也就是说,她平均每个月的生活费只有 200 多元,平均每天的开支不能超出 7 元。如果每餐都吃馒头,或许能够挺过去。

刘秀青于是只吃馒头——早上两个,中午两个,晚上两个。食堂里的馒头和校外早点铺的馒头,每个只要 5 毛钱。这样算算,一个月的伙食费,九十几元就够了。但吃了两天馒头后就出现了意外,一次是小街上的早点铺晚上没有馒头卖了,一次是来例假了,一包卫生巾花掉了她一周的伙食费预算。刘秀青长了经验,早上便把一天要吃的馒头买足,这样既免除了后顾之忧,又节省了时间。她还想到了过午不食的法子,试了一天,受不了,晚自习后又跑到小超市里买了一块面包,反而多花了一元钱,还挨了程阿姨好一顿数落。

"刘秀青,怎么没见你去食堂吃晚饭?"刘秀青吃了四天馒头,王晓玲才有所察觉,上晚自习的路上,她问。

"今天胃口不好,我买了个馒头还在宿舍,晚上回来吃。"刘秀青说没有胃口时,脸红了。柳莎莎说没有胃口时,她常常在心里骂柳莎莎矫情。她真担心王晓玲还会问这问那,好在已经到了教学楼前,俩人很快就分开了。

刘秀青真的希望她没有胃口,胃口却强烈地表达着它的存在感,就像失眠的夜晚,越是想睡就越睡不着。晚自习时,刘秀青胃里先是咕噜咕噜地叫,后来就像着了火似的灼痛,人软软的,没了力气。试卷摊在课桌上,注意力却怎么也集中不了。刘秀青索性从书包里掏出黑皮笔记本,又开始给雷伊鸣写信。

第五封信

你小时候是什么样子?

你是什么时候开始读书的?

我小时候是个野孩子,没有上过幼儿园,我爸爸整天忙,似乎都忘记我已经长大了。

那个杜鹃花开放的季节,我去菜地摘菜。青菜薹正在冒个,似乎能听到它们嘭嘭生长的声音;毛豆鼓鼓地藏在豆荚中,好像和我捉迷藏;茄子白的、紫的在宽大的绿叶里躲猫猫;辣椒挂在枝上得意地晃着脑袋。篱笆外杜鹃花火似的烧着了山坡,我摘好菜,又顺手采了一把杜鹃花。

爸爸在场地上整理他的收获,啤酒瓶、纸壳、旧书本……春风玩耍着地上的碎纸片,把一张旧书纸贴到从菜地回来的我的脸上,我一把抓住它,对着太阳念起来:"蛋望着,蛋望着,东风来了,春天的蛋步近了……"我跟着七婶珍子认识了一些字,但还有很多很多我不认识,我习惯于把不认识的字都念成"蛋"。爸爸停住手,忍不住笑出声来。我奇怪地看着他,他转回头,一边干活一边自语道:"我家青青七岁了,该读书了。我要供出个大学生呢。"

要读书了吗?像香妮一样背着书包,戴着红领巾去村部上学吗?哦,太好了。我忍不住舞着杜鹃花在场地上跳起来,妈也莫名其妙地跟着兴奋得直笑。

等过漫长的夏天,终于盼来了开学的日子。

开学这天,爸爸把我抱上他的三轮车,在车斗中放个小马扎叫我坐好。路过井台时,老板栗树下的乡邻拿我爸开玩笑:"成文,开桑塔纳送女儿上学啊?""是呢。"爸爸兴奋地回答。我也很兴奋,就连爸爸的三轮车也兴奋起来。兴奋的"桑塔纳"像撒欢的野马一路朝坡下奔去,耳旁风声呼呼,山峦唰唰倒退。我紧抓着护栏,气都喘不匀,心仿佛都要颠出嗓子眼。很快,我们便来到了村部旁的杨冲小学。

这是一座不大的校园,石灰斑驳的旧围墙内,有两排平房教室分列在操场东西两侧,北面平房是老师的办公室。学校里最显眼的是办公室前旗杆上的红旗。此刻,鲜艳的旗帜正在随风舞动,使人莫名地怦怦心跳。

爸爸没有去排队给我报名,而是领着我去了另外一间办公室。一个穿藕色套裙的中年女老师热情地和爸爸打招呼。她一边客气地给爸爸让座、倒茶,一边惊异地打量我,回头问爸爸:"这是你女儿?拉扯孩子一定吃了很多苦吧?"

"还好啦,这孩子乖,好养。她妈也能做帮手。"

趁她和爸爸拉话的当儿,我仔细地观察她:她的短发烫着不起眼的波浪,额头很高,深深的双眼皮有点夸张,圆圆的鼻头……我似乎在哪儿见过。在哪儿呢?——哦,想起来了,家中抽屉里那本发黄的本上,有一幅人物素描,就是这眼睛,就是这鼻头。原来她就是周碧秀。

长大后,我曾玩味过我自己的名字——刘秀青,品味出爸爸那份深埋于心底的爱恋。我名字里也有一个"秀"呢。

爸爸在周老师面前显得有些局促,他费劲地表达着他的愿望,他希望女儿能进一个好班。

"我亲自教行不行?我今年回头带一年级,把女儿放我班上你放心不放心?"周老师弯着眉眼看着我爸爸。爸爸搓着一双粗糙的大手,嘿嘿地傻笑:"中,就放你班上。"

就这样,我成了一名小学生,周老师成了我的小学班主任和语文老师。同班的还有我的堂弟刘虎。开学的第一天我认识了一个叫伍婷的女孩,长得像洋娃娃似的,她是我的同桌。

同桌伍婷的妈妈开着一家小超市,爸爸在矿山上班,家境比我们优越多了。她总是打扮得花枝招展的,打着皱边的发带卡在头发间,还别着红的、紫的小动物图案的发夹,穿着鹅黄的公主裙,就连凉鞋上也镶着两只振翅欲飞的蝴蝶。大家都很羡慕她,下课了便把她当公主似的围着。她书包里永远不缺零食,下课便一边玩闹一边啃她的零食,偶尔也分给要好的同学一点。我从不会围着她,她对我很不满。

放学了,爸爸来接我。他的"工作服"太扎眼,立即吸引了同学们的目光。"是你爷爷吗?"伍婷好奇地问我。"是我爸。"我飞快地朝他跑过去。

几天后,上课时,伍婷向我借涂改液,我说没有;她就说借橡皮,我仍然没有。"能什么都没有吗?小气鬼。"伍婷老大不高兴。其实我是真的什么都没有。

当我爸爸的身影再度出现在校园里时,伍婷身边围着的一群同学便看着我有节奏地齐声叫喊"爷——爷,爷——爷,爷——爷",我忽然很不自在,委屈得直想哭。爸爸却不在乎,冲他们善意地笑笑,把我抱上车,又去招呼虎子:"虎子,来吧,一道回家。哦,我们坐车回家喽!"虎子欢叫着奔向我爸爸的三轮车,身后的书包不断地拍打着他的屁股。

我每次放学回家时,妈都站在山道上翘首以待,好像已经等了很久了。我下了爸爸的三轮车,撒开腿朝家跑去,妈便跟着我后面跑。

许是爸爸的"桑塔纳"给我长了身价,围在伍婷身边齐声喊"爷爷"的同学越来越少。接着,就有同学试探地问我:"我们同路,可以坐你爸爸的车吗?""当然可以啦。"我骄傲地回答。后来,爸爸来接我时,车上就坐满了六七个同学。随着我班长位子的确立,伍婷的阵营很快土崩瓦解。

天寒地冻时,坐无棚的三轮车太冷。坐在车上的"乘客"又只剩我一人了,爸爸用他的棉大衣把我裹得严严实实的。尽管如此,下车时,我依然常常疑心我的脚被冻丢在车上了。早读时,周老师巡视到我身边,看见我红肿的手,便抓起来,焐在她温暖的手中,问:"很冷吧,怎么不戴手套呢?"我不回答。老师又把我的手带进她的毛衣里,焐在她的肚子上:"好些了吧?不冷了吧?""不冷了。"我心里好温暖,有一种想拥抱她的欲望,心里感觉到她就像我的妈妈。

第二天放学前,周老师把我叫进她的办公室,拿给我一双崭新的小手套,她对我说:"怎么办呢?我儿子不愿意要这双手套,说像是女孩用的。刘秀青肯帮忙戴戴吗?"我当然愿意帮忙,我很早就想要一双手套了,何况这双绿毛线织成的手套多漂亮啊。后来,周老师又有"舍不得丢"的毛衣、小袄要我帮忙穿,每一次我都是欢呼着雀跃着去"帮忙",我那时真傻,以为周老师的孩子和我差不多大哩。长大后我才明白:周老师为了保护我脆弱的心灵和不成熟的自尊,在给我帮助时煞费苦心。

周老师成了我的依赖、我的偶像。我学她的字形,学她说话的样子,也憧憬着长大了当她那样的老师。我曾把爸爸给我煮的鸡蛋省下来,偷偷放在周老师的办公桌上。教师节来临了,我采一把野菊花送给她,她是那样的开心,不住地夸花真漂亮。板栗成熟的时候,我剥了一小袋板栗放到她的桌上,她怜爱地拉起我的手,看着我手上被刺伤的疤痕,她的眼睛湿润了:"傻孩子,你怎么能这么做呢?老师想要的礼物是你试卷上的100分。栗子带回家卖钱吧,老师只留一把行吗?"我只好点点头。她取了几颗栗子,并当场咬开一个吃了:"嗯,好吃。可惜老师胃不好,只能吃这几颗了。太谢谢了。"

栗子的香味似乎钻进了鼻孔,它又粉又甜的口感突然让刘秀青口舌生津。她咽了一口口水,合上笔记本,伏在桌上,抵抗着顽固的饥饿感。不久,沙老师走了过来,敲了敲刘秀青的桌子,他以为刘秀青睡着了。刘秀青抬起头,直起腰,赶紧把肘下的一张试卷展开,集中精力开始做题。一张语文试卷,基础知识和阅读部分,四十分钟搞定,想去写作文时,精力却怎么也集中不了,她又把黑色笔记本打开了。还是绕不开食物。

伍婷的零食好像吃不完,上课时也会在桌肚里,窸窸窣窣地弄她的零食袋,让我心烦意乱,甚至害我走神,猜想她是不是老鼠精投胎的。

做作业时,伍婷总是问个不停;下课我不在座位上时,她会偷看我的作业本。让我讲题时,也会用她的零食巴结我。切,谁稀罕。我总是推却不要,尽管心里很想吃。给她讲完题后,没有吃到果丹皮或是夹心饼干的我还是很开心。

在我十岁生日的那天,我也有了一盒吃的,那是周老师送给我的一盒巧克力。下课时,周老师站在办公室走廊上,朝操场上跳皮筋的我招手。我把一只脚从皮筋里摘出来,飞快地跑了过去。老师把我带到她的办公桌前,从抽屉里掏出一个紫红色的铁盒子,"送你一盒巧克力,生日快乐哦!"她说,眉眼弯弯的。我有点羞怯,低了头向上翻着眼睛看那个漂亮的盒子,不好意思伸手去接。

"拿着,怎么连老师的话都不听?"周老师佯装生气,命令我。我这才伸手接了,抱在怀中,挪着小步走出了老师办公室。一出办公室门,我就一只手高举起那盒巧克力,燕子一样飞到操场上同学群里,向同学们显摆去了。

那一盒巧克力我一直不舍得吃,白天背在书包里,晚上放在枕头旁,忍不住诱惑的时候,我便捧着盒子用力嗅一嗅——啊,又甜又香。直到有一天,课间休息时,伍婷极力撺掇我,我才用力地掰开紫红色的铁盒子,给在场的同学一人发了一块。我自己也小心地剥开一块巧克力的包装纸,巧克力都有点软了,我把它送进嘴里,像吮吸糖果一样吮吸它。好香啊,可是有点苦,我想也许是放过期了吧。不过,依然很好吃。伍婷尝后夸张地大叫:"好吃,是正宗的耶。"

从伍婷的炫耀中我知道她有一个漂亮的玩具熊、布娃娃和打开就会唱歌的音乐盒,有一个带柜子的书桌和一盏小巧玲珑的台灯……我想,等爸爸挣了很多钱,我也想要一个布娃娃、一盏台灯。

晚上,我趴在饭桌上写作业,爸爸坐在对面理他的账本,妈在看电视里放着的广告。突然灯熄了,家里一片黑暗,但电视机还在亮着。"呃,灯坏了。"爸爸借着荧光屏的光亮从床底的纸盒中摸索出一只新灯泡,踩着凳子换上了,家里陡然又明亮起来。

我忽然想起了伍婷说的台灯,便对爸爸说:"爸爸,有钱了,给我买个台灯吧。"

"好哩。"爸爸爽快地答应了。

"我还要一个带柜子的书桌。"

"我女儿过两年要上初中了,当然要有书桌啦。"

"真的吗?"我立即兴奋起来,看电视的妈也好奇地扭过头来看我。"爸爸要努力挣钱,我们还要新建几间屋子,让我女儿有自己的书房。"

啊,真是太高兴了,我忍不住又问:"像香妮家一样带走廊的吗?"

"好吧,就带走廊的。"

"窗户也换成我们教室一样的铁窗吗?"

"好吧,就用铁窗吧。铁窗结实些。"爸爸接受了我的建议。

我高兴得想跳舞,爸爸也乐呵呵的。这一夜,我兴奋得难以入眠,躺在床上还跟爸爸讨论着新房子。迷迷糊糊中又做了一夜的梦,其中尽是带走廊的宽敞明亮的房子、书桌、台灯……

爸爸说干就干。他收回废旧的门窗,把它们堆放在屋山头,用雨布盖好;傍晚,我和爸爸一起去山上捡石头,他捡大的,我捡小的。爸爸把石头挑回来,堆在场基外的水塘边,渐堆渐高,准备砌墙脚用。山上的毛竹、杉木也被爸爸一根一根拖下山来,堆在屋后的屋檐下。妈似乎也明白我们要做什么,高高兴兴地跟前跟后帮着忙。爸爸说,等到秋天,庄稼收回来的时候,我们建房的材料就会准备得差不多了,那时候就可以动手建房了。

宽敞明亮的新家在向我们招手微笑,我们更加努力地干活。放学后,我包揽了所有的家务活,让爸爸能够腾出手来专门去准备建房的材料。暑假里,爸爸白天出去收废品,我就一个人带着工具去后山掏石头、捡石头。我力气小,捡回来的石头也小,我把它们放在竹篮中,双手提着,挺着小肚子挪回来。我希望我捡回来的小石头也能派上用场,我把它们一块一块码到门前的场地上。我手上的血泡磨成了老茧,场地上的石块便堆得像小丘似的了。

一天,我正在场地上卸着竹篮中的石头块,一个中年男人拎着一些水果走到我家场基上,冲着我喊:"是青儿吗?我是叔啊。"

我疑惑地打量他,我好像没见过他呀。但他眉宇间有我熟悉的影子——我爸爸的影子。他比我爸白皙,个头也比我爸高。他是哪个叔呢?怎么知道我的名字?我警觉地看着他。他朝我温和地笑笑,从袋中拿出一根香蕉递给我:"我是市里的叔叔,没听你爸说过吗?我找你爸有事。"

我知道他是谁了,我向他问了好,告诉他:"我爸爸收废品去了。"

"知道。前几天在镇上找到过他,约好了,今天来家的。"

我让他进屋休息,他不肯。我只好掇条凳子放到场基上请他坐,给他泡上茶。他便坐着等爸爸,一边有一句没一句地问我些闲话。我妈妈怕生,吓得远远地躲了。

听爸爸说过,他有个弟弟叫刘成武,买工进了县塑料厂,成了工人。刘成武是老幺,乡村里重男轻女,排行时女儿常常不算数,由此,我得称呼他二叔。

爸爸果然很快回来了。他停住车,从车斗里拎出一刀肉、两条鱼递给我。我便忙着洗菜、生火、做饭。妈被我按下坐在灶下烧火。爸爸和叔叔坐在场地上聊着,我依稀听见叔叔说着什么下岗、公改、买房之类的话。午间,哥俩对坐着闷闷地喝酒,喝了很多。叔叔临行时,爸爸从怀里掏出一个鼓鼓的纸袋递给了他。

建房的事爸便不再提起。秋天到了,房子也不见动工。

我已经懂事了,知道爸爸手头上一定有了难处。我不再催他盖房子,也不再提台灯、书桌。我依旧趴在堂屋里的饭桌上,就着昏暗的灯光写作业。

那个秋天,爸爸还给我带回来一只雪白的小兔子。爸爸手巧,三两下就钉了一只竹笼,他在竹笼上系根绳,让我提着。于是我便有了一个活生生的玩具,不,是玩伴。

自从有了小兔子,虎子和黑子便常来我家了。我们给小兔子取名叫小白。黑子胆小,只是蹲在一旁看。虎子总爱把手伸进笼中,或是摸摸它雪白的绒毛,或是揪揪它不住颤动的耳朵,甚至想碰碰它红宝石般的眼睛。每当此时,我就提开竹笼,不再让他欣赏。虎子便跟在我身后央求我。

小白一天天地长大,竹笼中就待不下了。我在柴垛旁给它做了个窝。它很乖,有时坐在那儿津津有味地吃着青草、蔬菜,有时在场地上奔跑玩耍,或是蹲在地上想心事。

"姐呀,小白下了崽给我一只好吗?"虎子央求我。

"好啊,下了崽,给你两只。"我爽快地答应了。小白的到来给我们带来了很多快乐。虎子也一直在等待着小白下崽。

那时每次考试我都能得100分,奖状渐渐地贴满了我家中堂画下面斑驳的墙壁。

快乐的日子就这样一直延续到我四年级。

11

许文听到刘秀青肚里咕噜咕噜的叫声,悄悄地从书包里摸出一根膨化米糖,用它捅捅刘秀青的腰眼,朝刘秀青眨眨眼,示意刘秀青快吃。刘秀青眉毛挑了挑,表示惊讶和欣喜,她没有推却,不客气地接了,放在桌肚里,等待下课后吃。

刘秀青在许文面前不用装。俩人初中就开始同桌,是无话不谈的同学。许文知道刘秀青的全部情况,知道她妈妈精神不正常,知道她爸爸是出车祸走的,知道她住在婶婶家却难以融入婶婶家,连刘秀青肩膀上的一块花瓣似的胎记,许文都知道。许文初中时成绩在班上中等偏上,考入市一中有点难度,是刘秀青和她相约,要一同考上市一中,她才鼓足了干劲。上学期,许文为了帮助刘秀青,特意让她给表妹蒋安琪做家教。这学期表妹已经上高一了,进的是寄宿式贵族学校,而刘秀青自己也步入了繁忙的高三,不适合做家教了。

下课时,许文伏肘跟刘秀青说:"这个周六我过生日,你能去我家吗?"

刘秀青张了嘴看着许文,有点抱歉。许文以前对她说过生日的日期,但刘秀青老是记不住。刘秀青没有过生日的概念,从小到大,也没有人给她过过真正的生日。小时候过生日吃蛋糕,那是沾虎子的光。虎子过生日时,四奶奶总会说:"切蛋糕,切蛋糕,我们给虎子和青青过生日。"蛋糕在刘秀青的生活中,是奢侈的美味。

"要送礼物的话,就给我做一张生日贺卡,我喜欢你亲自画的那种。这个有收藏价值。"许文赶紧补充。刘秀青知道,许文是怕她花钱。刘秀青朝许文眨眨眼,表示自己会意了。

"去不去吗?"许文用肘碰碰刘秀青的肘,撒娇。

"去。"刘秀青爽快地答应了。周六下午,学校都是提前一节课放学,刘秀青也打算回叔叔家一趟了。

许文家住在市区。开门的阿姨系着围裙,擦着湿手,满脸笑容地把刘秀青让进门。刘秀青有点局促,冲她恭恭敬敬地喊了声:"许文妈妈好。"阿姨咧嘴乐了,笑出一脸的褶子。许文也乐了,搂了刘秀青的双肩往里走:"她不是我妈妈,是我们家阿姨。"

刘秀青脸红了,吐了吐舌头。

"来了吗?"闻声从里面走出一位雍容高贵的妇人,四十岁左右,衣着讲究,气质优雅。许文忙做介绍:"这是我妈。"她又指指刘秀青,"这是我同桌刘秀青。"

许文妈妈请刘秀青在沙发上坐下,递给刘秀青一杯鲜橙汁。保姆阿姨跟大家说:"还有一个菜,过一会儿就可以开饭了。"边说边走进了厨房。许妈妈请刘秀青吃茶几托盘里的水果,自己也进了厨房帮忙去了。刘秀青不知道果盘里那些是什么,瞪着眼瞅着。许文看出了端倪,主动介绍:"这是榴梿,这是莲雾……"许文抓起一个癞葡萄似的丑家伙,拦腰切开了,里面却像老了的黄瓜,一肚子青色的籽粒。"马上要吃饭了,不想吃水果。"刘秀青拦住许文,其实刘秀青不知道怎么下口。

"好吧。我们饭后再吃。"许文放下了水果,抽了纸巾擦手。见阿姨还没有布菜,便拉起刘秀青,要带刘秀青参观她的房间。

这是一套复式住宅,许文的房间在楼上。刘秀青一边随她往楼上走,一边四处打量。许文家装修得金碧辉煌,如同宫殿一般。刘秀青张着嘴,像刘姥姥进了大观园。她们踏着实木楼梯上去,许文的卧室在西边第一间,墙外的走廊上有几盆刘秀青说不出名字的植物正在懒懒地享受夕阳。室内整洁典雅,一张宽大的床靠着东墙,西边一整排衣橱挡住了一面墙。柜子的南头,镶嵌着一个精致的梳妆台。许文又把刘秀青带到隔壁的房间——她竟然有一间独立的书房。靠近落地的大窗前,并排放着一张宽大的写字台和一架亮得能照见人影的钢琴。刘秀青只知道许文家境还好,不知道她原来是个大小姐。

刘秀青的目光落到许文的书橱上。书橱里塞满了各种各样的教辅书,也有不少古今中外名著,刘秀青惊叹不已。许文说:"这些书你都可以享用。想看哪本尽管说。"刘秀青抚摸着这些书,想借教辅书,又想借名著,正在犹豫,楼下阿姨在喊吃饭。许文说:"我们先下去吧,想看什么书我可以帮你带到班上。"

饭菜已摆上桌,菜很丰富,但不知为什么,面对许文妈妈,刘秀青很紧张,比面对老班还紧张,所以吃得很拘谨。

吃罢饭,许妈妈和刘秀青聊天,问了刘秀青一些学习方面的事,突然话锋一转:"你是否愿意被我们领养?"

她含笑地看着刘秀青,刘秀青一时没有明白她的意思,许文忙搂着刘秀青的肩膀"翻译":"我妈妈还想要一个女儿。养一个是养,养两个也是养。有两个更好教育。"

刘秀青一双惊慌失措的眼神转向许妈妈,许妈妈微笑地颔首,不像是开玩笑。"这个……这恐怕不合适……谢谢阿姨的好意。"刘秀青拒绝了,她不想给别人增加麻烦。

许妈妈说:"不必担心增加我们的经济负担,这个不成问题。"她又说,"以前我们夫妇只知道在外打拼,亏欠许文这孩子太多。一个孩子很孤单。我们知道你一定更孤单,而且无助。你和我们家许文相处得本来就像姐妹,成为法律意义上的姐妹不是更好?"

刘秀青红着脸,看着自己的脚尖不说话,脸上的表情却固执地表达着她的拒绝。许文嘟嘴摇着刘秀青的胳膊。

许妈妈干巴巴地笑了两声,表示愿意尊重刘秀青的意见,但还是希望刘秀青能够再考虑考虑。她说："你愿意接受我们领养的话,不仅会衣食无忧,将来升学培养的费用也不用操心,即使是就业我们也可以帮助你解决。"刘秀青知道许妈妈在机关当干部,许爸爸原先也在机关当领导,后来辞职不干了。原因据说跟陶渊明一样,看不惯小人得志后的嘴脸。不同的是陶渊明辞官后归隐了田园,许爸爸辞职后下海经商,好像成就还不错。他们别说养两个孩子,养再多也不成问题。

刘秀青知道许妈妈是真诚的,虽然不愿意被她领养,心里还是蛮感激的。为了不使许妈妈尴尬,刘秀青嘴上还是敷衍说,想好好考虑一下,也要和叔叔、婶婶商量商量。许妈妈点头,她娘俩都明白刘秀青只不过在推托。

临走时,许妈妈又拣了一些衣服送给刘秀青。这些衣服显然都是许文的,虽然不是崭新的,但基本上都没怎么穿。刘秀青说自己有衣服,说许文比她瘦,她穿许文的衣服肯定有点像裹香肠。她婉言谢绝了许妈妈的好意,如果生存不是遇到了很大的问题,刘秀青还是想维护自尊的。只要有衣可换,她就不会接受别人的施舍。穿枝枝姐的衣服则另当别论。对于贫寒的婶婶而言,物尽其用能够让她感到快慰。而富人则有可能不同,有些人是拿暴殄天物当作炫耀自我的筹码。虽然她明白许文妈妈不是这样的。

从许文家出来,刘秀青心里怪怪的。许文把她往小区外的马路上送,俩人谁也不说话,各有各的心事,都有点不开心。许文为刘秀青拦了一辆出租车,丢给司机20元钱。刘秀青没有推却,乖乖地由着许文安排。坐在车上,刘秀青仔细琢磨自己的感受,这才明白:许妈妈居高临下的优越感使她很不舒服。怪不得面对许文妈妈比面对老班还要紧张了。

婶婶显然做完保洁工作才回来,上班穿的黄马甲还没来得及换,开门看见刘秀青,她有点意外,勉勉强强地扯起一丝笑意:"回来啦?"转身就去忙自己的了。

枝枝姐没有去上三本,婶婶嫌费用太高,她就留在原来的学校补习。枝枝已经放学了,佝偻着瘦瘦的脊梁伏在书桌上写作业,刘秀青叫了一声姐,她竟然转回身朝刘秀青笑了笑。枝枝长得不丑,笑起来其实很好看。她的笑鼓励了刘秀青,刘秀青便大胆地走过去,看她在做什么。

枝枝放下笔,扭头问刘秀青的新课上到哪了。她桌面上的草稿纸上乱七八糟地画着一道数学题,像一堆无法搭建的积木。刘秀青知道堂姐遇到难题了,歪着脑袋瞅了几眼,拿起笔试着画了画,很快找到了解题的路子。婶婶伸头过来,看见刘秀青在教枝枝做题,脸色温和了很多,又赶忙去烧饭了。

刘秀青帮枝枝解完题,就来和婶婶说话,她说自己已经吃过了,去了同学许文家。许妈妈想领养她的事,也忍不住吐了出来。婶婶不住地抱怨刘秀青傻,这么好的事为什么不一口应承下来。正在炒菜的婶婶,恨不得立马扔了锅铲,把枝枝送过去给人认养了才好。刘秀青突然觉得婶婶真有点上不得台面,身上的市侩气这么重。"使不得的,婶婶,我过几个月就满十八周岁了,哪有领养成年人的道理?"刘秀青说。

婶婶说:"什么道理不道理呢!一个愿打一个愿挨,国务院也管不到哩。讲道理有什么用?讲道理就能解决困难了?"

刘秀青无语,看来精明的婶婶早已料到,刘秀青回来是因为生活上遇到困难了。

叔叔加班回来,看到刘秀青很高兴,一边换鞋一边就问起了青青的学习情况。刘秀青如实地说了,并借机把话题转到了生活费上。婶婶把菜碗咚的一声蹾在桌上,不加掩饰地表达了自己的态度。刘秀青不想吃饭时让大家闹不愉快,赶紧去枝枝房间喊堂姐出来吃饭。

晚饭后,叔叔递给刘秀青200元钱,叫刘秀青先用着,不够时再跟他说。婶婶拉着脸,阴阳怪气地说道:"成云和成霞她们,总不能一点都不管,不能谁家好说话就该谁家吃亏。"

成云和成霞是刘秀青的姑姑。大姑成云在刘秀青读高一时,每个月有500元生活费寄过来。后来大姑父得了尿毒症,用钱成了无底洞,大姑对刘秀青也就爱莫能助了。小姑家里不缺钱,但小姑父一直耿耿于怀的是,大舅子成文借了他们家3000块钱没还。他说那时的3000块值钱,放在现在给刘秀青做伙食费也够应付一年两年。刘秀青低了头,看着自己的脚尖发窘,心里后悔回到叔叔家来。

刘秀青和许文之间别扭了几天之后又恢复了常态。许文在刘秀青耳边嘀咕过几回,希望刘秀青能答应和她一起生活,刘秀青一直缄默不语。再后来,就没有听见她啰唆了。不过,她们一直相处得如同姐妹。几天后的一个早读课,沙老师来教室把刘秀青叫了出去,站在楼梯拐角那递给她2000元钱,说是政府给困难生的补助,叫她收好了,别弄丢了。刘秀青红着脸接了,心里多少有些难堪。沙老师有意转移话题,问她最近学习有没有困难,需要老师补课的话,他可以找到做志愿者的老师免费补。刘秀青连连说不要。她说:"我要是能上大学的话,将来也做老师,我会做个像你们一样的好老师的。"沙老师难得地笑了,朝刘秀青做了个加油的手势。

"刘秀青,有你的邮件。"

班长蒋建雄伸直他那长颈鹿般的脖子,在走廊上寻找刘秀青。他刚才去门卫室取快递,发现有刘秀青的邮件。本来想给她带过来的,但手上东西太多,带不了。刘秀青和许文从卫生间出来,甩着手上的水珠。听到蒋建雄"公鸭嗓子"喊出的音,许文附耳学了一句:"刘秀青,有你的邮件。"刘秀青捂住嘴笑,挣脱了许文缠绕的手臂,撒腿朝门卫室跑去,刚到楼梯口,上课铃响了,便立即刹车来了个急转身。这节课,刘秀青便有点心猿意马,思维总是逃出沙老师讲课的美洲飞向门卫室,猜想那份邮件,有可能是大姑刘成云的汇款单。她上高中后,大姑给她寄了一年多生活费。刘秀青每次拿到大姑的汇款单,总是在本子上先记上收到汇款单的日期和数目,然后才把单子上的姓名和证件号填好。婶婶有一次就说了,大姑上学时,是青青爸爸供的,青青上学大姑拿生活费天经地义,不需要还,况且大姑自己说过,这钱不用还。刘秀青不那么想,她认为大姑给她钱是情分,不是义务。这笔钱,等自己有能力还的话,还是要还的。

放学后刘秀青去了门卫室,才知道邮件不是汇款单,而是包裹。很沉,捏一捏就知道黑色包装袋里装的是书本。包裹来自北京。拿回宿舍撕开包装,才发现是一堆高三的复习资料,每一科都有,一共六本。包装袋上面的地址栏,填写得很潦草,寄件人一栏中填写的是"内详"。刘秀青赶紧去复习资料中找信件,果然在一本语文复习资料中发现了一张字条,没有称谓和署名,只说:"这些资料是我根据自己的经验精心挑选的,希望你能够认真地看一看,做一做。"还讲了一些高三复习以及做题的经验。刘秀青一头雾水,稀里糊涂地猜不到是谁寄来的。

柳莎莎面对着一大堆资料,翻着眼睛帮刘秀青分析:"这个人呢,一定了解你的情况,而且很关心你。是你的亲戚吗?有没有这样的亲戚?"

刘秀青老实告诉她:大姑姑在东北,表哥早已结婚生子,他对现在的教材应该不熟,而且他也住在东北。堂姐嘛,还在高中复读,她倒是熟悉现在的教材,但她不在北京。买这些东西,她既无心也无力。

"那么,应该是刚刚经历过高考的学哥、学姐了。有相好的吗?"柳莎莎叽叽喳喳。刘秀青陡然想到了雷伊鸣。刘秀青故意极力摇头,又装着去做其他的事。柳莎莎见刘秀青不热心,只好作罢。王晓玲伸手拿了一本英语复习资料,拿到鼻子边闻一闻,好像鼻子能够辨别一本书或者资料到底好不好似的。闻过了,才勾了脑袋,认真翻看起来。

刘秀青心乱了,把资料收拾好,又摊开,再收拾整齐。是他吗?他没有误会我?没有被我吓跑吗?每当想起那次他请看电影竟被自己生硬地拒绝,懊恼之情便填塞了刘秀青的胸腔。刘秀青咀嚼着那份苦涩,心底便隐隐生痛。她以为他藏进了她的日记,再也不会出来……但是,寄资料的真的是他吗?那次操场一别,她再也没有看见过他,也没有得到关于他的片言只语的消息。

刘秀青很快就发现,每一本资料书的扉页上都留下了一个相同的手机号码。只要拨通这个电话,一切疑惑都将明了。但刘秀青不想去拨它,她愿意给自己留个悬念,给自己留份遐想。即使能够确定是雷伊鸣,她也愿意把那颗美好的种子藏进心田,让它在适合它的春天里抽芽、开花。她更怕那个电话不是雷伊鸣的,而是其他了解她状况的学哥或者学姐的。

这天晚上,刘秀青无心做作业,又开始拿出了那本黑皮笔记本。

第六封信

今天收到六本复习资料,是你寄来的吧?

我知道一定是你。谢谢!

那次,我是想和你一起去看电影的,但确实没有时间。在那之前,我已经联系到一家愿意要暑假工的酒店,跟他们约好周末去面试的。当时我应该跟你说清楚的。好了,这事不说了,还是接着上封信的内容,说说我的过去吧。

我四年级时那个春天,在我的记忆里是一个反常的季节,倒春寒曾很长时间阻碍春天的脚步,接着就是远方的沙尘暴,像海浪一样袭来,天空灰蒙蒙的,像一块用脏了的破抹布。当天空的面容重新清爽时,江南大地上的物候还停留在春天,气温却一下跳进了夏天。有个星期六的下午,我和虎子相约去坡下的油菜田打猪草。圈中的两头架子猪正是吃食长膘的时候。妈也和我们一道打猪草。

太阳精神抖擞地挂在天上,没有风,所以有点燥热。黄灿灿的油菜花静默着,好像在等待着什么,只有成群的蜜蜂嗡嗡地闹着,有时会撞到人的脸。我们一人拎着一只竹篮,一边哼着小曲一边在田沟里、地垄上忙活着,车前子、黄花菜、拉拉草、灰灰菜一会儿便填满了我们的竹篮。

钻过几垄地,头上、身上星星点点地全是洒落的金黄色花瓣,浓郁的花香熏得我昏昏欲睡,褂子黏黏地贴在脊背上。钻出一片油菜田时,一块养荠荠的水田镜子一样躺在眼前,我眼前突然一亮,一丛碧绿的荠荠苗边,卧着几枚麻灰色的水鸟蛋。我大叫:"鸟蛋!"

"鸟蛋!"正好钻出菜垄的虎子也大叫。

"我先发现的。"

"先发现的是我。"

我俩争论起来,相互拉扯着,谁也不让对方去捡那鸟蛋。相持不下,已高我一头的虎子忽然就气恼地挥拳打来,一拳砸在我鼻子上。我鼻子一酸,一股温温的液体便直涌下来。我本能地伸手摸了一把,一看是血,便哇的一声哭起来。

我妈那天有点异样,格外清醒或是格外糊涂。我的哭声把妈妈招引了过来,她见我鼻子出血了,料到是虎子干的,舞着铲子就朝虎子打过来。虎子头一偏,铲子没有打着他,反而从妈手中脱落出去。虎子立马撒腿就跑,妈弯腰拾起铲子穷追不舍。

虎子扔掉竹篮,绕着油菜田打圈圈,我妈也绕着油菜田打圈圈。虎子敏捷,跑得快。但他总是惊慌地回头看,有时还险些摔倒,所以也没有把我妈甩开多少距离。我知道妈撵上虎子后的结果一定很糟糕,顾不得鼻子疼痛,大声地阻止:"妈,别追了!别追了!"

妈似乎没有听见,她的疯劲上来了,根本就不理睬我。他们在田埂上跑了几圈,虎子便朝家的方向跑去。大约虎子想寻求大人的保护。

他跑过一片洼地,又跑过一片坡地。他一边跑一边仍然惊慌地回头张望。我妈仍紧紧追着,一边跑一边嗷嗷怪叫。虎子很快跑上苦水塘的塘坝,眼看转过山坡就到家了,不巧的是,塘坝的尽头,一头发狂的牯牛迎着虎子飞奔而来。虎子躲闪不及,嗵的一声,掉进了苦水塘。

那声音好响,半里外我都听得清清楚楚。我的心脏立即有了被震碎的感觉。我知道那是一口锅底塘,四奶奶经常吓唬我们,说落进了锅底塘,就会掉到龙宫里去,再也上不来。

随后,我看见老牛倌边跑边脱掉外衣也跳进了塘里;看见我妈站在塘埂上呆愣了一会儿,就转身跑进了村子,不知是老牛倌对她下达了什么指令,还是她突然有所醒悟。一会儿,妈带着一帮男女拥到了塘坝上。塘坝上一片忙乱。

再后来便听见七婶和四奶奶呼天抢地的哭声。

我瘫坐在油菜田里,泪水小溪似的,堵也堵不住。脑子里乱成一锅粥,什么也不能想。我就那样哭着、哭着……直到半夜,爸爸打着手电筒,在田垄间找到我,我才随着他战战兢兢地回了家。

苦水塘边已然宁静,但我家一片狼藉,能打碎的东西都已打碎,包括那台旧彩电。妈鼻青脸肿,遍体鳞伤,几乎奄奄一息地蜷缩在墙角。我知道,这一定是七叔干的,下午在油菜田里,我隐约听到七叔发疯似的叫骂和哭号。

爸爸没有责备我,但他的眼神比打我还让我心痛。他眼中的愁苦比苦水塘还要深,愁苦溢过堤坝,渗透到他面部的每一个毛孔里。我害怕极了,也后悔极了。如果时间能够倒流,我会说:"我没看见那几个鸟蛋。"爸爸把我妈扶到床上,默默地打扫满地的碎片。我也乖巧地给他帮忙。

虎子走了,走得莫名其妙,走得让人难以置信。星期天整天我都躲在家里。我捂着耳朵也能听见四奶奶家中的哭声。傻虎子,难道你不知道苦水塘是个锅底塘吗?难道你忘了大人不许我们下水的警告吗?妈啊妈,你好不容易清醒了一回,懂得了要护犊,却犯了如此的大错。那可恶的牛倌为什么不看好他的牛?那该死的牯牛为什么要跑上塘坝?我真的好后悔啊,我为什么不说我没看见鸟蛋?我是姐呀,我为什么不让着他?

几颗鸟蛋,一条生命,没有办法连在一起的巧合,却巧不巧地发生了。

虎子走了。我把小白抱到山上,不知道它为什么老是不下崽。在板栗山向阳的坡地上,我找到了一座新坟,我知道那里面躺着的一定是虎子。我放下小白,小白很快跳开,在一丛青草旁蹲下了。我告诉虎子:"虎子,姐不能陪你玩了,让小白给你做伴吧。"说罢就转身飞快地跑下山。我怕自己又忍不住会哭出来。

爸爸精心地调养着我妈,喂她吃消炎药,帮她涂红药水,还每天烧她爱吃的红烧肉。妈对前段时间发生的事似乎已经淡忘了,她宁静而茫然地承受着我爸的关爱和体贴,很听话地不再出门。随着时间的流逝,我心头的伤口一如妈身上的伤口慢慢结痂,自闭了许久的我开始渐渐与人说话。

然而,几天后我又遭受到了更大的打击。

那天放学后,我发现很少锁着的家门紧锁着。我从通常藏钥匙的门槛下找到了钥匙,打开门,放下书包,像往常一样去菜地弄菜。四年级的我,已经会做饭了。

香妮也在菜地,一只手摘菜,一只手拿根黄瓜啃着。香妮比我大几岁,已经读六年级了。见了我,她迟疑了一下,小心地问:"你妈真的走了吗?"

"什么?"我惊异。

"原来瞒着你呀。"

我再追问,晓事的香妮只是谨慎地搪塞,什么也不肯再说。

我扔下菜篮飞奔下坡,直扑到井口老板栗树下。"你们见到我妈了吗?"我气喘吁吁地问在场的村民。

"你妈这会儿恐怕到省外了。一坐上车那有多快啊。"豁嘴的九根坐在地上抽烟,笑嘻嘻地打趣。

"我妈去哪了?快说。"我抓住九根的胳膊,指甲掐进了他的肉里。

"哎哟!原来你不知道啊?快放手!"九根一把推开我,我趔趄了一下差点摔倒。

"问你七叔去。"

"问你爸呀。"

大家七嘴八舌的,我顾不得听大家的,直奔向四奶奶家。四奶奶家的院门紧闭着,我拍痛了双手也无人开门。

我一口气飞奔上板栗山顶,站在大板石上朝远处张望,布带似的机耕道上,有骑车人的身影,有放牛人的身影,有扛着农具从田中收工回家人的身影,就是没有我爸我妈的身影。我放开喉咙朝远处拼命叫喊:"妈——妈——我要妈——"直到声带嘶哑失声。

"我要妈,我要妈,有个憨憨的妈,总比没有妈强啊!"我趴在大板石上伤心地哭着。我想着每天放学回家,有妈朝我呵呵地笑,我便有了一种回家的安稳。妈在家的画面放电影似的一幕一幕在我眼前翻腾:

冬夜睡觉时,我依偎着她,把冰凉的小脚放在她温暖的肚皮上,她却呵呵地傻笑。

妈从香妮家的火粪堆里偷来烤山芋,一路倒腾着烫红的手……

妈讨好地问我:"吃吗?吃吧,宝宝……"

妈帮我烧火……

妈和我一块洗衣……

妈挥舞着铲子追赶着奔跑的虎子……

妈遍体鳞伤地蜷缩在墙角……

"我要妈,我要妈啊,有个憨憨的妈总比没有好啊!"我哭着哭着,也不知哭了多长时间,哭累了,睡着了。

后来,身边有了嘈杂的人声和汪汪的狗叫声,我睁开惺忪的双眼,发现爸爸和几个村民举着火把围在我身边。爸爸把火把递给别人,弯下身抱起我。我无力地推搡他,捶打他,我本不想搭理他,但我实在太困了,便又沉沉地睡去。

后来我知道,七叔坚决要求我爸送走祸害精——我妈,否则,他就见一次打一次,直到要她偿命。爸爸万般无奈只好送走我妈。听说我爸还给了七叔十万块钱作为赔偿,爸爸因此欠下了巨额债务。

很长一段时间里,我不搭理我爸,我也不说话。在学校不说话,和爸爸在一起吃饭时也停止了叽叽喳喳。烧饭或是做作业时我常常抹着眼泪,真想说话时,我便对着圈里的阿肥说:"我想妈……"

爸爸一直小心地巴结着我,还给我买回我心仪已久的台灯,但我依然不搭理他。周老师这段时间也对我格外好。可是那次数学单元测验我却不争气,只考了75分。看着如同红灯的75分,我又一次趴在桌上哭了。

中午放学时,周老师拉起我的手:"刘秀青,走,帮老师做事去。"我跟着她朝办公室后面的平房住宿区走去。一路上,老师紧握着我的手,温温的、暖暖的,我的手都快出汗了。周老师说:"我听说刘秀青同学很会做菜,老师不会炒南瓜丝,就想到了你。你会炒吧?"

我说:"会。"

周老师高兴地说:"哦,那太好了。"

周老师把我领回家。电饭锅中已烧好了饭,桌上用盘子扣着几碗已做好的菜,切好的南瓜丝放在灶台上正等着我。周老师打着了液化气灶的火,我熟练地朝锅中倒上油,三下两下就炒好了菜。周老师尝了一筷头:"呀,真好吃,比我老公炒得好吃多了。陪我一起吃饭吧。"我顺理成章地留下吃饭,没有一点紧张感,周老师让我感到亲切、自然。她不住地给我夹红烧肉,夹水煮鱼,夸我的手艺,羡慕我有独立生活的能力,而她儿子没有。

饭后,周老师让我坐到她身边,关切地询问我的近况,开导我不要因虎子的事自责,也不要因我妈的事而过分悲伤。她历数古今中外名人的坎坷经历,告诉我"月有阴晴圆缺,人有悲欢离合"的道理。面对我们不能掌控的事情,周老师希望我坦然面对,学会顺应。她说上天从我这里拿走的,一定会从别的地方补偿我:"你聪明灵秀,一定能够懂得如何面对生活中的林林总总。老师相信你……"

周老师讲的道理其实我不懂,我也没想要懂。我心中的阴霾是被周老师阳光般的目光驱散的,郁积的苦痛被她温泉般的话语融化了。我知道周老师是爱我的。从周老师家出来,我心里轻松多了。

晚饭时,爸爸又开始找我搭话,他说他碰到周老师了。我很想问他老师说了些什么,但习惯让我难以张口。"你妈好好地在那,你放心吧。"爸爸安慰我道。

"在哪?"我几乎要跳起来。

爸爸不想告诉我,他说:"等七叔的气消了,我再把你妈领回来。"我的眼泪又不争气地滚下来,我一头扑到爸爸怀中。爸爸轻轻地拍着我:"别哭,别哭,一切都会好的。"

七叔的气看上去一点也没消,他不愿看见我,也不再到坡上来。有一次,我看见七婶朝坡上哭过来,有两个妇女硬把她拉了回去。我听见七婶一边哭一边喊:"别拉我呀,我听见虎子在叫我,我儿子在叫妈。"我默然。

第二年春天,七叔撂下他的责任田和自留地,带着七婶出外打工了,春节也没有回来。四奶奶一天天老下去。爸爸一直也没提把妈接回来。他也许在外租了房,把我妈安顿好了吧。也许把我妈送回了她的老家,藏到她妈妈身边了吧。也许在哪家收容所……爸爸不肯说,我便无从知道。唉,我那个也许叫潘桂花的妈,到底在哪呢?

爸爸直到临终时也没能告诉我。

12

从北京寄来的复习资料,给刘秀青注入了一针活力剂,无论是精神上还是物质上,都给了她强大的动力。为了人生的春天能够早日来临,刘秀青更加刻苦,更加努力。

晨曦中,她捧着课本在花圃旁小声地背着课文;课堂上她认真听讲,仔细地记着笔记;喧闹的食堂,她和同学们在饭桌上热烈地讨论试题;灯光下,她埋头于题海奋笔疾书……高三的日子浸泡着汗水,写满了艰辛,刘秀青一下子瘦了好几斤。王娟和王晓玲本来就是近视眼,原先不是近视眼的柳莎莎也戴上了眼镜。一进宿舍就有三副眼镜在刘秀青面前晃动,晃得她都有点头晕。刘秀青不想戴眼镜,几乎所有的学习间隙里,她都在做眼保健操,或是向远处眺望来保护视力。她听雷伊鸣说过,他不喜欢戴眼镜。

这天早上起来,推开窗,一股寒气扑面而来。该是下霜了吧?刘秀青探出头朝下面的草地望望,看不出有下霜的征兆。如果是在十三冲,下霜后,连片的枯草上便会附上白皑皑的一层,就像下了薄雪一样。

刘秀青揉揉爱过敏的鼻子,加了一件衣服。王晓玲从开水房回来,夸张地缩着膀子,迈着碎步跑进宿舍,嘴里哆哆嗦嗦地呻吟着:"好冷,好冷!"她麻溜地上了上铺,跪着从行李箱中翻出了一件橘黄的羽绒服,裹在了身上。

"咯咯,没那么夸张吧?"柳莎莎看着布袋熊似的王晓玲,乐得直敲桌子。她自己仍然穿着格子裙,里面只有一条薄薄的打底裤。刘秀青提醒柳莎莎气温降了,柳莎莎满不在乎地拍拍胸脯,说:"小菜!"显得很爷们的样子。中午回宿舍柳莎莎已经不住地打喷嚏,王晓玲围着柳莎莎转了一圈,故意瞪大眼睛嚷道:"没那么夸张吧?这就感冒了?"王娟和刘秀青都劝柳莎莎不要只讲究风度而忽略了温度,柳莎莎这才换了一条牛仔裤。可是,晚上她还是发起了烧,哼哼唧唧地叫着,折腾刘秀青一夜起来好几趟,为她倒水,帮她冷敷。

第二天早晨,柳莎莎睡在床上不肯起来,叫她去医院,她也不肯。幸而王娟备有感冒灵,喂她吃了两粒。上午,她便躺在宿舍里休息。

第一节课后是课间操,刘秀青惦记着柳莎莎,没有去做操,溜回宿舍来了。刘秀青发现早上王娟给柳莎莎买的早点仍然放在桌上,凉了,已经不能吃了。"想吃点什么吗?"刘秀青问。

"想吃点带水的食物。"柳莎莎慵懒地躺着,娇娇地回答。刘秀青赶紧拿起缸子往校外跑,被门卫拦住,解释了半天才让她出去。刘秀青给柳莎莎下了碗馄饨端到宿舍,便拼命往教室跑,还是迟到了。沙老师站在讲台上,拿着一支粉笔正讲着,他看着刘秀青,沉吟了几秒钟,想说什么,但是没说,还是让她进去了,但脸色可不大好看。

中午大家回到宿舍,发现宿舍中多了一个陌生的妇人。她坐在柳莎莎的床边,正在给柳莎莎喂药。她把水杯放在唇边轻轻地吹着,自己尝尝水温合适了,才抱起柳莎莎,让她靠在自己的怀里,端起水杯送到柳莎莎的嘴边。不用说,她是柳莎莎的妈。看来,柳莎莎给她妈打了电话。

柳莎莎妈见姑娘们回来了,对她们照顾莎莎表示感谢。她起身拿出香蕉、橘子让大家吃。王晓玲剥开一个橘子,掰了一瓣塞进嘴里:"呀,好甜。"她掰了一瓣塞进刘秀青嘴里,又掰了一瓣塞进王娟嘴里,确实甜多于酸。柳莎莎见大家吃,也嘴馋了,哼哼唧唧地要吃橘子。她妈妈便为她剥起橘子来。莎莎张着嘴,等妈把橘瓣送进嘴里。她妈妈便慈爱地一瓣一瓣地送着,还不时用手拢拢莎莎额前的头发,为她擦擦嘴边的橘汁。有妈,真的很幸福。

柳莎莎的感冒其实没什么了不起,她吃过王娟的感冒灵之后就很快好起来,但她妈不放心,便留了下来。晚餐柳莎莎妈妈去校外的馆子里炒了几个女儿爱吃的菜,打包带回宿舍,吃饭时便不停地为莎莎夹菜。她也请姑娘们吃,大家都假装淑女地谢绝了,说她们在食堂已经吃过了。如果柳莎莎妈不在,那情形会不一样,大家说不定会来个饿狼扑食,一会儿工夫就风卷残云吃个精光。

吃完饭,柳莎莎靠在妈的怀里撒着娇,母女俩说着悄悄话。刘秀青心里闷闷的、酸酸的,有一种想哭的冲动。王娟显然也有点触动,她侧过身子,把脊背对着那对母女。

刘秀青她们下晚自习回来,那母女俩已经挤在一起睡了。姑娘们的动静惊扰了柳莎莎的妈,她又起身为女儿掖掖被子,温柔地问女儿要不要喝水,得到否定的答复后她才安心地躺下。窗外,月光水一样浸泡着大地。看着透过窗帘的缝隙挤进宿舍的月光,刘秀青的耳边又响起了吴佳曾唱过的一支歌:"妈妈,月亮之下,有了你,我才有家……"

妈,你在哪呢?你要好好地等我啊,等我找到你,给你一个家。刘秀青希望月光能把自己的祝愿和牵挂一同带给妈。

柳莎莎第二天就上课了,因为这天是周五,她妈等她下午放学一起走。中午回宿舍,姑娘们发现宿舍里被擦拭得干干净净,大家的被子全被晒到了花圃旁的栏杆上。下午放学回来,被子又都整整齐齐地铺在了她们的床上。

晚上,宿舍里只剩下刘秀青和王娟。刘秀青躺在被窝里,感受到晒过的被子软软的、暖暖的,还有阳光的味道,也许,还有妈妈的味道吧。有妈真好。原来,妈妈的味道就是阳光的味道。她的思绪忍不住又往十三冲跑。她竭力不想去感受十三冲秋夜的寒冷,便无话找话地同王娟聊起来。

"你周末为什么也不回家呀?"

"我爸出差了。"

"你妈妈呢?"刘秀青又问。王娟似乎没听见,没有回应。

"柳莎莎和王晓玲恋妈;你和吴佳恋爸。而我呢……我爱我爸,也喜欢我妈,可是,他们都不要我了……"刘秀青无限伤感。

她把头蒙进被子里,讨厌的泪水又悄悄滚落下来。刘秀青希望王娟能够安慰她几句,可王娟却像植物人一样冷漠。都怪柳莎莎惹的祸。

半夜里刘秀青被压抑的抽泣声惊醒。她翻动了一下身子,想听听声音来自何处,那声音又没了。蒙眬中要睡去时,又听到了抽泣声,像炊烟被风扯细了,像鱼在水中吐泡泡。刘秀青睡意顿失,屏住呼吸听听,原来是王娟在哭。

"王娟,王娟,醒一醒,做梦了吗?"

没想到王娟哭得更厉害了,原来她不是梦里哭。刘秀青坐起来,拉亮了灯,只见王娟瘦削的肩膀一耸一耸地哭得正伤心。刘秀青爬过去,钻进了她的被窝,哄劝了半天,她才停止了哭泣。她伸手在枕头边抽出纸巾擦了擦眼泪,擤了擤鼻涕,平静地对刘秀青说:"没事了,你去睡吧。"

"我哪里还有睡意。"

"对不起,吵着你了。"

"明早可以睡懒觉,我们索性聊聊吧。我们把心中的不愉快说出来吧,说出来会好受些。"

于是,刘秀青的思绪再度回到十三冲,回到那个油菜花盛开的午后,她的堂弟掉进了苦水塘,她的苦难便接踵而至……刘秀青慢慢地向王娟述说着往事。她的声音在飘忽着,她说得很平静,好像在说别人的故事。当刘秀青说到爸爸出车祸时,王娟拥住了她,用手捂着了她的嘴。

于是,俩人便静默,睁大眼睛看天花板。

良久,王娟叹了口气,说:"原以为我是个赤脚没鞋穿的,原来还有一个无脚的你。"

"什么?"

"我看过一个故事,说有一个人,老是因为自己穷买不起鞋而苦恼,有一天,他遇到了一个失去双脚的人,才知道这世上还有比他更不幸的人。"

"是吗?我就是那个没脚的?"

"我很佩服你,刘秀青。你总是那么开朗,那么快乐,我怎么能够想到你原来是个孤儿。"

"胡说什么呢?我有妈,从来没有人说过我是孤儿。"

"好了,我说错了。你有很多亲人,还有我们这几个姐妹。"

"说说你吧。"刘秀青期待地看着王娟。

王娟沉吟了一会儿,也用平静得似乎说别人故事的语调说开了。

王娟十岁之前是个快乐的公主。爸爸在工厂上班,妈妈在家做家务、带孩子。日子虽然不够富裕,但也过得其乐融融。爸爸爱喝点小酒,喝酒时爱把"公主"抱在膝上。妈妈这时总是略带醋意地叫她下来,爸爸便快乐地大笑。

后来,工厂不景气,爸爸被裁员了。下岗后的爸爸,做过摩的司机,在私人企业做过短工,在建筑工地上打过零工。收入越来越差,酒却越喝越多。喝醉了酒的爸爸开始打骂妻子。越打越多,越打越厉害。每当这时,王娟就会哭着求爸爸放手,然后陪妈一同哭。

后来,妈妈也出去打工挣钱了。

再后来,妈妈就不再回家了。爸爸找了很多地方都没有找到她。妈妈的一个远房表姐曾来劝阻爸爸,叫他别再找了,说娟子妈已经另嫁人了,让他好好带着女儿过日子。

爸爸开始把自己泡在酒缸中,整天醉生梦死的。懂事的王娟细心地照料爸爸,不断地央求爸爸振作起来,自己则在别人的白眼中咬着牙刻苦学习。爸爸在酒中醉了很长一段日子,终于又站起来。他去学了驾驶,先是帮出租车公司开出租车,后来又去物流公司开大货车。现在,他正在去海南运蔬菜的途中。

相似的苦难拉近了俩人心灵的距离,共同的愿望也使她们成了学习上的帮手。周一,当室友们回到宿舍时,敏感的王晓玲立即发现了刘秀青和王娟的关系已非同一般,无人时她便悄悄问刘秀青:"你们是不是同性恋上啦?"刘秀青狠狠地在她的胳膊上掐了一下,疼得王晓玲嗷嗷直叫。"再瞎说,我掐你的嘴!"王晓玲立即举手做投降状。

时间一晃,一学期便完了。高三学生放假迟一点,腊月二十七还在考试。考完最后一场试,室友们便收拾东西大逃离似的往家赶。刘秀青无处可去,心却急吼吼地往一个人身边贴,她迫不及待地拿出了黑皮笔记本,又开始给雷伊鸣写信。

第七封信

有一段时间没有给你写信了,一直在忙着期末考试哩。你也要放假了吧?要回锦丘市了吗?多期望有一场邂逅。如果,我说是如果,有万一的意思。如果我们遇到了,你会对我说些什么?我能对你说些什么?真的不知道呢。

现在,我还是跟你说说我的过去吧。

六年级毕业的时候,我以全校第一的成绩进入了初中,来到了离家二十多里的镇上读书。新环境、新面孔让我着实兴奋了一阵。也有一些老同学和我分在一个班,原先的同桌伍婷就坐在我的前面,我的新同桌叫苏珊珊。

"老班"是一个高挑干瘦的男人,四五十岁的样子,戴着很厚的眼镜,穿着洗得发白的中山装,领子扣得严严的,说话嗓音很浑厚。据说他是我们学校最好的老师,最有学问,最有个性,也最严厉。

"也许你们已经认识我了,我姓徐,双人徐。也许你们已经知道我是你们的新班主任,其实我是一个老班主任。"浑厚的男中音这样做了开场白,有几个学生在底下咻咻地笑,"也许你们还不知道我是全校最严厉的老师吧?"他挥了挥讲桌上的一根竹条,底下咻咻的笑声立即消失了,好像被粉板擦抹去了一般。

许多个"也许"之后,老师讲到了这节课的核心问题:成立班委会。我被指定为班长。

"她为什么是班长?我们以前班干部都是推选的。我们要求民主选举。"老师的话刚刚落音,班上一个很抢眼的男生就站起身问老师。他的名字叫周童。

"民主啊?这个主意不错。"于是老师围绕民主侃侃而谈,说了一大堆话。什么民主意识的增强也许能够推动民主实践的进行,什么民主实践也许能够增强大众的民主意识,等等。但是民主的推行,一定要和民众的素养相配,否则一定不会有什么好结果。眼看就要下课了,他仍然话锋甚健。周童急得抓耳挠腮,站也不是,坐也不是。

直到下课的铃声响了,徐老师才说:"推选也许会不错,但大家都是人生地不熟的,怎么选啊?当班干是一种荣誉,一种奖赏,所以成绩好的学生就有资格当。"我真怀疑老师受"学而优则仕"的流毒太深了。

老师分派了副班长,分派了各科的学习委员和小组长。周童被老师分派为劳动委员。

下课后,周童满腹怨气,狠狠地朝垃圾桶踢了一脚。苏珊珊告诉我,周童原来和她是一个学校的,从一年级一直把班长当到六年级。他爸爸是村干部,他从小就有干部情结,这次却"下岗"了,而且还是败在他从来就看不起的女生手里,他的气恼可想而知。

周童,这是一个连头发梢上都洋溢着自以为是的男生。他的优越感来得好像很有理由:长相称得上英俊,个条修长;成绩很好,而且满身都是名牌。女生们喜欢用目光追随他,也喜欢同他搭讪。他似乎从骨子里瞧不起女生,从女生面前走过,总是目不斜视。

周童和我分在同一个值日组。每次扫地时,我们手忙脚乱地忙着架凳子、扫垃圾、擦桌子,他却跑得无影无踪。待我们处理好一切,准备锁门走人时,他才急匆匆奔来拿书包。我说他,他就会拿起扫帚在已经扫过的地面上,胡乱地舞几下,然后理直气壮地冲我嚷:"谁没扫?谁没扫?你长没长眼睛?"气得我都说不出话来。集体大扫除时他也是如此,这儿晃,那儿窜的,一旦老师迈进教室,他总能极快地拿起工具,干最累最脏的活,还一边大声地指挥大家干这干那的,显得特别卖力。

老师走后，他又扔下工具没了踪影。这一点真的让我很讨厌。

老班因为一张口就是"也许"，大家背地里便称他"也许老师"。有几个调皮的男生，当面还称他"许老师"，"许""徐"音近，老师也没能发觉。起初，有同学害事时，瞭望的同学报告："也许老师来了。"害事的同学不以为意，结果被老班逮个正着，受到严厉的处罚。后来大家即使揣测老师会来，也会吓得打个激灵。

徐老师喜欢打板子。第一次见识他打人是开学不久的一天。那节英语课上，坐在窗边的林一凡用小镜子反射阳光晃老师的眼睛。英语老师是一个刚出大学校门的柔弱女子，她批评林一凡，林一凡根本不搭理她，继续晃呀晃的，惹得同学们哈哈大笑。英语老师被气哭了，捧着课本就离开了教室。

"也许老师"很快来了。他拎出林一凡，罚站在讲台旁，问他是哪只手害的事，林一凡把两只手都藏在背后不肯说。老师吼一声："把手伸出来！"林一凡便乖乖地伸出了右手。老师举起竹条"啪啪"地打着，吓得我们直哆嗦。老师打了三下，问："痛吗？"林一凡说："痛。"老师说："那就换一只手，也许那只手也害了事。"林一凡只好又伸出左手。老师又"啪啪"地打了三下，这才让林一凡回到座位上。这一杀鸡儆猴的举措让班上纪律好了起来，尤其是上英语课的时候。

后来不交作业的王兵，没放学就逃离的夏磊，都被徐老师打了板子。受了委屈的同学恳求我维护学生利益，替他们向老师讨说法。我也不喜欢老师打人，于是在一次班会上，当老师再次说到不守纪律将如何如何处罚时，我便鼓起勇气站了起来。我说："体罚学生是违法的，我们不希望老师犯错误。"徐老师有点意外，他认真地看了我一眼，清了清嗓子，大声说："我这是处罚而非体罚。"他说，他认为教育的手段是多种多样的，要因人而异，惩戒不失为一种好手段。他希望同学们自觉遵守校纪班规，不要心存侥幸，他将一如既往地执行他的惩戒政策。这一次，他说话干脆果断，没有用到一个"也许"。

老师没有因为我的冒犯而处罚我,对我反而异常温和。班级事务,例如出板报、大扫除、收试卷费、解决同学间的小纠纷等,我自作主张地处理了很多,他也从没有说过我什么。倒是周童时不时地挑衅我,暗中和我较着劲。他总说老班对我很偏心。

周童只要有机会总要挖苦打击我一番。比如,一次作文讲评中,老师在对我的作文肯定和表扬后,又指出了两个错别字。下课时,周童来到我面前,称我是错别字生产公司的经理,有创新能力的新星。我又羞又恼,真想找个机会好好收拾他一顿。

课外活动时,徐老师把我叫进办公室,给我开小灶,教我形声字的知识:"你看'辨'字从心,'辩'字用言;墙壁的'壁'是土字底,而非'玉'字底……"顺带还告诉我"象形字"和"会意字"的由来,还有赋、比、兴。老师一讲开了就兴致盎然。有时,还会把我请进他的家里开小灶。在他那里,我学到了许多课堂上学不到的知识。比如"风对雨,雪对松,晚照对晴空"的音律知识,"一三五不论,二四六分明"的平仄知识,还有什么意识流、蒙太奇手法等。讲着讲着,老师就渐渐兴奋起来,干瘦的脸上泛起了红光,镜片后面的眼睛也熠熠发亮。我像海绵吸水一样贪婪地吸收着老师所讲的一切。师娘常在一旁笑我:"这丫头也是个书呆子。"

在他家里,我看到了一个很大的书橱,满满当当地塞着书。我惊异和渴望的目光久久不肯从书橱上挪开。徐老师见状,说:"也许你对它们感兴趣吧,那么我借给你看。一次只借一本,看完再来换。"我高兴得几乎要跳起来。于是,《钢铁是怎样炼成的》《居里夫人》《牛虻》《林海雪原》等源源不断地流进我的书包。我从小学到中学,遇到的老师都特别好,他们不仅教给了我知识,给了我温暖,也影响了我做人。很早我就有一个愿望,长大了也能像他们一样,站在讲台上,捧着书本,拿着教鞭,让自己变成一缕阳光。

我读初中最大的困难便是路途遥远。我们那儿不通班车,只有一辆旧的银灰色面包车接送学生并做客运服务。车子很小,只能挤十几个人,车费却贵得吓人,上车5元,月包每趟3元。还有豁嘴九根的一辆破三轮车,送村里人去菜市场卖菜,为大家拖运货物。为了节省开支,爸爸给我倒腾了一辆旧自行车。我每天早上4点多就要起床,烧饭,喂猪,然后骑车上学。遇到下雨下雪,就只好挤三轮车或是徒步。

　　冬天天亮得迟,我骑车出门时,往往天才蒙蒙亮。出门时是下坡路,我只要握好车把就行了,车便飞快地直下、转弯、再直下,北风在耳边一路呼啸。有一天,这种"轻车已过万重山"的快感刚刚结束,我便发现车不对劲了,不好骑了。平路上我还拼命地蹬,前胎瘪瘪的,钢圈碾压地面发出嘎嘎的声音;上坡时就只好下车推了。当满载学生的小面包车开过来时,我拼命朝司机招手。司机加大油门,一路冲上坡顶。后来九根开着他的破三轮"突突突"地过来了,他停下车,探出身来问我怎么了。得知我车坏了,他跳下来,想把我和我的自行车一同塞进他装满菜筐和小猪仔的车厢里,最后还是作罢。当我推着车一路小跑着赶到学校时,还是迟到了。

　　我老老实实地在点名簿上给自己打了"迟到",这学期的"三好生"算是泡汤了。周童敲着我的桌子:"哼,还班长呢,带头迟到。"他翻了翻我桌上的点名簿,看我在自己的名字后打了迟到,才没有多饶舌。

　　中午我要去修车,学校附近就有修车铺。我把午饭钱交给了修车师傅,不停地咽唾沫来安慰我那闹造反的胃,趁人不注意我去水龙头边喝了几趟水。下午第二节课时,胃已难受得要命,人就有了虚脱的感觉。放学回家,车格外难骑,路也格外长,腿也格外酸软。

　　有了这次的经历,我就常备一把锅巴或是一根山芋在书包里,以备不时之需。我不能向爸爸多要钱,爸爸正在努力攒钱还债。

　　有一个下午,"也许老师"把我从课堂上叫出来,来了个紧急召见,布置了个紧急任务:为迎接县教委领导的检查,下午最后一节课全体大扫除,黑板报要换新版面。

第二节课下课铃一响,我们便拿起工具,动起手来。窗外仍在下着雨,同学们冒着雨扫地的扫地,抹窗的抹窗。出板报的几个同学动作太慢,他们拿着尺子在黑板上打线条,画了擦,擦了画,耽误了一些时间。线条间空着的位置是留给我画插图、做主题的。因为下雨我没有骑车,我担心晚了赶不上面包车,所以加快了点速度。不料忙中出错,待我从桌上跳下,拍拍手上的粉笔灰,才发现画上的动物和灯笼的比例有点不协调。此时,放学铃已响,同学们背着书包一哄而散。苏珊珊催我快走、快走,我犹豫了一下,还是擦掉一部分插图,重新画起来。我侥幸地希望,贪婪的司机能为多拉几个人再候一会儿,他平常就是那么做的,何况我最多也就耽误几分钟。

待我急忙急火地跑出校门时,我们那一路的面包车早已无影无踪,我顿时傻了眼。走回去估计要到半夜了。况且,泥烂路滑,很不好走。

我决定翻山回家,这样回家的路程可以减少三分之一。

从学校对面的镇政府后面插过去,走一小截路,便有一座山,叫张家岭。翻过张家岭,走过一个清水潭,便是杨家山。翻过杨家山便到了我们村的地界了。我四顾左右,盼望着有个被车落下的同学能与我同路,可是连个人影也没见到。我只好硬着头皮一个人朝后山走去。

路,我熟。小时候我曾跟村里的奶奶、姑姑们来过这里采茶、扳笋;上初一年级时,读初三的香妮也曾带我走过一回。山不是很高,比我屋后的板栗山高不了多少,是城山的儿子辈。我跟香妮那次走得很快乐,就跟春游似的。我们一路走,一路采着山花,一路说说笑笑。我们曾给张家岭改名为秃哥山,给杨家山改名为茂妹山。

秃哥山(张家岭)也有树木,只不过砍伐得多一点,显得疏朗些。走进山间,我收掉了雨伞拿在手里,好在雨已渐小,但树叶、草丛间的雨水很快打湿了我的衣衫。我加快脚步,奋力朝山顶爬去。一会儿就上了山顶。下山时我更是一路小跑,因为天明显地黑了。秋末之时,天黑得真快。

两山之间有一片洼地,洼地中间有一个不大的水潭。上次我们经过时,它倒映着青山、白云,形成水墨画似的面孔,像个俊美的少女。而此时,它却像一个用黑面巾遮住了大半个面孔的巫婆。巫婆阴沉着脸,阴森森地看着我,我不免心生寒意。潭边的岩石上附生着藻类,下雨之后显得很滑。我小心地挪着步子,从潭边的碎石和大岩间走过。

"扑通!"突然,我脚下一滑,身子一歪,摔倒了。手中的雨伞甩了出去,从一块岩石上滚了几滚,掉进了潭中,发出沉闷的响声。书包也滚了出去,它急速地翻滚了几下,滚落到潭边,被一块石头挡住了。我吓出一身冷汗,坐在那里半天爬不起来。

我揉揉摔痛的胳膊和屁股,慢慢探身下去,捡起了书包。书包外面大半已经湿了。我伸手搂搂书,还好,只有一点潮湿。我爬上坡,继续赶路。我更加小心地挪着步子,天也更加黑了。

杨家山的树木在雨季过后更加茂盛,似乎从没来过客人,疯长的杂草和蔓生的荆棘几乎让我找不着路。我手脚并用,扒拉着,摸索着。路边有新添的坟茔,模糊中我看见凋败的花圈耷拉在坟头上,显得格外诡异。一两声鸟叫也吓得我一身冷汗。我后悔不迭,不该冒失地走上山路。此时,我只好闭上眼睛在心里默念:菩萨保佑。

突然,我的裤脚被什么拽住了,似乎从坟茔中伸出了一只手。我浑身发着抖,恐惧得简直就要哭了,又不敢发出声音。我闭上眼,使劲一挣,哐的一声,我的裤脚被荆棘拉破了,脚踝处也刀割一般疼痛起来。我不再顾忌我的衣服,也不再顾忌我的手脚,拼命地在杂草灌木中挣扎。终于,我爬上了山顶。

下山的山道上,有手电筒的光束在晃。有人——我屏住呼吸,不知道该怎么办才好。另一种恐惧涌上心头。这荒山野岭的,来的人是好人还是坏人?我想把自己藏起来,但双脚不听使唤,我已挪不动脚步了。

"青儿——青儿——"山道上传来熟悉的声音,是我爸爸。

"哎——我在这儿。"我一屁股坐到地上,幸福地哭了。

吃完晚饭,我一边在炭火上烤着书包,一边做着作业。

做完作业,让爸爸给我挑刺。爸爸帮我挑掉了手上的刺,给我身上被荆棘划破的地方抹上药膏。他一边做着,一边数落着。爸爸从面包车司机那询问过,知道我没乘车,猜想我一定会走山道。爸爸骂我傻,叮嘱我以后再遇到类似的情况,他会用他的车去接我,要我切记。

我一点都不在乎爸爸的责骂,被责骂着,我也觉得幸福。我说:"可惜了我那把花伞,还是半新的呢。"爸爸说:"幸亏掉下去的是伞而不是你。你就念阿弥陀佛吧你。"

我想我爸爸了……

13

　　腊月二十八,刘秀青背着书包走出了宿舍楼,走出了学校大门,走进了小街,往城东的汽车站走。

　　天空中下起了雪,风卷着它们四处飘散,像有一个隐形巨人端着一面大筛在高空筛面,房顶和路面很快就盖上了厚厚的一层白色。雪花落到她红色的羽绒服上,飘到她帽子的毛檐上,有的还挂到她长长的睫毛上,贴上她俏皮的鼻尖,很快又化成了一粒晶莹的小水珠。雪在脚底下咔嚓咔嚓地轻唱,浅浅的脚印很快又被飘洒而至的雪花盖住、填满。

　　刘秀青走在小街上时,小街的另一头出现了一个穿藏青色毛绒外衣的小伙子,他一边欣赏着飘飘洒洒的雪花,一边急匆匆地朝市一中走过去。口中的热气,在雪中形成炊烟似的云朵。他踩着刘秀青雪地上的脚印跨进了市一中的大门,径直朝学生公寓走去。他走近了女生公寓,站在楼下朝上大声喊:"刘秀青!"企鹅似的程阿姨走出来,站着和他说话。程阿姨用手比画着什么,比画了半天。他把手提袋交给了程阿姨,转身离开。程阿姨看着雪地里他的背影,那背影有点失落。

　　刘秀青踏着积雪不紧不慢地走着,心里在想着四奶奶以前讲过的一个故事。四奶奶说,很久很久以前,大地上的居民遇到了严重的洪涝灾害,饿死的人像倒下的麦秸。老天听见饥民的哀号,发了慈悲心,下起了面粉。雪白的面粉盖满了屋顶,积满了沟垄,铺满了原野。人们再也不用为吃发愁了,一个个养得又白又胖。面粉多了,吃不完,有人便开始糟蹋,把老天下的面粉装在布袋中给孩子做尿片。老天发怒了,就再也不下面粉而只下雪了。

刘秀青想:"哎,如果老天还下面粉那有多好啊,我也就不用为吃不饱而费神了。"

风是刺骨地寒,刮着人的脸,扎着人的鼻子,清鼻涕便不由自主地往下滴。刘秀青不由得缩了缩脖子。被围巾、口罩裹得严严实实的行人,行色匆匆地在她面前走过,就像电视中播放的快镜头。他们都有明确的目的地,而她没有。她不知道要去的地方该不该去。风凉似水,她不胜其凉,竟浑身哆嗦起来。

寒假本来就短,高三学生过了正月初五就要上课,去找工作显然不合适;去叔叔家要看婶婶的脸色,何况去叔叔家,下学期的学费还是没有办法解决,刘秀青决定回十三冲想想办法。

没人居住的老屋清冷又凋敝,只有墙上父亲的目光还能温暖她。

房子摇摇欲坠,墙壁上有一道道雨水冲刷过的痕迹。原来打算盖房子的红砖、木材和钢筋窗户还在,都还堆放在屋后,被爸爸生前用帆布盖得好好的。刘秀青的目光长久地停留在帆布盖的小丘上,有两个小人在她心里打架,拳来脚往,咔咔作响,把心房撞得生疼。

"卖掉它们。卖掉它们你就有钱渡过一阵难关了。"

"不能卖。这是爸爸买回来准备盖新房的,卖了,爸爸会心疼。"

"你会在这里盖新房吗?你还会回来吗?所以留着它们已经没有用了。"

"卖的话是卖不上价的,是要大大折本的。留着建新房子吧,老房子如此破败,迟早会倒塌,那时你就没有家了……"

"你必须要考上大学!考上大学才能改变你的命运。考上大学,你就不会再来这里住了。"

……

第八封信

睡不着,还是起来跟你说说话。

我回家了。

放假了,我不想回我叔叔家,我想回我的十三冲看看。我想家了,也想老家镇上的学校,想我以前的那些老师。

我读初二时,徐老师开始借给我《红楼梦》,午间同学们都在忙着复习,我借的《红楼梦》还剩几页没看,我想赶紧看完,好去徐老师家换来下册寒假看。苏珊珊一见是《红楼梦》,就让我借给她看看。我说不是我自己的东西,我不能擅自做主。她要赖伸手就抢,我用手一搡,只听哧的一声,封面临近书脊的地方被撕坏了。我也不好埋怨她,只担心不知怎么跟徐老师交代。苏珊珊见闯了祸,忙歉意地拿出透明胶要帮我补好。我俩一边比画着一边商量着,可怎么比画试粘,破裂处都有一道白白的印迹。周童正好走过我们身边,他停下脚步,主动帮忙。只见他对好裂缝,用指甲刮一刮,摁住,接过我递给的透明胶,小心地迅速粘好。

还别说,乍一看还真不容易被人注意。如果透明胶能再薄一点,那么简直就是天衣无缝了。我直夸他的手艺好,他得意地说:"那当然了,也不瞧瞧我是谁?"我突然意识到他是周童,不久前和我吵过架的周童。我不自在地向他道谢,他却没事儿一样。

还书前苏珊珊帮我出主意:"你不说,老师一定看不出来。就他那眼睛,比瞎子也强不了多少。"

还书时,徐老师果然没有看出封面已经修补过。他把书放上书架,又去找下册。我心里忐忑不安,还是鼓起勇气说了:"老师,对不起,我把书的封面弄破了。"徐老师赶忙又从书架上取下那本书,凑到鼻尖前看着,又用粗大的手在书上摸索着,终于他摸到了那条作弊的透明胶,心痛得直抽凉气,但他还是把下册书借给了我,叫我要当心。

临走时,徐老师递给我一张 A4 纸打印的通知,是有关"青少年杯"

书画征稿的。徐老师说:"我看过你画的板报的插图,我觉得画得还不错。你可以画一幅去试试,也许能得奖。"

我从小就爱画画,也许是受爸爸的影响吧。我对颜色的敏感,犹如盲人对于音响。门前碧绿的苦水塘,润玉般滋养着我的双目;岭上的杜鹃花、坡下的油菜花从小熏陶着我的感受……没事的时候,我喜欢拿出廉价的油彩笔画我喜欢的图案。

回到家,我拿着通知在台灯下仔细阅读,我的面前摆放着油彩笔和白纸,可许久都没下笔。爸爸探头看了看,想说什么,我示意他别出声,他只好转身走了。突然,我脑中跃出一幅画面:四奶奶家碧绿的丝瓜架下,虎子眯缝着小眼,正在追赶着我,我仰起头笑开了花,妈妈站在一旁乐呵呵地看着我俩,爸爸和七叔蹲在磨盘旁边抽烟边聊天,也呵呵地乐着,七婶附在四奶奶的耳旁说着悄悄话,黄灿灿的丝瓜花探着头看着我们,一条灰黄的狗在一旁摇着尾巴……泪水蒙眬中我画就了这幅题为《幸福的家》的画作。

时间一晃又到期末了。期末到学校领成绩单,我在老师的办公室外探头探脑,想早一点知道我的成绩。徐老师发现了我,告诉我依然是年级第一。我悬着的一颗心终于落下了。

我喜滋滋地转身将走时,徐老师又叫住了我,接着告诉我一个出乎我意料的好消息,我的《幸福的家》获奖了,二等奖。

"有这么幸运吗?您没骗我?"我瞪大了眼睛,不敢相信。

"不信吗?这是证书。"徐老师拉开抽屉拿出一个小红本递给我。艳红的证书犹如灿烂的礼花,我乐得蹦起来。尽管从上学至今,我获得过很多奖,但那都是在我意料之中的,所得的奖状也不过是一张方方的纸,哪里得到过这样厚实华丽的小本本?

我举着证书飞奔到班上,犹如举着鲜红的旗帜。我语无伦次地向大家报告着我的收获,周童竟带头鼓起掌来。

这一天,我的心一刻也不能平静,我想尽快见到爸爸,让他也分享我的快乐。快乐还真像板栗山上次第开放的山花,又如毛竹林中层出不穷的竹笋。

放学经过井口老板栗树旁,那里有一群人在纳凉。我放慢了脚步,我希望能有人注意我,能同我搭话,那么我就能找个理由拿出我的证书让大家欣赏一下。但是没有人注意我,就像人们从不注意路旁欣喜若狂地从土中钻出的野草一样。我听见大家在议论,说四奶奶这下有活干了,要去杭州打工的儿子那带孩子。

"乖乖,那么老远,怎么去呀?"

"刘宝和珍子过年会回来,走时带上她。"

"听说珍子这回生的是个男娃。"

"可不是嘛,四婶希望她以后还能再生一个女娃。"

"想不开呀,有个男娃还不满足,非得挨罚款啊?"

七婶又养宝宝啦?谢天谢地,七婶又养宝宝了!

我赶紧骑上车,奋力朝家奔去。此刻,我心里已没了考试成绩的第一名;没了画画的二等奖,没有了证书。这一切原来都没那么重要,对我至关重要的事情占据了我的心。

爸爸还没有回家,我边做饭边焦急地等他。

爸爸回来时,一脸的轻松愉快,一看就知道,他也在老板栗树下听到好消息了。

"爸爸,听说了吗?七婶养宝宝了。"

"知道。你七婶当然会养宝宝的。"爸爸故作平淡地说。

"那么我妈可以回家了吗?"在我的逻辑里,七叔因失去孩子而赶走我妈妈;现在,他又有了孩子了,我妈妈自然就应该回家了。

"这个,可不好说。"

"那也要说说看嘛。七叔不是那么难说话的呢。"我急了,扯着爸爸衣袖央求道。

"以后再说吧。"爸爸竟然不愿意面对这个问题,拿起锄头去菜地了。我非常失望,但我能够体谅爸爸。我想等到过年七叔他们回来时,我会拉着爸爸去跟七叔说的。

于是,我日日盼望过年,盼望着四奶奶家的小院重新扬起欢声笑语,盼望着我那憨憨的母亲能再次问我:"吃吗,宝宝?"

现在又将过年了,我不仅没有找回妈妈,还失去了爸爸……

第二天,刘秀青找来了九根哥,把木材和钢筋窗户拖出去卖了。九根的三轮车已经被一辆崭新的农用车所代替。"谁现在做房子还用木材呢?都做钢筋水泥的楼房了。窗户现在比门都大,都用铝合金的……"九根的豁嘴漏风跑气,说起话来口齿不清,却喜欢啰唆。

那些粗壮、笔直的杉木本来是能够做梁做柱的,现在论斤卖给了木材加工厂,等于卖了一堆烧锅柴。钢筋窗户当废品卖给了废品站,也等于白送。

只有红砖还卖了些钱。买主本来想狠狠地砍价,看见刘秀青,买主不忍心,报的价只比窑厂略低了一点点。九根不住地卖功,说买主是他的熟人,给他面子。刘秀青接了买主的钱,买了一包烟送给了九根。

屋后小山似的建筑材料没有了,留下一地的粉尘吊吊和寡白的地面。刘秀青把收获的6000多元钱用报纸包了,用麻丝捆了。她抚摸着一大沓厚重的钞票,心里踏实而安稳,她再也用不着为兜里没钱而整日焦虑;也不必因为要省钱而节衣缩食了。半饥半饱的日子她真的过怕了。当然,她绝不会乱花钱的,一学期的伙食费用不了多少,她打算把大部分钱存起来,留待上大学用。

刘秀青把钱按在胸口,抬起头看着"爸爸"。"爸爸,原谅我吧,我把你建房的材料卖了,没能实现您的心愿。没有了您和妈,再好的房子对我都没有意义。女儿要上学。女儿要吃饭。真的对不住了,爸爸。"刘秀青看见"爸爸"的眼中没有一丝责怪,她知道爸爸是爱她的,如果爸爸泉下有知的话,他也会指导她这样做的吧?

刘秀青把钱放进书包,她准备回城了,准备和叔叔他们一起过年。回城前她想去村里转转,同乡亲们打个招呼。刚跨过竹溪,就见一个熟悉的脑袋从坡下冒上来,一辆摩托车驮了一个大胖子停在了苦水塘边——是镇上废品站的大胡子老板。刘秀青敏感地意识到又有麻烦了。

大胡子是从收废品的无为人那里得知,刘成文的女儿把她爸爸积攒的做房子的材料卖掉了。无为人那时正把自己收到的一堆废铁往磅秤上架。刘家的那些做房子的材料,恰巧都被无为人的大姐夫收了,无为人说他大姐夫捡了个大便宜。大胡子吐掉嘴里的烟头,匆匆忙忙地付了无为人的废铁款,就骑了摩托车过来了。大胡子从摩托车上笨拙地挪下肥胖的身子,习惯地拔了车钥匙,钥匙环套在中指上晃悠着过来了。他夸刘秀青长高了,出落得更漂亮了。说真是女大十八变,越变越好看。夸完就为难地挠着脑袋,唉声叹气的。刘秀青已经明白了他的来意,直截了当地问他:"是不是来要债的?"

"唉,我也是没法子呢。这年头生意越来越难做了。我那小子去年刚结婚,结婚加买房,拉下了不少饥荒。我听说你有了一笔进项,所以才过来的。"

"我爸真的借你钱了?"

"那还有假?谁能昧着良心说那瞎话?"大胡子怕刘秀青不相信,便把她爸刘成文因为要赔偿刘宝,如何去向他开口,他是如何凑了一万元钱递给了刘成文,一五一十地说了个详尽。

"有借条吗?"刘秀青问。大胡子立即愤怒了,急赤白脸地辩解,说都是老主顾大熟人,谁好意思要打借条呢?刘秀青相信大胡子说的话,她不想耍赖,父债子还,天经地义。但是目前她确实有困难。她费力地把自己的困难跟大胡子说了,希望那笔债能缓一缓,等到自己有能力挣钱了,再连本带息一起还。大胡子哪里肯听刘秀青的请求,他只怕这回把这小丫头放走了,以后再也别想抓住她。这年头,哼,有多少话可以相信啊?大胡子苦着一张脸,极力叙说自己的难处,说过年前要债的跑得勤,整天堵在他家里,他烦得连上吊的心都有了。

刘秀青无奈地从书包里摸出被包裹的钱,全部递给他:"全都在这了。我本来打算用它交学费和做生活费的。剩下的,我以后再还你。"

大胡子一把抓过钱,扯了报纸,用指头蘸着口水数将起来,一共是6300元。数了两遍之后,他又退给刘秀青300元:"零头你留着花吧,我知道你也不容易。我收你6000整。"又说,"我还有事。你忙吧。"说罢,转身就走,急急地上了摩托车,好像家里着了火似的。

掏空了钱,刘秀青的心也空了,不知道接下来的日子该怎样应付,她站在苦水塘边发愣。

"哗、哗、哗!"山坡上,不知是谁在拖树木还是拖毛竹。近前了,原来是黑子的爷爷拖着竹梢下山来。竹梢是谁砍伐毛竹时削下的,或是被积雪压断的。老年人爱惜东西,能派上用场的或是有可能派上用场的他们都不会丢弃。刘秀青忙让开道,向老人家问好。他眨巴着眼睛看了刘秀青好一会儿,才认出了,咧着豁牙的嘴笑了:"是青啊,回来啦?人老啦,眼神不好使了。去我家吃饭吧。"刘秀青谢了他,谎说自己已经吃过了。

"哗、哗、哗!"黑子的大大拖着毛竹朝村中走去,拖回去的竹梢是扎竹扫帚、扎篱笆,还是生火做饭呢?目送黑子爷爷走远,刘秀青又把目光投向翁翁郁郁的山林,心中突然有了主意。

她快步进了村。雪停了,老板栗树下照例有一群人,袖手抱臂站在雪地里聊天。黑子的爷爷也丢下毛竹在那歇息。刘秀青匆匆忙忙和大家打了个招呼,就朝二图哥家走去。

二图坐在桌前吃午饭,一杯白酒刚喝了一半。二图老婆艾子不由分说把刘秀青摁在桌边坐下,给她盛来满满一大碗饭。刘秀青向二图哥说明了来意,想把自己山地里的木材砍了卖掉。二图立即放下筷子,涨红着脸说:"真是气死人了,现在都退耕还林了,都在封山育林哩,你还想卖木材?不怕犯法啊?想跟柱子爸爸一样去吃牢饭?"

刘秀青绞着十指耐心仔细地说了叔叔家的困难和目前的处境。二图哥的火气下去了,变得痛心疾首。他抱怨刘成武这叔当得不合格;又咒骂那个该天杀的肇事司机逃跑了没给赔款,责怪自己没有为刘秀青尽到心。艾子在一旁直叹息,可怜青青这姑娘没大没妈的,她求丈夫想想办法,能不能找人批个条,少卖一点树救救急。二图哥说:"办法总会有的。日子怎么也得过下去,书也不能不念。"

刘秀青老老实实地坐下吃完饭,临走时,二图从口袋里掏出600元钱,说要替刘秀青把家里的一亩多水田租出去,他先垫付一年的租金。他还要刘秀青把户口本交给他,说要到民政部门想想办法。

刘秀青接过二图递给的钱,感激得不知道说什么好。这笔钱真的帮她大忙了。

"青青,别走了,留在村里过年啊。"艾子对刘秀青说。刘秀青走出他们家,拐出他们家场基时,艾子撵出来,冲着刘秀青的背影又说。

刘秀青用二图哥的手机给叔叔打了电话,说不回去过年了,已经回到十三冲了。刘成武在电话中叹息了一声,嘱咐她注意安全:"过年嘛,就要给自己做几样好吃的。"叔叔那一声叹息,让刘秀青的心颤了颤,鼻子一酸,泪珠差点滚落了下来。她在电话中说:"嗯,晓得了。"

打年货,买对联,做美食,试新衣……小村庄里的居民异常地忙起来,空气中弥漫着年的香味,还有喜悦的气息。

刘秀青把小屋里里外外都清理打扫个遍,大门上的紫色对联在流年的时光中已败尽了颜色,显出它原来的白色,凄清地贴在门上。按照当地的风俗,家中有亲人过世,过年是不能贴红对联的,第一年要贴白的,第二年贴黄的,第三年贴紫的。今年可以贴红色的对联了。刘秀青去村口小店买了一张红纸和一挂鞭炮,自己写了"山藏千叠秀,水映万般奇"贴在门上。字虽然写得不怎么样,但红红的对联一贴,家里的气氛顿时喜庆温暖起来。刘秀青把窗玻璃擦得亮亮的,又从墙上取下父亲的遗像,仔细地擦拭着。搞完卫生,她烧了盆艾水,美美地熏了个澡。

过年这天,一大早二图就打发艾子来请刘秀青去他们家过年,刘秀青不愿意。艾子回家后,一会儿又提了篮子转了来,给刘秀青带来一条鲢鱼、两斤猪肉,还有自己菜园里出产的小菜。还说,没有菜了说一声,菜地里多得是。

刚刚过午,远村近寨便陆陆续续地响起了礼花和鞭炮的声音。刘秀青弄了一盘肉片炒莴笋,一盘红烧鱼,一盘肉片青菜汤,又从家里的陶罐中找出一些山芋粉,做了一碗粉圆。此时礼花和鞭炮的声音越来越密集,后来便争先恐后,此起彼伏了。刘秀青端上饭菜,摆上碗筷,供上酒。她解了围裙,看着桌上的几盘菜和汤,非常满意,觉得这顿年夜饭已经像模像样了,然后就用炭火点燃一挂鞭炮放了。

按照风俗,她要请"爸爸"先享用。她坐在"爸爸"的对面,歉疚地告诉他:"没有买你爱吃的青椒,也没有买你爱吃的花生米。等我以后能挣钱了,我一定会让您过年过得满意,请您保佑我……"

"青儿,你真的回来了。"

刘秀青正跟"父亲"说着话,门被推开了。进来的是七婶珍子。珍子穿着银灰色羽绒服,脚上穿的是过膝的皮靴,烫着长发,像个城里人。

"听见苦水塘这边放鞭炮,你四奶奶叫我上坡来看看,说不定青儿回来了。没想到你真的回来了。"

珍子一边打量着屋子,一边告诉刘秀青,他们好几年都没有回来过年,前天才到的家,青儿爸爸的事他们是后来听四奶奶说的,她和刘宝心里都很难过。她看看刘秀青饭桌上的菜,说这也叫过年?她攥住刘秀青的袖子往外拉,要刘秀青去他们家过年。刘秀青推让着,说不用了,菜都已经烧好了。珍子站住,恳切地看着刘秀青:"你四奶奶和七叔也想看看你。我们家有两个小宝宝了,你做姐姐的不想看看他们吗?"

提到小宝宝,刘秀青还真想看看。珍子那么恳切,再推辞就显得见外了。刘秀青掩上门,随珍子一道下坡去。

走进四奶奶家的小院,立马感到气氛不一样了:很祥和,很愉悦。四奶奶和七叔正在逗小妞妞玩,一个小男孩拿着玩具枪围着桌子跑,手中的枪嗒嗒嗒地闪着灯光。饭桌上摆满了热腾腾的菜肴,中间的火锅也在咕嘟咕嘟地响着,屋子里弥漫着蒙蒙的热气和诱人的食物的香味。七叔刘宝抱着个小女娃,见刘秀青,很客气地和她打招呼,给刘秀青的感觉不像她儿时的感受,依然有一种距离感,不知是因为刘秀青长大了,还是因为刘宝心中仍有芥蒂。四奶奶抓住刘秀青的手问寒问暖,问刘秀青在城里是否过得惯、过得好。刘秀青说一切都好,就是太想家,所以偷偷溜回来了。四奶奶一面责怪刘秀青,回家了也不告诉她,见外了不是! 一面不住地叹息。她心里的话不说出来,刘秀青也知道是因为爸爸的缘故。刘秀青弯腰去逗小男孩,他站住了,瞪着一双小眼睛无邪地看着刘秀青。他有点像虎子,又有点不像虎子。珍子叫小男孩牛牛:"牛牛,这是姐姐,叫姐姐呀。"小男孩突然端起玩具枪来,朝刘秀青来了个点射,转身害羞地跑开。

大家一起围坐在饭桌上吃饭。小男孩指着桌上的菜,要吃这个,要吃那个,却又不好好地吃。四奶奶端了小碗,拿了根银勺,停着手等着牛牛嘴里吃完再喂他。小妞妞九十个月的样子,长得挺白净,不像刘宝,像珍子。眼睛也不像虎子那样小,双眼皮,大眼睛黑亮黑亮的,像晶莹的葡萄。刘宝把她揽在怀里,让她站在自己的腿上。她还不会说话,但看见大人吃东西她很眼馋,七叔便用筷子夹一点肉末放进她嘴里,她便很响地咂起来。吃得高兴了,拍着双臂,就像鸟儿拍着翅膀一样,蹦着、跳着,吃完了还要。引得四奶奶不住地哈哈大笑。刘秀青知道四奶奶家因为添了这两个宝宝,虎子的死给他们带来的伤痛已经消弭,他们对刘秀青妈妈的仇恨已经淡远了。

珍子则不住地为刘秀青夹菜,羊肉、牛肉、鸡翅、肉丸……刘秀青碗中全是肉。

吃完年饭,四奶奶开始给孩子们发压岁钱,刘秀青也有一份。刘秀青正跟四奶奶拉扯着,第一波拜年的乡邻就已经到了。这里有吃完年饭串门拜年的习俗。他们见到刘秀青都很惊异,问长问短,感慨、叹息。而后又回家给刘秀青拿来吃的:瓜子、花生、奶糖、米粑、汤圆、茶鸡蛋,还有粉蒸肉。黑子妈妈甚至还给刘秀青端来整只炖好的老母鸡。刘秀青推却着,道谢着,既感激又为难。他们的热情和在贫穷中呈现出来的慷慨,不仅让她感激,更让她感动；为难，是因为乡亲们的人情她一时还不了，她不知道什么时候才能报答他们，尽管他们并不需要她的报答。

　　后来，大家又集在一起看春晚。虽然家家都有电视机，但他们还是喜欢开着自家的电视，去热闹的人家凑热闹。香妮已经完全出落成城里人了，一口标准的普通话。她把尖尖的下巴搁在刘秀青的肩膀上，不住地打听刘秀青学校的事情。香妮初中毕业后就出去打工了，听说已经谈男朋友了。大家一边嗑着瓜子，一边喝着浓酽的野茶；一边看着电视，一边还山南地北地海聊。大家随着电视上的歌唱而情不自禁地拍手，被电视屏幕上的小品逗得笑岔了气，黑子妈妈的大嗓门笑得最响……这个夜晚，是刘秀青从爸爸走后过得最开心的一晚。因为四奶奶一家又接纳了她。

　　正月，大家穿着新衣，带着礼物去走亲戚访朋友，刘秀青没有什么地方可去，也没有新衣服可穿，只得待在家里看书。其间，她去过四奶奶家两趟，和四奶奶拉拉话，逗逗牛牛和小妞妞玩。也有几个乡邻来请她去他们家做客，她都谢绝了。大家送来的食物，除了菜，她都舍不得吃，全收拾好准备带到城里和枝枝还有室友们一起分享。

　　学校初五开学，刘秀青初四回城。临走前一天的下午，她去四奶奶家与他们告别。七婶珍子带着两个孩子去了娘家还没有回来，只有四奶奶和七叔刘宝在家。刘宝因为和岳父岳母心有芥蒂，所以去他们家应个卯就回来了，现在正在家看电视。四奶奶留刘秀青吃晚饭，刘秀青不肯，说家里还有菜，不吃也糟蹋了。刘秀青出门时，刘宝撵了出来，叫住刘秀青，对她说："你妈妈的事，我会帮你打听的。"他说话时避开了刘秀青的眼光。刘秀青欣喜若狂，连声道谢。回家的路上，她心里轻松极了，她感觉自己生了翅膀，整个人都快要飞起来。

　　晚上，四奶奶又送来不少吃的，叫刘秀青带给叔叔婶婶尝尝。刘秀青请四奶奶烤火，她便把脚插进火箱同刘秀青一起烤火。儿时和四奶奶亲热的情景又浮现在眼前，刘秀青情不自禁地把头靠在了四奶奶胸前。四奶奶伸手抚弄她的头发。

四奶奶叮嘱刘秀青,在外面嘴要甜,俗话说得好,舌头打个滚,喊人不折本。要学会看脸色,惹婶婶生气挨骂了,也要笑脸相迎,俗话不也说"伸手不打笑脸人"嘛。要学会理解别人,叔叔、婶婶也不容易。他们城里人,除了空气不花钱,什么都要花钱买。不像乡下,粮啊、菜啊都是自家种的,柴任你烧,水任你挑。他们小气也是情有可原的。四奶奶还说:"在外面一定得学会保护自己。外面坏人多,你个姑娘家,没有娘教,没有大护,自个要多长心眼。你是去念书的,可得把书念好了,才能对得住人,才能对得住自己……"刘秀青不住地点头,把四奶奶的话一一谨记在心。

四奶奶走后,刘秀青便一个人发着呆。准备离开生她养她的土地,离开关心她的乡亲,她又有些舍不得。她想起了七叔下午对她说的话,"你妈妈的事,我会帮你打听的",不晓得妈妈现在在哪里,真希望七叔能多费点心,多出点力,尽快帮着找到她的妈妈。

刘秀青抬头看看"爸爸",很想责怪他几句,他却依然那么慈爱地看着她。她想起了爸爸说过:"你妈妈好好地在那。"爸爸是不会骗她的,老实厚道的父亲是不会随便丢弃妈妈的。

"快点长大吧,刘秀青。"长大了,就有能力去找妈妈了。

第九封信

我四奶奶一家终于回来过年了,我七婶又生了一个宝宝,现在他们家有五口人了。

三年前我盼着他们回家过年,我以为等他们回来就一切都好了。初三开学没有几天,我的天就塌了。

一天,我正站在课堂上回答英语老师提出的问题,徐老师突然出现在教室门口,他向我招招手,把我从课堂上叫了出去。他神色凝重,使我很不安。徐老师没有把我领进办公室,而是领向操场。我的心开始怦怦乱跳,预感到有什么不好的事要发生。拐过教学楼,我看见二图刘得福站在操场边,像苍蝇似的不停地搓着双手。见到我,他急忙迎过来:"青青,你爸出了点事。别慌啊,你得跟我去医院。"

"什么?我爸爸怎么啦?"我禁不住浑身哆嗦起来,话也说不利索了。二图哥没有工夫搭理我,拉着我快步朝校门外跑去。他拦了一辆出租车,我俩忙钻了进去。

"是这样的啊,我们先不去医院。"在车内坐稳了,二图哥说,"当务之急是给你爸筹医疗费。那个该死的肇事司机跑了。唉,想起这我就要气得冒火。大伙凑的几千块钱一会儿工夫就用完了,大夫又在催钱。"我意识混乱,不知他在说些什么。二图哥建议我去我小姑家。我小姑家住市里,他说柱子已陪四奶奶去我叔叔家了。

二图哥知道我小姑家住哪,那年他去城里卖板栗,曾到过我小姑所住的小区,还到她家喝过水。他把我领到小姑家门前,摁响了门铃。开门的正是小姑,虽然多年未见,我还是一眼就认出了她。她比我记忆中的小姑要胖了许多。姑父(应该是吧)正坐在桌前喝酒,看来他们两口子正在吃午饭。

二图哥简单地说了一下情况,便直奔主题——借钱。姑父早已沉下脸,待二图哥提到借钱,他便冲着我嚷:"借钱,借钱,你爸爸上次借的3000块钱还没还呢。你们当我是印钞的啊?"

小姑不讲话,面无表情。我恳求地看着她,她却垂下眼睑装着去掸衣袖的灰尘。二图哥纠结着还要低声下气地说些什么,我扯了扯他的衣袖,对他摇摇头。他才无奈地作罢。我和二图哥只好告辞,小姑没留我们吃饭。我们刚迈出门,身后的防盗门便哐的一声关上。一股凉意直袭我的心头。

我到医院时,叔叔刘成武已经到了。爸爸身上插了许多管子,头上缠着绷带,殷殷红血浸透了白色的纱布,脸都肿起来,已经面目全非。四奶奶坐在病床边不住地唤着:"大侄子啊,你要挺住啊!"众人见我来了,忙让开道。四奶奶忙止了哭声,招呼我:"快!青儿,你爸在等你。快过来!"我机械地走上前,浑身颤抖着。爸爸直直地看着我,微张的嘴唇翕动着,好像要说什么。四奶奶俯身过去:"大侄子,有什么话你就说吧。"爸爸好像在积攒力气,半晌喉间滚过两个字"你妈……"而后,只听他喉间咔地一响,众人惊呼:"走了!"

"不——"我使劲大叫,推开四奶奶,用我的脸紧紧地贴着爸爸的脸,"不——你不能走,你走了我就没有家了。"

但是爸爸还是走了,叔叔带来了一些钱,却没能用上。

爸爸脸上冰凉冰凉的,脸色已变成暗灰,两眼茫然地看着空中,我怎么抹也合不上。一口气堵在我的胸口,膨胀着,压得我血管都要胀裂了,我便软软地倒下了。

人中的疼痛和四奶奶的号啕把我从迷蒙中拉回到现实。我一只手揪着床单——犹如揪着我的心脏,一只手无力地一次又一次捶打着爸爸:"这不是真的!不是真的!你不会倒下!你不会丢下我!"

爸爸真的倒下了。我那犹如城山般硬实的父亲,就这样轰然倒下了,再也站不起来。爸爸被大伙从医院带回了家,我呆呆望着他躺在停床上,不能思考,也不能呼吸。四奶奶和村中几个婶娘不断地唤着我:"青儿,哭啊,哭出来会好受一些。"

"青儿啊,你怎么啦?你可不能变成你妈那样啊。"

"青儿啊,上人去世了,一定要哭的,不然以后养孩子会变成哑巴的。"

……

我懒得搭理她们,我也没力气哭。我让思维停止,思维停止了就没有痛苦。我不吃也不喝,我什么都不想做。

爸爸上山的时候,众人扶持着我做这做那:给"抬重"的下跪,摔盆,捧遗像,扶棺,暖穴……我机械地做着他们引导我做的一切。安葬好爸爸,他们把我背回家,请来乡村医生为我打吊针、推葡萄糖。晚上,四奶奶和香妮妈妈轮流来为我陪夜。

爸爸的死像个大骗局,一个令我难以置信的大骗局。我找不到说谎的源头,挣不破这骗人的网。我纠结着、挣扎着,痛苦得几乎要发疯。

白天,我昏昏沉沉,只想睡觉。夜晚,听见四奶奶微弱的鼾声,我却格外地清醒。

我听见微弱的鼾声变成了粗重的呼噜声——那是我爸爸的声音啊。泪水滑过我的眼角,有什么在轻触着我的脸——那是我爸爸为我抹泪的粗糙的手。黑沉沉的小屋内又响起了一个小女孩稚嫩的声音:"爸爸,有钱了,给我买个台灯吧。"

"好哩。"爸爸爽快地答应了。

"我还要一个带柜子的书桌。"

"我女儿过两年要上初中了,当然要有书桌了。我们还要新建几间屋子,让我女儿有自己的书房。"……

啊,你骗我!你不守信用!你就这样不负责任地丢下我?你是个坏蛋!——我无声地哭着。

那个可恶的肇事司机,是一时的疏忽,还是酒后驾驶,还是逞能飙车?你的轻率结束的岂止是我爸鲜活的生命,你还毁了我一个家呀!逃跑了是吗?你以为你能逃得掉吗?老天爷睁着眼睛看着你,你能逃得脱世俗的惩罚,也逃不掉老天爷的报应。

也不知道这样过了几天。白天,大家都忙地里的活去了,我被猪圈中阿肥凄厉的叫声唤醒。猪饿了,我怎么把它给忘了?

我支撑着爬起来,落地的双脚像踩在棉花上。我扶着墙壁走出家门,阳光晃得我睁不开眼。我来到猪圈旁,阿肥看见我,委屈地直哼哼。我给它舀了几瓢食,它狼吞虎咽,叭叭地吃得很响。阿肥的活力感染了我,生的欲望又鼓荡在我的胸腔。

阳光暖暖地拥着我,微风轻抚着我散乱的头发。我长出一口气,突然有了新生的喜悦。感谢老天爷,让我还能看到这么好的太阳。我也感谢我的父亲、母亲,曾经给过我一个家,让我幸福地生活过。我不能哭泣,我还要把日子过下去。

我给自己煲了一小碗粥,吃饱了,我便坐在阳光下暖暖地晒着。我要给自己养精蓄锐,我要积攒力气面对没有爸爸的生活。

傍晚,急匆匆赶来的四奶奶,见我已下了床,而且还喝了粥,终于松了一口气。她端详我,抚摸我,又忍不住撩起衣襟擦起了泪。

爸爸"头七"那天,我烧了他爱吃的辣椒炒肉丝,还买了他爱吃的花生米,也做了半生不熟的三牲,买了一瓶他爱喝的烧酒上了山。我依偎在他身旁痛痛快快地哭了一场。我给他烧了纸钱,还给他的坟头插满黄黄的野菊花。末了,我告诉他,我会好好活着;我还要好好读书,我不会让自己辍学;我也会好好地做人,请他放心。秋风吹过,落叶窸窸窣窣,是爸爸回答的话语吗?

叔叔也来了,他比我晚一步上山。而小姑我一直没看见。

叔叔告诉我,他想让我转学,他要把我带走。叫我这几天把家里的事打理好。

我不想转学,但我想要一个家,叔叔现在成了我心理上的依靠。我答应了。

接下来的几天,我支撑着虚弱的身体把家里的衣、被重新翻晒一遍,把漏雨的屋顶重新换上几块瓦,把田地的庄稼重新锄完草、上好肥,然后托付给队长二图哥。最后,我很不情愿地把阿肥卖给了东村的屠户胡一刀。

姓胡的屠户见人就要宰一刀,因而有了"胡一刀"的绰号。我想他不会宰我的,他不会一点人心都不长。他说收购价是本地统一价,毛猪每斤8元。他的几个帮手给猪称完秤,就把猪抬上农用车。农用车在阿肥的嚎叫声中驶下坡去。我又去忙别的事。不一会儿,二图哥气喘吁吁地跑上来:"你这个孬丫头,真是气死人了。你怎么能够把猪卖给胡一刀呢?你看看,如果不是我们拦着,重新过秤,你就被他宰一刀了。真是,世上还有这样的人,真叫人气得头毛根子冒火星。"二图哥说完,就跟我核对猪的重量,想不到胡一刀整整少我三十斤秤。二图哥从兜里掏出240元钱递给我,说是胡一刀找补的。

我谢了他,把卖猪所得的1500多元全部交给他,让他帮忙还掉我爸爸在医院时所欠的部分债务。

"你不留点?"二图哥关切地问。

"不了,我身上还有钱。"我身上确实还有钱,我在爸爸的抽屉里发现了100多块零钱。二图哥再三叮嘱我遇事要多留个心眼,要和大伙商量,然后才放心地走了。

书包塞得满满当当,我带上了全部的书;一个大食品袋装着我全部的衣服。我跟着叔叔来到了陌生的城市。临行前,我把我心爱的油彩笔落在抽屉里,我知道以后再也用不着它们了。我偷偷地从墙上取下爸爸的遗像,塞进行李袋,我希望"爸爸"能跟我在一起。只要他跟我在一起,我心里就感到温暖和踏实。

没有向往,只有忐忑;没有欣喜,只有担忧。

还好,我进叔叔家时,婶婶很热情。我叫了她一声"二娘",她笑着打断我说:"二娘?多乡气。叫婶婶。"我便又叫了声"婶婶"。

婶婶是一个瘦削干练的女人,长得不算漂亮,但能说会道。叔叔家的房子不宽敞,但收拾得干干净净;家具都是老样式,想必还是叔叔、婶婶结婚时置办的吧,但摆放整齐,排列有序。一看这些就知道婶婶是个过日子的能手。

听到声音,从房间里走出一个长相酷似婶婶的女孩,十六七岁的样子,瘦弱修长,戴着眼镜。她只是好奇地打量了我几眼就回房间去了。婶婶告诉我:"那是你堂姐,叫枝枝,大你一岁。以后你就和她挤一铺,学习上有什么不懂的就问问她。"

这天,叔叔家的晚餐很丰盛。婶婶不停地为我夹菜,叫我多吃点,说是为我准备的。她说:"我们家条件也就这样,以后家常便饭怠慢了还望多担待。少什么,需要什么,尽管说。你姐脾气不大好,都怪我们宠坏了她,你尽量别影响她学习。总之,以后这就是你的家,千万别拘束。"说罢又给我夹了一块肥肉,给姐姐夹了一块瘦肉。我从小就不爱吃肥肉,我爱吃青菜,也爱吃辣。一碗咸菜拌上点辣椒糊就能让我食欲大增,吃得很开心。我用筷子扒拉着肥肉,不敢吃也不敢扔,后来我心一横,把肉放进嘴里,扒了一大口饭,咕噜一下吞下去。

晚上倒洗脸水时,婶婶在一旁看着我,直皱眉头,我心里犯嘀咕,不知道自己做错了什么。第二天帮她洗菜时,她说话了:"水要省着用,每一滴水都要花钱买呢,不像你们乡下水任你挑,柴任你烧。"我这才明白昨晚她是嫌我水倒多了。

叔叔家条件确实不太好。他们夫妇原先是县塑料厂的工人,现在厂子早已不存在。下岗后,婶婶当了环卫工人,叔叔在一家私企当操作工。房子很小,只有六十来平方米。姐姐的房间放不下两张床,我只好和姐姐同挤一张床。她时常把瘦削的脊背对着我,很少和我搭话。我的到来打破了她原有的生活,她有一千个理由不高兴,这个我能理解。

市十五中是市内最好的中学,叔叔找人托关系把我安排在其中的初三(2)班。我被老师安排在第一组的最后一排。和我同桌的女孩身材魁梧,像个运动员。她目光冷峻,看我时眼中充满了鄙夷。

老师上课跟我们镇中学老师有很多不一样:讲得少,练得多。同学们的各科资料一套又一套,课堂上练完这套,家庭作业便练另一套。我是后来的,什么也没有。而且我们农村中学也不订什么资料。

起初,老师们上课提问时从不叫我,我没有作业他们也懒得过问。我自己感觉到,在这里我就像一个后娘养的孩子;也许,在他们眼中我就是一个庶出的。自卑是难免的,但我没有自暴自弃,我也不能自暴自弃。回家后我就留意枝枝姐的书橱,发现她初中时的课本和资料果然还存放在角落里。我便厚着脸皮问她借用。她不置可否,我便视为她默认了。于是我便也有了几套资料,虽然基本都已做过,但并不影响我对它们的二次利用。尽管大部分和同学们的不一样,但有总比没有好。

而开始同学们也不屑于搭理我这个乡巴佬。他们以模仿我的口音来取乐,笑话我不合时宜的穿着,拿我短了一大截的裤子打趣:"冬天还穿七分裤啊,真是美丽又动(冻)人哩。"有时我穿过喧嚣的走廊,经过他们身边时,他们故意一起停止了嬉笑,齐刷刷地注视着我。这使我很不自在。同桌对我的不满自然就更不用说了。她身躯肥硕,坐在座位上已大大侵占了我的"领地";如果是做作业,她的胳膊即使是无意也会占掉我半个座位。我只好侧着身子,就一点桌角写作业或是记笔记。我唯一能做的就是尽快让大家对我刮目相看,我相信我有这个能力。

婶婶见天凉了,我穿得还是那么单薄,便翻箱倒柜找出枝枝姐的一些旧衣,硬是要我穿上。我鼻子酸酸的,感动得想哭。枝枝姐的旧衣旧鞋及时地把我从同学们的鄙夷中拯救出来;我也开始留心学习普通话。

婶婶每天早上4点多就出门工作。叔叔和堂姐的早餐以前都是在早点铺吃,现在增加了人口,增加了开支,便改为早餐自己在家烧。

"青青,听说你很小就会做饭,看来婶婶要享你的福了。"婶婶把做早餐的任务交给了我,我也很希望能为他们做点什么,所以我很乐意地答应了。起初,堂姐吃得很有味,不久她便挑剔起来:面条有点糊啦,或是面饼不够脆啦,或是菜怎么这么咸啦。叔叔说:"挺好呀,吃现成的还挑啊,要不从明早开始你烧吧。"堂姐自然不会去烧,但隔三岔五地她还会挑剔一番。

我不能和堂姐共用书桌,我怕影响她学习,便在客厅饭桌上写作业。不久就听婶婶抱怨:"这个月的电费多了许多。什么东西都在涨价,这日子还怎么过呀。"我只好留在房间里做作业。我伏在床上,借着堂姐台灯的余光看书或写作业。堂姐睡觉时,从不管我作业是否做完,书是否温习好,就随手关上灯,我也只好摸索着上床睡觉。

俗话说:短居易得好,久处难为人。随着时间的推移,婶婶待我渐渐地不如以前了。我放学回来和她打招呼,她只是勉强地嗯一声,有时甚至装着没听见。饭桌上,我夹菜时总感觉到她盯着我的筷子。叔叔知道我爱吃辣椒,有时从市场买回来,婶婶会冲他嚷:"3块多钱一斤,你真舍得,我看这日子也不要过了。"等我添饭时,她又会自言自语地说:"米又涨价了。"我只好放弃添饭的念头,假装着给碗中倒上开水。

一天晚上,堂姐不知什么原因兴致特好,她主动问我班上的情况,男生多还是女生多啦,有没有派对的,有没有人追我呀,等等。我有点受宠若惊,老老实实地有问必答。婶婶突然就推门闯了进来,冲着我吼:"你还让不让枝枝看书啊?她都高中了,马上要进入冲刺阶段了,你想毁掉她啊?"又冲着姐姐骂,"跟好学好,跟叫花子学讨,你看你现在变成什么样了?"姐姐乖巧地赶紧去看书,一声不吭。我想辩解,但终究还是把话吞了回去。

婶婶的脾气越来越坏,不仅常给我脸色看,还经常无事找事地同叔叔吵架。她对我的难以容忍终于在发现我爸爸遗像后爆发了出来。

14

正月初四,刘秀青回城的那天依然下着小雪。

小雪给山峦、树林化了个淡妆,黛黑的底子上抹了一点白。路面上的雪很快就化了,路边的草丛里还藏着一点。寒风中也还飞舞着一些小精灵,它们调皮地挂在她的眉毛上,钻进她的脖子里。

她背着鼓囊囊的书包,手里拎着大包小包,一路上磕磕绊绊的,走得很艰难。下着小雪的天空阴沉沉的,冷飕飕的。刘秀青的心情跟她的行李一样沉重。等到她上了公共汽车,手上轻松了,身上也暖和多了,再看到雪花在窗外没头没脑地飞着、撞着,她就不由得笑了。

当刘秀青提着大包小袋推开叔叔家门时,叔叔、婶婶都在家。叔叔责备她不该回去,一个人回家怎么过,让人操心。她笑着回应他:"以后听你们的话,不瞎跑了。"

婶婶拉着脸,见了刘秀青没有好声气:"一撒腿就走了,知道的,是说你想家自己回去的;不知道的,还以为我做婶婶的容不下你,大过年的把一个孤女赶出了家门。你让我们怎么做人啊?"

刘秀青放下东西,轻轻地拥了婶婶一下,笑着说:"新年好!"婶婶倒是愣住了,她很不习惯地向后退让着,一时不知道怎么接刘秀青的话茬。刘秀青见婶婶新烫了头发,忙赞美道:"婶婶烫发了啊,真漂亮。"婶婶倒有些不好意思了。

刘秀青打开包,拿出花生、米糖、米粑、汤圆等,婶婶惊问道:"这些东西是哪里来的?"刘秀青说是四奶奶和乡亲们送的。叔叔拿了一块米糖送进嘴里:"嗯,好吃。好久没有吃过家乡的米糖了。"婶婶埋怨道:"你自己不知道吃啊?这么远的路还捎这么多东西。"婶婶的话语中已经没有了怨气。枝枝听到说话声,从房间探出头来,见到食物,立即雀跃起来,伸手就抓了把花生。婶婶赶她回房去学习,自己则拿来干毛巾为刘秀青擦拭身上的雪水。

刘秀青走时,婶婶塞给她一个红包,说是给她的压岁钱。虽然只有100元,刘秀青还是很开心。

一回到学校,紧张的学习就开始了。课上到一个多星期后,有一天刘秀青去水房打开水,程阿姨正撅着屁股洗拖把,看见刘秀青,她突然张开了嘴,拍了拍额头:"刘秀青,我那里有你两本书。"她朝她宿舍翘翘下巴,"就在电视机旁边,你自己去拿!"

"哦。哪来的?"

"放假那天有个小伙子送来的。"

刘秀青放下暖瓶,赶紧跑到程阿姨宿舍,在电视机边找到了一个装书的食品袋,里面装着两本文学作品,一本《居里夫人传》,另一本是夏洛蒂·勃朗特的《简·爱》。刘秀青一边往水房走,一边翻找着书中的留言条,却没有发现。刘秀青向程阿姨打听送书的小伙子长什么样,程阿姨在池壁上啪啪地摔打着拖把:"就一个瘦高个儿,长相还过得去,可惜有颗虎牙,笑起来有点难看。"

刘秀青脸腾地红了,低了头拿了暖瓶就走,心里暖得要化掉。"笑起来很好看好不好呢,那一颗虎牙多可爱。"她在心里说。

这天晚上刘秀青的学习效率显然不比从前,心里老是惦记宿舍里的那两本书,惦记着送书的人。后来只好又拿出黑皮笔记本,开始给雷伊鸣写信。

第十封信

　　你来学校找过我吗？你来过是吗？送书的人是你吧？这两本书我都喜欢，我还没来得及看，只是随手翻了翻。只要是你送的，我都喜欢。

　　想你了，想跟你说话，想贴着你咚咚跳的胸口跟你说："我爱你。"

　　别问我为什么喜欢你，喜欢就喜欢了，说不出理由。说不出理由的喜欢，才是最纯真的爱吧？

　　你喜欢我吗？在你眼中我是一个勤奋好强的女孩子吧？这些都是由无奈而滋长出来的呢。在有些老师的眼中，我未必是个好学生哦。

　　记得在市十五中读初三时，有一次英语老师又收资料费了，36元。课代表已催过我好几次了。那天上学前，我硬着头皮跟叔叔说了。叔叔说："等你婶下班回来，叫她拿给你。"我知道婶婶是家里的财政部长，叔叔每月的工资一分不少地上交了。

　　我放学回来时，走进楼梯口就听见叔叔、婶婶在三楼家中吵架。婶婶说："要吃、要喝、要穿、要用，哪一样不要花钱？我哪有那么多钱？"

　　"花你的钱啦？你还差人家三万块呢，你还啊。"

　　"好笑。我至少也要供她三四年，三万块钱够吗？"我已走到门口，我本不想进去，怕他们尴尬。但放学回来的堂姐已从楼梯口伸上头来，我只好敲门。吵架的声音立即停止了。

　　我到叔叔家后，增加了他们的经济负担这是事实。上学前，婶婶每天给我8块钱，2元公交车车费，6元是午餐费，学校食堂里能买到6元的便宜饭菜。就这每天的8元钱，已使婶婶勉为其难了，要了两次资料费之后，婶婶的脸色就难看起来，有时也会摔东摔西，唠叨几句，我只好装作没听见。为了省出老师们常收的资料费，我就在午餐费上打起了主意。午餐只啃两个馒头的话，每天就能省4元钱了，要是只啃一个馒头的话，就能省5元钱了。后来我又打车费的主意。我还是骑自行车吧。叔叔家的旧自行车放在小区的车棚里，闲着不如用着。于是背着婶婶我开始骑车上学。

骑车上学,我每天要早走十几分钟,晚回十几分钟,不几天,就被婶婶发现了。她没说什么,不过,每天的8元钱减成了6元钱。我只好打落牙齿吞肚里,午餐继续只啃一个馒头。这样不到放学时间我就饿得受不了,甚至头开始经常发晕。晚饭时,我吃得很快,饭量也增加了。每当我添饭时,我又感觉到婶婶异样的目光。不管她吧,填饱肚子再说。我就抢着多做家务,想以此来换得婶婶的欢心。后来受不住饿,我中午还是老老实实地买饭吃。

这天晚饭后,婶婶放下碗,拿出36元钱摔到桌上,我没有捡。我收拾好碗筷就去洗,那36元静静地躺在桌上。第二天早上我上学时依然让它们躺在那里。

没有收到钱的课代表向英语老师告了状。英语课时老师对我好一顿冷嘲热讽,又说:"资料不买,辅导课也不上,你还来学校干什么?你也不用上我的课了。出去!"我抱着书包,涨红着脸走出去。我不知道我该待在哪,从没有过的屈辱冲昏了我的头脑,我背着书包走出了校门。

我百无聊赖地在街上晃着碎步。走累了,便在一家服装店门前的台阶上坐着看街景。待到放学后,那些背着书包的学生经过我身边时,我也懒得起身。我不急着回家,我也没有家好回。如果爸爸还在,我就不会来到这里;如果还是徐老师教我,就不会受这样的屈辱。想到这些,泪水早已模糊了双眼。

我坐在台阶上谋划我的出路:我还是回十三冲吧,回到我原来的镇中学。可是学杂费和生活费怎么办?如果要上学,我就没办法养活我自己。还是出去打工吧,去深圳还是北京?香妮不是去了深圳吗?怎么的每月也能够挣个千儿八百的吧?

路灯突然亮了,各家店铺的霓虹灯也次第闪烁起来。我仍坐在台阶上谋划我的未来。有三四个穿着时尚,漂染了头发的小伙子围住了我。"美眉,我们请你喝茶去。赏个脸好吗?"一个说。我正眼也没瞧他。"小妞,离家出走啊?那就跟我们走吧。"另一个说。

我不理睬他们,依然在想自己的心事。有一只手便伸来拉我,还没等我挣扎,他突然一个趔趄差点摔倒。只见叔叔气急败坏地推开他们,并大声呵斥着。那几个人立即灰溜溜地走了。叔叔一把拉起我,甩手打了我一个耳光:"你想作死啊?你也有资格作啊?!"叔叔一巴掌打醒了我,我捂着火辣辣的脸,流下了悔恨的泪水。

"你班主任叫我明天去一趟学校呢,你倒是给我一个理由啊,叫我有什么话说?"原来是我擅自离开学校后老班给叔叔打了电话。我拖着沉重的双脚,乖乖地跟着叔叔朝他家走去。是啊,我没有资格作,我和我的父母,还有叔叔、婶婶,我们连"草根"都算不上,我们充其量也就是"草根"下的泥土。我们有权利痛苦,却没资格沉沦。如果不想下地狱,我只能咬着牙上进。我不能辍学,学习是我摆脱困境的唯一出路。

回到叔叔家,婶婶故作惊讶地嚷道:"哟,回来啦。这不是自己身上掉下的肉,还真不好管哪。不管吧,人家会说我们不负责任;管吧,弄不好就会落个虐待的罪名。"

"行了,你就别添乱了。小孩子家不懂事一时犯个错有什么要紧?"叔叔阻止她。婶婶对我撇撇嘴。姐姐难得送给我一个笑脸——一脸的幸灾乐祸。

叔叔第二天请了半天假,去了学校。这让我很过意不去,也让我倍感压力。也不知道他和老班说了些什么,老班上课时就宣布,我的英语资料费她已代交了。老班对我温和起来,虽然没有像我小学时的周老师那样给我暖过手,也没有像徐老师那样给我开小灶,但从她的目光中我感受到了温暖。她很少问我些什么,她总是很忙。听说她儿子正上高三,她又时常出去搞教研活动,一会儿送教下乡,一会儿去看观摩课。忙到她教的数学课成了我们最没有课业负担的一科。

我进这个班不到二十天就迎来了一次月考,全班五十九人,我排在三十二名。分数一公布,我顿时傻了眼。我难以相信自己会这样糟糕,尤其是英语,我竟然没有考及格。我有一种跌进深渊的感觉。

我没有沮丧多久,我谨记自己没有资格沉沦,我只有咬着牙上进。我开始认真反省:晚上做题不够投入,生怕影响了堂姐;试卷难度较大,很多东西老师好像没在课堂上讲过。此时我与一位叫许文的同学相处甚好,她成绩也还不错,人也挺和善。下课时,我向她讲了我的困惑。她说我没考好主要是因为没上辅导班。试卷上的题目,老师在家教时基本都已讲过。老师们的信念是:平时多做题,考时不慌神。不能保证百分之百的题都练过,但要保证百分之九十九的题都见过。

我问她哪些老师在开辅导班。她说所有的主科老师都在开辅导班,连体育老师都开辅导班了。老班那么忙,一周都还有两个班。许文她自己就报了五个班。问费用,许文说了个吓人的数字。我一听费用便死了心,欲望的火苗像被泼了瓢水。权衡再三,我决定只报英语辅导班。

晚饭时家里气氛还好,叔叔今天发了点奖金,我便趁机提出要报英语辅导班的事。婶婶立马冷了笑容。叔叔沉吟了片刻,才狠狠心说:"好吧,只要你肯努力,花点钱算什么。"婶婶把筷子重重地拍在桌上,转身回房去了。她一肚子怨气,但也不好说什么,枝枝姐就报了三个辅导班。我很愧疚,便拼命地做家务,希望能够换得婶婶的开心。

婶婶没办法开心,她缺的不是保姆,她自己精明能干,就是最好使的保姆;她缺的是钞票。她兜里的钞票跟所有最底层的家庭一样,任你怎么精打细算,总也不够用。我暗想:等我长大挣了钱,我一定要好好孝敬他们。

周六晚上,许文领我一道去英语老师家补课。这是一套较大的房子,在六楼。进去了才知道老师原来不住这里,她在附近另有居住的房子,这套房子是专门办辅导班用的。来了三十几个学生,有我认识的,也有我不认识的。老师见了我很高兴,招呼我找个位子坐下。

凳子还暖暖的,想必是上一个班的学生刚刚散去。

老师首先发给我们一本资料,叫我们把某页至某页的题目做掉,然后是讲题。老师讲得很细致,很多知识点都是课堂上不讲的。只是讲课的时间短,做题的时间长。下课后,老师把资料再收走,说是要看看,改改。但再次发下来后,我也没看见什么改动的痕迹。

上了几节课,我便发现了蹊跷,有些知识,老师课堂上不讲或是少讲,而在辅导课上讲,逼得同学们只有来上辅导课。看着老师辅导课上忙碌的身影,我自然而然地就想起了我的"也许老师"。他视求学者为知己,把尽心尽力地传授知识当乐事。只要学生有所求,他甚至能吃饭时立即抛下碗筷,夜半时能与你秉烛相谈。他从来没有想过用自己的所学去换取更多的金钱。也许他们骨子里面也爱钱,或者说,作为待遇相对偏低的农村教师,他们更需要钱,但是他们羞于谈钱。他们信奉:君子爱财,取之有道。

我也掌握了老师上辅导课的规律。我思考怎样不花钱也能够学到东西。我决定不再上辅导班,我带着剩下的辅导费去了书店,买到了老师辅导用的那种资料。我决定自己在家里做题,不懂的地方就去问同学或是老师,我还借来许文的辅导笔记转抄。其他科目我也如法炮制。婶婶知道我不去上辅导课了,自然很高兴,但不露声色。当听我说花了一些钱买了不少辅导资料,她又有些不高兴。

我已顾不得她是否高兴,我无暇顾及。我要拼命学习,我要不断上升。

我的英语成绩突飞猛进,第二次单元测验,我在班上考了个并列十一名。老师分析完试卷,我的同桌突然举起了手。老师问她有什么事,她说她的《红对钩》丢了,考前还复习用了,考后就不见了。英语老师便定定地望着我,但没有说什么。课后许文告诉我,这次英语试卷上的阅读题就是《红对钩》上的。我这才明白老师原来怀疑我。同桌的资料真的丢了吗?如果如她所说,考前还在,考后就找不着了,这显然是在说谎。我不知道她的用意是什么,很想向她问个明白,但又不知道如何开口。事后,有些同学更是远远地躲着我,如同我患着什么传染病。有的甚至找不着东西了,便来问我是否发现了。

我除了贫穷没有什么不及别人。我真想告诉他们:贫穷不是罪过,不要把偷窃与贫穷联系起来,美德也不是富人的专利。我心中充满了屈辱。

第二次月考,我进了前八。老师公布成绩时,告诫我们要考真实的成绩,不要弄虚作假,自欺欺人,偷来的分数如同偷来的衣服一样,再好看穿着也不光彩。老师说这话时,同桌便看着我冷笑,还有几个同学扭着头看我。我这才意识到老师是在委婉地"拯救"我。我咬紧嘴唇,没让委屈的泪流下来。

一次历史课上,邻组一个男生趁老师不注意飞快地给我同桌扔过来一个纸团。同桌打开纸团,看后又加了些内容,折好又扔了过去。不巧被老师看见了,偏偏又没看清是谁扔的,便走过来没收了纸团,看了几眼,又责问我们:"谁写的?"同桌指了指我,我说:"不是我。"老师也不听我辩解,冲我劈头盖脸就是一顿臭骂。骂完,扯碎纸条揉成团狠狠扔进垃圾桶里。

下课铃一响,还没等老师转身,有几个捣蛋鬼便哄地围上垃圾桶,你争我抢地抓到了扯碎的纸条,然后热心地围挤在桌上拼凑那张纸条。复原后的纸条被他们粘好四处传扬,大家抢着、看着、念着。

"你真的喜欢我吗?"黑颜色的笔迹问。

"(*^__^*)(笑脸)嘻嘻……你猜。"蓝颜色的笔迹答。

"哦,你猜。"几个男生故意尖着嗓子,做出一副傻傻的笑脸围着我起哄。同桌则得意地笑着。

我忍无可忍,积压的怒火终于喷发出来。我腾地一下站起来,一把揪住同桌,大吼:"告诉大家,不是我写的!"

一向对我不屑一顾的同桌没料到我竟如此地放肆,她伸手打了我一个耳光。我揪住她一使劲就把她摔倒在地。我单膝跪压着她,扬起了我的拳头。我没有打她,我只是冲她吼:"告诉大家,不是我写的!"同学们起先被我的举动吓蒙了,继而便大乱:"打架了!打架了!"

同桌更没有料到,矮她一头的我劲儿却远比她大。她也吓着了,立即泄了气。班干们很快把我拉开了,也有人去报告了班主任。

老班来到班上,对我的行为表示极为不满,讲了一些我没有办法听进去的大道理,并要求我认个错,再回到座位上。我固执地不肯认错,我认为应该是别人向我道歉才对。

"不肯认错就站到教室角落反思去。"

于是,那个下午,我便一直站在教室角落里。

其他老师进教室上课时,只是诧异地看我一眼。没有谁问问我是什么原因,没有谁听我倾吐心中的苦水。我就一直那样站着。

于是,我更加努力地学习。我在学习中寻找安慰,寻找快乐。

期末复习时的摸底测试,我在班上进入了前三名。老师们这才对我刮目相看。课堂提问我,也渐渐多了,此时我已经能够用普通话回答问题,既流利又准确。

就在这次考试成绩公布后的那个下午,放了学,我急匆匆地赶回家,喜滋滋地打开了叔叔的家门,想尽快把好消息告诉叔叔、婶婶。谁知一进门却看见婶婶脸上乌云密布,黑沉沉的好怕人。她一见我,就站起来,责问我为什么把我爸爸的遗像带到她家来,让她感到这么晦气。责问我有什么居心,他们待我这么好,我还要恩将仇报。

原来她发现了我爸爸的照片了。她越说越来气,一下子冲进小房间,从我的行李袋中拿出我爸爸的遗像,啪的一声摔在地上。镜框摔散了,玻璃碎了一地,只有黑白的父亲依旧慈爱地看着我。

我看见摔碎的镜框,心也碎成了无数片。我跪下去捧起我的"父亲",泪水顿时打湿了我的脸颊,我小声哭泣着。婶婶更生气了:"我家没死人,用不着你来哭。要哭,滚回家哭去。"

我没有滚回家,我已没有家,只有两间空空的旧房。我也不能回到那里,我要读书,我不能辍学。

我一边哭着,一边一块一块地捡着地上的碎玻璃。玻璃划破了我的手,刺伤了我的心。心脏中翻腾的血液流到我的指尖,滴落到地板上。

我就那样哭着,捡着,一直哭到叔叔下班回家。

叔叔问明了情况,便指着我"爸爸"冲婶婶吼道:"他是我哥哥,我的同胞兄长,拉扯我、供养我的兄长!我应该把他高高挂在我家的墙上,有什么晦气的?你这个无情无义的女人,如此不讲道理……"而后,他俩便你一言我一语地吵得火热,直到枝枝回家时才突然住了声,如同讲得热闹的收音机突然停电一样。

后来,我省下午餐费,给我"爸爸"又重新配了个镜框。叔叔没有把我"爸爸"挂到他们家墙上,"爸爸"依然被我藏在行李袋中。那年寒假,我从婶婶家跑回了十三冲,把我"爸爸"带回来,重新挂回我们自己家的墙上。

初三第二学期,我被老师调到前排,和许文同桌了。后来如你所知,我就考上市一中了。

15

  进入高三后,江南十校的联考,考了一次又一次。还好,刘秀青的成绩稳中有升。三月份的联考过后,刘秀青想犒劳一下自己,从本月的预算中挤出几块钱,想去书店里买本杂志解解馋。《居里夫人传》和《简·爱》她已看过两遍了,她好长时间没有看课外书了。没有课外书的日子,对她来说就像没有盐的菜一样寡淡无味。王娟要洗头,不能陪她;柳莎莎和王晓玲趁着周末考完就回家去了。刘秀青只好一个人上街。

  没有风,树叶把阳光切成碎金,洒在路上和行人的身上。路旁的香樟树依然碧绿,挂着葡萄似的小黑果子,成群的鸟儿在树枝间啄食,黑色的果子不时地落到地面上,砸在人的身上。不知哪一只鸟把自己的羽毛梳理下来了,像一片沾了灰的雪片,飘飘洒洒地舞到刘秀青的眼前。刘秀青童心大发,伸掌托住它,嘟起唇,轻呼一口气,它便又在空中飞起来,优雅地前空翻、后空翻。刘秀青的目光追随着它,起起伏伏,起起伏伏,落到了一堆乱蓬蓬的头发上。

  那是一堆蓬乱打结的头发,头发上沾满碎叶和草屑。头发的主人是个女人,她穿着一件臃肿的棉袄,外面套了一件看不清颜色的花衬衣,衬衣够肥大,但套在棉袄外面,就像猪八戒套了件小汗衫,有一种混搭的喜剧效果。下身穿了一条蓝色单裤,一条裤腿盖过脚面,另一条裤腿只有半截,露出脏兮兮的皮肉。一看就是个智力有障碍的人。这个女人手里拿着一只装了点东西的蛇皮袋,腋下夹着一个小包裹,正慢腾腾地走在刘秀青的前面。刘秀青像被电击了一般,心腾腾地跳起来。那个人的侧脸那么像妈妈。

刘秀青紧张不安地快步走上前去,堵在了智障女人前面。智障女人木然地看看刘秀青,侧着身子又走了。不是妈妈——刘秀青说不清是释怀还是失望。

刘秀青站在原地呆了呆,又赶上去,拿出还带着体温的5元钱递给智障女人。那女人看一眼钱,依然面无表情,对钱不理不睬地走了。难道她连钱也不认识?刘秀青环顾四周,她知道这附近有几家早点铺,有的是全天候营业。果然,刘秀青看见一家门前的笼屉上正冒着热腾腾的白气。她一路跑过去,递给师傅5元钱:"全部买包子。"师傅咧开嘴笑着,热情地跟她说着话,手脚麻利地往食品袋中夹了五个肉包子,又在食品袋外套了一个结实的袋子。

刘秀青捧着热乎乎的包子,迅速往回赶。可是,在刚才碰见智障女人的地方却没有见到她的人影。朝前看看,行人稀稀疏疏的,没有那个女人。朝后看看,行人密集些,一群放学回家的学生挡住了刘秀青的视线。刘秀青快步往后赶,她超过一拨又一拨人,急切地寻找智障女人的身影。刘秀青甚至在心中占起卜来:找到她,就预示着我能够找到妈;找不到她,妈也就可能找不着了。我一定要找到她。

人群中没有看见那个女人,刘秀青急了,又折转身往前赶,伸长着脖子四处张望,还是没有看见。她到底在哪呢?怎么就突然人间蒸发了一般。难不成,她在我买包子的时候,一口气跑走了?刘秀青停下脚步,有点泄气了。

就在刘秀青停下的当儿,突然就发现了那个女人,她就在路边大树旁的垃圾桶边,弯着腰在桶里扒拉什么。

刘秀青慢慢走过去,生怕惊吓了她,再让她跑了。刘秀青蹲下身子,让那女人看见自己。在那女人茫然的目光投到刘秀青身上时,刘秀青打开食品袋口,双手提了露出热乎乎包子的食品袋,向她递过去。那女人接了,伸手抓了一个就往嘴里塞。烧炭人一样的手立即弄脏了雪白的包子。那女人别过脸去,狼吞虎咽地吃起来。刘秀青鼻子一酸,心痛不已。

那个女人捧着吃的,边吃边走。刘秀青傻傻地跟在她的身后,亦步亦趋,全然不顾行人诧异的目光。

我的妈妈现在在哪呢?

好心的人们——刘秀青在心里祈祷——要是你看到一个蓬头垢面的智力有障碍者在街上或是路边寻吃的,请你匀给他(她)一个馍;要是你看见一个衣不蔽体的流浪者蜷缩在哪家屋檐时,请你赏给他(她)一件旧衣衫。您的一点点小小的善举,就可能救活一个可怜的性命,就可能给我一个妈。

泪水模糊了刘秀青的眼睛,打湿了她的脸颊。当那个女人的身影在小街的尽头拐进另一条街道时,刘秀青才擦擦泪,打起精神回宿舍。

王娟正用干毛巾擦头发,见了刘秀青,问:"怎么啦,掉了魂似的?你买的书呢?"

"没买。不想买了。"刘秀青撒了个谎。漫不经心地拿起桌上的书看起来。

"书拿倒了。哟,有心事啦?"

"没有。"刘秀青顺过书,"认真"地看起来。

王娟知道刘秀青心情不好,晚上刘秀青托腮走神时,王娟就把她拉到窗前看风景。俩人屈肘并排伏在窗台上。其实也没什么好看的。对面的男生公寓挡住了她们的视线。白天也只能看见窗下一小块的草地和上面一小块的天空。夜晚,连星星也看不见。有点无聊,刘秀青便问王娟:"王娟,你有什么愿望?"

"当然是考上大学喽。"

"这个不算。上大学你我都不成问题。"

"你就这么自信啊?"

"问题是:能够上什么样的大学?什么时候上?不过,我必须今年上,我没有复读的资本。"

王娟说:"我也是。"

"我是问你有没有其他的愿望。"

"将来我要好好孝敬我爸爸,让他安度晚年,让我妈后悔去。你呢?"

"我呀,想吃什么就去买。当然了,不吃野生动物。"事实上,刘秀青有很多愿望:找到妈妈,让可怜的妈妈安享生活;她要回报那些曾给过她温暖的人,比如叔叔、婶婶,比如十三冲的乡邻;她要当老师,从小学到高中,她生活中有许多榜样,她要像周老师、徐老师、沙老师……那样去爱护学生,培养学生,让更多的人感受到我们这个社会的美好。"我还想帮助那些需要帮助的人。"刘秀青补充道。

王娟扭过头来赞赏地看了刘秀青一眼。

后来她们又谈到了社会上的拜金热,谈到了刘秀青曾打工过的海天大酒店老板孙姐。然后两个小姑娘谈论起了金钱的意义。王娟认为金钱是用来满足需求的,物质上的,精神上的。刘秀青表示赞同,并进一步明晰,她认为金钱最有意义的是用它做自己想做的事情,满足物质上的需求只是金钱最原始最本质的功能。有了金钱,解决了生活所需,然后要用它去做更有意义的事情。工作和挣钱之间,谁是因谁是果,谁是主谁是次,是因人而异的。这一点,"孙姐"们是没办法理解的。

俩人越聊越远,兜里没有钱的刘秀青憧憬未来人人都能过上好日子,没有金钱这个角色。当金钱退出历史舞台的时候,那将是一个多么富裕、多么干净的时代。

这天晚上刘秀青又想跟雷伊鸣说点什么了。

第十一封信

这次江南十校模拟考试的成绩已经出来了,我一直保持在前八十名。只要不下滑,今年考上大学应该没有问题吧?

我家里的情况已经跟你说清楚了。我知道你不会嫌弃我的出身,你一看就不是那种人。我知道你很善良,你的眼睛和说话的语调告诉我你很善良。所以我愿意告诉你我那不堪示人的窘境。

刚开始上高中时,为了省钱买资料,我总是过着半饥半饱的日子。记得有个周日,我兜里只剩下一块钱硬币了,不得不回叔叔家讨钱。那天早上我空腹走出学校大门,几片薄云散乱地浮在空中,太阳丢了魂似的没有一点精神。小街上包子、花卷照样在笼屉中热气腾腾,面馆里的客人也照样稀里哗啦吮吸得很欢畅。我尽量不去看那诱人的热气,用目光的躲闪来哄骗闹脾气的肠胃。上了公交车,兜里的最后一元钱丢进了投币箱,当的一声轻响,就不知道落到哪个角落里去了,就再也不属于我了。15路车坐到青峰路,要转乘7路车才能到我叔叔家小区门口。我只好开着我的"11路车"前进了,好在只有六站路,我步行五十分钟也就到了。

到叔叔家了,上楼梯时我的腿好软。婶婶刚下早班回来正吃着饭,我伸头看看电饭锅,还有大半碗烫饭。也不问婶婶是否还要添饭,我拿只碗盛了,一口气就吃完,连筷子都没用上。婶婶问我是不是从牢里才放出来。说姑娘家没有吃相,很难看,将来恐怕连婆家也找不到。又说碗橱里有面条,没吃饱的话,自己下去吧。这句话我爱听,我对她敬个礼,说声"遵命"。婶婶看着我叹了口气。午餐桌上,婶婶多加了两个菜,有我爱吃的糖醋鱼块。婶婶还是心疼我的。

叔叔晚上下班回来,见了我很高兴,问这问那的。我把我在学校的生活简略地向他做了汇报,也顺便轻描淡写地提了一下生活费的问题。

叔叔看着婶婶,是叫婶婶拿钱。婶婶黑着脸,突然激动起来,当着我的面冲叔叔嚷:"不能什么都指靠我们一家!那几家怎么不闻不问?"

婶婶是责怪叔叔,为什么只有他家接下我这个包袱。那一刻我像一个落水的孩子,眼睁睁地看着一艘艘船从我身边经过,却没有一个人肯向我伸出一只手。如果叔叔不是欠了我家钱,我也不好意思赖着他们。我站起来,含着泪拿起我的书包。我准备回学校去了。婶婶也许有点过意不去,起身堵住了门,她瘦小的身板靠在一边门框上,一只手撑着另一边门框上。她不看我,瞪视着我叔叔,逼我叔叔给他的姐妹打电话。后来,叔叔硬着头皮给远在东北的大姑打了电话。

我脑子里没有大姑的印象,她在东北工作,在东北成家。东北离江南太远了吧,奔波一趟很不容易,加上娘家早已没有父母,所以她二十多年都没有回过娘家了。叔叔在电话中跟大姑吭吭哧哧地说了一阵,然后叫我接听电话。

"喂,是青青吗?我是大姑姑。"我接过电话,立即听到话筒中传来一个陌生的声音,口音完全不是我们这边的,满口的东北口音。我怯怯地叫了声大姑。大姑在电话那头却哭了起来,她说才知道我爸爸已经走了。电话那头的妇人嗓子哽住了,接着便唏嘘不已。她的唏嘘声拉近了我和她的距离,我突然像找到了亲人一样感到安心和温暖。我真想靠过去,拥着她,真真切切地感受她。啊,大姑,我又有了血脉相连的亲人。

大姑说,读书的事叫我别担心,她已跟叔叔商量好了,叔叔拿学费,她负责供给我生活费。她问我每月500可够,因为要为小儿子还买房的贷款,她手头也很紧。我说要不了许多,这时,婶婶在我对面急得又是摆手又是跺脚,示意我别乱说。大姑在电话那头说,500不多。她要我专心学习,争取考个好大学。又要了我的通讯地址,说是每月按时把钱汇到我的手中。

电话又转到了叔叔手中,他们又说了一阵才挂了电话。叔叔刚挂了电话,婶婶便迫不及待地埋怨我,说大姑当年读书是我爸爸供的,现在大姑供我也是应当的,我应该多要点钱。又埋怨大姑不该把钱直接汇到我手中,说:"不放心我们还是怎么的?几个大钱?我们还贪污了不成?"叔叔劝解道:"直接汇给青儿当然好些,青儿用钱会方便些。"

"她一个小孩子家知道怎么过日子?钱到手三天还不用掉了?"

我忙说:"不会,不会的,每一项开支我都会记上账,请婶婶审查和指导的。"婶婶这才没有话说。

临走时,婶婶给了我50元,说够接得上大姑汇来生活费。我不能说什么,我也不知道大姑什么时候能汇钱来,心想这几天还是吃方便面或馒头吧。我下到一楼时,叔叔装着有事撵了下来,悄悄塞给我100元,我拒绝了。我知道精明的婶婶迟早会晓得的,那时叔叔家就免不了要蔓延一场战火。

我想你,但我不敢写太过肉麻的话,我的那些室友可能会"一不小心"就看到了。高一时,就发生过这样的事,那时吴佳还在我们宿舍,她不仅看我的日记,还在我日记里做批注。那时的她,倒是蛮可爱的。她在我的日记中知道了我家的情况,责问我沙老师问班上哪些同学家庭困难时,我为什么不举手?

高一刚开学不久,沙老班在班上问哪些同学家庭困难,可以举手。开始没有人举手,后来扭扭捏捏举起了三四只手,再后来就有十几个人举手了。举手的有嘻嘻哈哈的,让人觉得他们"困难"得不真实;也有红着脸不好意思的。我很想举手,我明白我是真正的困难户,但我没有勇气在全班同学面前举手,我不想在大家面前晒穷。

老班又发下来一份表格,让我们登记家庭基本状况。

我在"父亲"一栏中恭恭敬敬写上:刘成文;职业:农民。

表中还有"母亲"一栏。我踌躇了,我填什么呢?无名氏?——笑话。潘桂花?——是不是这个名呢?后来班长蒋建雄捧着一摞已填好的表站在我面前催我交,我才匆匆忙忙地在"母亲"一栏后写上"潘桂花","职业"就没来得及写了。

吴佳看了我的日记后,第二天就到沙老师那说了我家情况。那天下午上课前,沙老师把我叫到办公室,请我坐下,让我把家里的情况具体地说一说。他说,他已问过吴佳了,吴佳只知道个大概,所以,希望我自己能够详细地说说。

我只得简单地说了一下。沙老师听完良久不说话,办公室里其他老师也都停了笔看着我,高老师那晴空般明朗的眼睛里似乎蓄满了雨意。我不敢多看,生怕自己不争气会流下泪来。

"为什么不早告诉我们?"沙老师责备我,"学校对特困生有资助项目,可以免除学费的。你写个申请吧。"

高老师极力鼓动我赶紧写申请,并指导我如何去写。有位女老师热心地拿出纸和笔,说:"就在这写吧。"于是,我按照高老师的指导,很快写了一个申请免除学费的报告交给了沙老师。

几天后,沙老师又把我叫到办公室,他从办公桌的抽屉里拿出一沓人民币递给我:"这学期的学费退回来了,一共900元。另外500多元是其他费用,不好退的。"我向老师道了谢,接过来钱,心里充满了感激。吴佳也替我高兴,她建议我请室友们吃一顿,反正这笔钱是意外得到的。我骂她不知贵贱。她回骂我小气鬼。

我的日子似乎阔绰起来了,但好景不长,我读高二下学期时,大姑父得了尿毒症,大姑的接济断掉了,而叔叔那时也再次遭遇失业……好在我也熬过来了,现在我兜里不缺吃饭的钱了。

学习越来越紧张了,我们到了真正的冲刺阶段,作业也像山一样压过来。自从进入高三,宿舍里12点钟以前从来没有熄过灯,我们总是要到凌晨一两点才打着哈欠昏昏然地爬到床上,第二天顶着熊猫眼去上学。柳莎莎现在最大的理想已经不再是考完后立即去迪士尼乐园,而是要"睡他个三天三夜",嘻嘻。

此刻,东方已经泛白。我要把我的日记本锁进抽屉了,很希望以后有话不用再写在日记里,而是在你耳边叽叽喳喳、叽叽喳喳个没完。

16

二图哥——刘得福竟然找到市一中来了,而且还能在食堂里把刘秀青找个正着。那时,刘秀青正在食堂餐桌上和几个同学边吃边聊,二图哥背着双手大模大样地站到她面前,刘秀青一惊诧,一口饭差点把她噎死。王晓玲赶忙去拍刘秀青的背,柳莎莎则咯咯咯地笑个没完。刘秀青咳了一阵才缓过来。她请二图哥吃饭,他坚持说已经吃过了。他说他找刘秀青有点事,一边很绅士地同刘秀青的同学点头打招呼。刘秀青见他难以启齿的样子,赶忙把盘中最后两口饭一股脑地扒拉进嘴巴里,鼓着腮帮子说不成话,打手势叫二图跟她出去。

刘秀青把二图带到了食堂外僻静的桂花树边,站在桂花树成团的树荫里。

"是这样的啊,柱子他托我……"二图说话不够爽快,刘秀青立即紧张起来,瞪大眼睛看着他。心想那个愣头青柱子该不会是托人提亲来了?

"这叫我怎么说呢?柱子他托我,他想……"

"别说了。"刘秀青忙打断他。

"怎么啦?你已经知道啦?不过,我想劝你几句,你一个姑娘家,迟早要嫁人。你那房留着也没什么用,还不如卖了。"

"卖房?"

"对呀。柱子想买你家房。柱子呢,谈了个对象,人家姑娘嫌他家的房子矮,地势挤,柱子就想买你的房改建一下。"

哦,原来是这样,刘秀青这才松了一口气,差点没笑出声来。

二图见刘秀青笑了,以为事情说妥了,直搓那一双布满老茧的手,也跟着轻松地笑了:"价格我会替你做主,不会让你吃亏的。"刘秀青没打算卖房,她对二图说:"如果房子卖了,我就没有家了,心里一点着落都没有。"本来她就觉得自己像水面上漂着的浮萍,十三冲苦水塘边的那两间房子,便是她这浮萍底下的一点点浅根。浮萍的根在别人看来也许起不到什么作用,但她自己心理上好歹有个安慰。她舍不得斩掉她的根,她说她不能卖了那两间房。

二图虽然有点失望,但刘秀青说的他能够理解。他没有责备刘秀青不听话,反而安慰她不要多想,要专心读书。

"对了,真是气死人,重要的事情怎么差点忘了呢?"二图突然从兜里翻出一个小红本,递给刘秀青,"这是替你办的低保,每个月有800元,不够的话再跟我说。"

"真的?能办低保?"刘秀青高兴得搂着二图的脖子蹦了起来。

"嗟嗟嗟!"二图慌忙挣脱,一脸的难为情,骂刘秀青疯疯傻傻的没规矩,"这低保早就能办的,怪我没有尽到心,我以为你在城里日子过得还不错。"

其实二图没有告诉刘秀青,这低保虽然合法合规,办得却并不容易。村委会那几个烂人,把国家给的低保政策捏住捞好处,都给了关系户。村委会不同意给刘秀青办低保,二图便扬言要把他们用公款吃喝的事给曝光了,要去市政府上访,这才给办下来了。

二图没有告诉刘秀青的是,低保每月实际上只有600元,他把十三冲为数不多的留在村里的村民召集到一起开了会,要求各家按人头每人每月给刘秀青捐出一元钱,给那丫头凑生活费。十三冲不算刘秀青,还有一百一十二口人,二图愿意多出点。大多数村民都说行,应该的。二图的侄子老歪不乐意,说二图是违法摊派。二图气得从凳子上跳起来:"日你先人!老刘家怎么生出你这么一个抠屁眼吮指头的孬货？我们能眼睁睁地看着自家村里的孩子饿肚子？一个月一块钱你都不肯出？良心是不是屙屎屙到粪坑里去了？"二图的火气，简直要把老歪烧死。老歪一边抬起袖子遮挡二图的唾沫星子，一边叨叨咕咕说："只是说说嘛，也没有真不愿意。"

二图觉得自己这个村民小组长当得有愧，一直以为刘成武那家伙把青青照顾得好好的呢，谁知道这丫头饿肚子呢！他要是不把刘秀青的事办好了，到那边他无法跟刘成文交代，无脸见列祖列宗哩。临走时，二图哥又问："那房子真的不卖？"

"不卖嘛，不是说过了吗？"

"好好好，不卖的话我就帮你向政府申请危房改造。到时候给你一栋新房子。"

刘秀青道了谢，笑看二图哥倒背着双手走远，没把他最后一句话当回事。

有了红本本做保障的刘秀青，心底轻松了，脸色也红润起来，看上去越发漂亮了，她的学习效率似乎也提高了。

高考的日子便在学子们的鏖战中迅疾到来。

高考那天，持续了十多天的梅雨停了。刘秀青离开学生公寓时，正在吃早点的程阿姨难得地笑着跟她打招呼："刘秀青，好好考啊，别紧张。"

刘秀青感激地点点头，心里充满了喜悦。走出学校大门时，已经有考生和家长来到门外等候了。市一中当然也设了考场，到这里考试的大多是别校的考生。刘秀青的考场在市三中。

没有下雨的空中，有一些云在悠闲地漫步。地面很潮湿，空气也很清新，微风撩动着刘秀青额前的头发，凉爽宜人，她感到很惬意。

来到三中外面，黑压压的人群把刘秀青吓了一跳。警察早早地在考场周围设卡拉线，维持秩序。梧桐树下，电线杆旁，林荫道上，马路中间，全是人。仔细一看，成年人多，考生少。几乎所有的考生都有家长陪送，有的还带来了亲友团。他们簇拥着自家的考生，叮嘱着考生，安慰着考生。刘秀青突然觉得孤独起来。

考生们有的兴奋,有的紧张,有的木然。刘秀青本来还较愉快,看到送考的场面则有些伤感。"你要好好保重你自己。"是谁在命令她？想起雷伊鸣说过的话,她不由得又笑了。刘秀青深吸一口气,甩一甩脑袋,马尾辫也随着晃荡起来,抛开烦思杂念,静下心来等待开考。目光游离时,突然发现了许文,她双手吊在一个中年男人的臂弯,正在兴奋地说着什么。紧挨着中年男人的一个妇女正慈爱地看着她,那是许文妈妈,刘秀青见过的。刘秀青打算走过去和他们打声招呼,双眼突然被人蒙住了。她一摸,是一双凉凉的手,便脱口叫道:"王娟!"

王娟悄无声息地松开了手,刘秀青一回头,看见她笑吟吟地站在身后。王娟身旁一个瓷实敦厚的男人也在看着刘秀青笑。王娟给刘秀青做介绍,说是我爸。刘秀青笑着问:"叔叔没有去跑车啊?"

王娟爸爸看了女儿一眼,说:"请假了。跑车的机会多得是,陪女儿高考的机会就难得了。"

谁说不是呢？如果爸爸还在,他一定也会来送我吧？刘秀青心里这样想着,伤感又袭了过来,只是一瞬间。刘秀青知道怎样调整自己的心态。

高考并不像刘秀青想象的那样可怕,坐到考位上,那一丝丝紧张感就消散了。一进入考试状态,考场与监考老师都被她抛到脑后,她脑子里只有考卷和她多年来积累的知识。第一场考试结束的铃声响时,她已经把试卷检查了两遍。自我感觉第一场考得还不错,出来时也是一身轻松。

考点大门前交通拥堵,走不了几步就要停下来。前面的考生伸长脖子东张西望,显然是在找家长。刘秀青没有什么人要找,只顾着看"风景"。"青儿!"人群中好像有唤她的声音,她扭头朝声源处看看,一大群家长挤在那儿等候着他们的儿女。她想肯定是听错了,或者有叫相同名字的人,就又转过头来继续往外挤。

"青儿!"

真的有人在叫她,刘秀青再次回头时,看到叔叔已挤到了自己身边,沧桑的脸上布满了歉疚。刘秀青鼻子一酸，差点哭出来。原来是叔叔来迎她，她也有家长陪送了。

叔叔说，他早上上班早，没能来送。中午跟老板请了会假，所以就赶来了。叔叔把刘秀青带到一家小饭馆，点了一盘青椒炒肉丝、一份红烧肉，还要了一盆西红柿蛋汤，他俩便大快朵颐起来。

"叔叔，我一个人来挺好，别再往这跑了，多麻烦。"刘秀青嘴里塞满了饭，一边嚼着一边说。

"真的可以？我还是有点不放心。"

"放心吧，我上午考得挺顺利。"刘秀青安慰他。

叔叔说，那他有可能就不来了。接二连三地早退，老板也会不高兴的。下午，叔叔一直等刘秀青进了考场才离开。他叮嘱刘秀青一定要细心，千万别紧张，考完了就回他家去。刘秀青走进考点大门，回头看看，叔叔还站在那儿目送她。她心里暖暖的，感觉好幸福。

考完最后一场，大多数考生会相约着一起去玩，下馆子，通宵上网吧。也有的就拽着家长挤进了手机店，迫不及待地去买家长早就许诺过的手机。手机店外面大幅的广告牌和门头上的电子屏幕上的"好消息"，都在牵动着考生的心，也牵扯着他们的脚步。

刘秀青去学校宿舍拿了行李，把暂时不用的东西送到了叔叔家。她没有时间等待放榜，明天她就要去别的地方寻找妈妈，边打工边寻找。等分数下来时，她打算就近找个网吧在网上填报志愿。

她打算填报师范大学，有几所师范大学不仅免收学费，还有生活补助呢。第一志愿当然是这样的学校。如果不能如愿，那就上其他的师范院校吧。当老师是她从小的梦想。以后，每一个假期她都将换一个地方打工，边打工边找妈妈，直到找到她。

临行前，刘秀青揣着早就准备好的硬币找电话亭，找来找去就是找不到，不是拆了，就是只剩下一个烂壳，里面垂着扯断的电话线。原来公用电话已经不知不觉退出人们的生活了。刘秀青好不容易找到一家带公用电话的小店,她首先给许文打了个电话,马路上嘈杂的车流声使刘秀青没办法听清许文的话,大致听到她考得还不错。她要求刘秀青去她家玩,刘秀青大声告诉她以后会去的。

挂断许文的电话,刘秀青做了一个深呼吸,按一按怦怦乱跳的胸膛,拨通了那个写在资料书上、烙在她脑中的手机号码。电话中传来了她熟悉的声音:"喂,你好,请问你是哪位?"

果然是雷伊鸣。听到他的声音,没来由的,委屈袭上心头,刘秀青不知道说什么好了。

"喂,喂,为什么不说话?是刘秀青吗?"他竟然能一下想到她。

"嗯。"她应了一声。

"坏丫头,怎么到今天才给我打电话?考得还好吗?"

"还好吧。"

"我快要放假了,等着我啊。要是联系不到我,可以到我家去找。"雷伊鸣说了他家的地址。

泪水终于流出来了。她又嗯着应了一声,就放下了电话。她不能让他听到自己的哭泣声,等到合适的时候她会再联系他的。泪水冲刷了她久积在胸中的懊恼和苦涩,她轻松得想唱歌。

从15路公交车上下来,穿过一个小广场,就是火车站的售票大厅。

售票大厅里人声嘈杂,刘秀青挤在人群中伸长着脖子寻找着售票窗口。

刘秀青站在长长的购票队伍中,耐心地随着队伍一点点地向前挪移。

她买好了去他乡的火车票。等候火车的时候,想到雷伊鸣刚才说的他家地址,又有了写信的冲动。她从火车站外面的小超市里买了信纸信封和邮票,坐在大厅的长木椅上,把信纸垫在一本书上开始写起来:

第十二封信

此刻,我有理由相信,我是这个世上最幸福的人。

听到你的声音,我如饮甘露。感谢你对我的关爱和默默地支持。

因为有你和老师、同学们的鼓励支持,我能够在高考中交一份尚可的答卷。如果不出意外,我今年应该能上我心仪的大学。你要是想知道我的志愿选择,我会毫不犹豫地告诉你:师范,师范,还是师范!

　　你也许会奇怪我为什么对师范院校情有独钟,那我也会毫不隐瞒地告诉你,在我的生活陷入黑暗时,是老师用爱照亮了我的生活;在我最无助时,是老师向我伸出了温暖的手臂。所以,理想的种子很早就种入了我的心田:我长大了要做一名老师。用爱照亮我生活的,除了我的那些老师,还有我的乡亲、我的同学以及不知名的陌生人。他们的帮助和鼓励带我走过人生的雨季,让我的小舟顺利地汇入社会前进的大潮中。我能做的只有好好学习,踏实工作,回报社会。

　　因为怕耽误乘车,这封信写得很短。刘秀青给雷伊鸣写过很多信了,那些暂且放进日记中,这一封她想给他寄出去。把信装入信封投进车站外的邮筒时,刘秀青脑中突然冒出一个想法:雷伊鸣愿意陪我一道找我妈妈吗?——如果不愿意,那他也许只能成为我日记中泛黄的记忆。如果他愿意,我们可能还会续写一本厚厚的故事。

　　"呜——"火车来了,刘秀青要去找妈妈了。

　　她要给妈妈一个家。

下卷

1

三年后,一个酷暑难耐的暑假。

从省城开往景阳县的一辆浅蓝色大巴,停靠在景阳县大新镇汽车转运站外,从车上下来一位穿橘黄色连衣裙的女子,皮肤白皙,眼睛明亮,清秀的瓜子脸上洋溢着一层笑意。她把黑色双肩包挎到背后,撑开一把天蓝色的遮阳伞,袅袅婷婷地朝大新镇汽车转运站走去。她要从这里转车去锦丘市的顺南镇和平村。顺南镇和大新镇紧挨着,从这里转车比较近。

大新镇汽车转运站很小,小得只能算是一个乘车点。一个破败的院落,一面临近大马路,一面紧接着大块的田野;一面是一排低矮的平房,那一排平房油腻腻的,开着几家早点铺、面馆和快餐店;只有一面矮矮的围墙,而且还豁着好几个豁口。整个院落给人的感受就像一个老态龙钟的豁了牙的老人,只有几棵枝繁叶茂的枫杨树给它带来了一点生机。卖完菜提着空篮筐的妇女、赶完集买回各种塑料制品的老奶奶、戴着草帽拎着大水杯的男人、牵着孩子买了食物的时髦少妇……散落在平房的走廊上和枫杨树的树荫里。穿橘黄色连衣裙的姑娘,撑伞站在车站院内朝四下里打量,也引来了不少的目光打量她。

院子里停了七八辆中巴车,陆陆续续有乘客上了不同的车。刘秀青收了天蓝色的遮阳伞,从车上挂的站牌逐一看过去,没有找到去顺南镇的车,看样子车还没来。刘秀青走到那排低矮的平房边,看到几家面馆只有一家

"夫妻面馆"稍微干净点,就走进去面朝大门坐下。

"夫妻面馆"有两间房,里面的门紧闭着,看来是店老板住宿的地方,外间摆了四条小长桌,有点挤,墙壁上挂着的电风扇正呼呼地转着。烧、炒、烫、煮的一套家什,就伸到了大门外的走廊上。廊外用蛇皮塑料布撑了一个遮阳遮雨的大棚。棚下也放了两张餐桌,还摆放了一个水果摊和一个冰柜。看样子,面馆老板还兼做水果和冷饮生意。

"姑娘,吃些什么?"刚刚坐定,老板娘就过来招呼,声音不大,却让人感觉到很温暖。她端给刘秀青一大碗茶,酽酽的,凉凉的。

"一碗清水面吧。"刘秀青看了一眼贴在墙壁上的"菜单",有水饺、馄饨、小刀面、肉丝面,还有小炒。清水面最便宜,只要8元钱。现在已经是下午2点多,一路换车,刘秀青到现在还没顾上吃午饭,肚子早就饿得咕咕叫了。

"稍等一会啊。"老板娘说着,把墙上不停地扭着脖子的电风扇固定了,让它只把风对准刘秀青一个人吹。这引起了旁边顾客的不满。她朝人家笑,不理那人的埋怨。刘秀青忍不住多瞧了老板娘几眼。

老板娘四十多岁,乍一看好像还有点面熟,仔细看却又不认得。她的短发乌黑油亮,柔顺得一丝不乱。穿着极其普通,一件碎花的短袖棉布衫,一条灰色七分长的大脚裤。她人长得蛮清秀的,却没有生意人该有的八面玲珑的样子,反而给人老实憨厚的感觉。

"来根,给哥来一碗肉丝面。要快啊,饿死老子了。"随着话音,一个粗壮的中年汉子落座在刘秀青对面。

"哎。你先坐,马上好。"没见着叫"来根"的店老板或是伙计,答应的还是那个清秀的老板娘。说话间,老板娘端过一碗面来。刘秀青对面粗壮的汉子伸手来接,老板娘一让,轻轻把碗放到刘秀青的面前。

"我的呢?我马上要发车哩,又想饿我一顿?老子下次不照顾你生意了。"对面的粗壮汉子原来是司机师傅。听他说话很粗鲁的,但看得出,他没有恶意,有玩笑的意味,好像和老板娘挺熟的。

"老板娘,来两碗肉丝面。"

"老板娘,给我炒两个小菜,来一瓶啤酒,要冰镇的啊。"

又过来了几个客人,看来都是为了赶时间耽误了午饭。老板娘手脚有点乱,忙朝着里屋喊了一嗓子:"潘桂花——快出来,忙不过来了。"

潘桂花?这娇柔的声音竟如响雷般在刘秀青脑中轰过。她小时候和妈在苦水塘边洗衣时,妈呆愣愣地念叨"潘桂花"的画面像电光般从她脑中闪现。一筷头热面,停在了她嘴边,她张着嘴呆望着老板娘,一时就怔住了。

"来了!来了!"刘秀青大脑来不及转动,还没有反应出是怎么回事,一个扎着白围裙的胖胖的中年男人慌忙从里屋跑出来,门在他身后嘭的一声紧跟着关上了。

刘秀青心脏咚咚地跳着,手抖得握不住筷子,大碗茶也被她打翻了。

"姑娘,你没事吧?"关切的声音来自对面的粗壮汉子。他的话也引起了老板娘和扎围裙男人的关注。

"哟,瞧这脸色,是不是发痧子?"

"可不是嘛,天这么热,这小姑娘娇生惯养的怎么吃得消?"

刘秀青朝大家摇摇手,说明她没事。她没有那么娇气,她不会中暑的。老板娘不放心,丢了手头的活,给刘秀青打来一盆凉水,递给她一条干净的毛巾,让她擦一擦。看见老板娘关切的眼神,刘秀青鼻子一酸,莫名地想哭。

见刘秀青没有事了,粗壮汉子就和扎围裙的男人调侃起来:"我说潘老板,外面这么忙,你躲在闺房中绣花呀?也不知道心疼老婆,小心我给你拐跑了。"

原来扎围裙的是老板。

"陪孩子做作业哩。想拐我老婆,你没那本事。怎么,张师傅只要一碗面啊?不搞两瓶啤酒?"

"你想害老子坐牢啊?这几天查酒驾查得紧,不敢。"

……

刘秀青无心听他们调侃,一根一根挑着碗里的面往嘴里送。

潘桂花潘桂花潘桂花潘桂花——她脑中成了糨糊,但她分明又能意识到:面馆老板姓潘,他刚才在里屋陪孩子做作业,孩子应该就是潘桂花。不对呀,老板娘明明喊潘桂花出来帮忙的,显然又不是喊孩子的。

一碗面稀里糊涂地吃完了,但刘秀青不想走。刘秀青不死心。

里屋会不会还有别的女人?比如孩子的姑姑或是帮忙照顾生意或照顾孩子的人?

一定还有的。妈妈,我找了你这么多年,怎么可能就这样轻易地让你从我眼前溜走?

刘秀青又要了一碗面。虽然已经吃不下去,但总不能白白地占着位子吧。她对面的张师傅早就把他那碗面稀里呼噜地吃完了,此刻并不急着走,他要了一碗热热的大碗茶慢慢地吸溜着,一边和老板及熟识的客人闲聊着。

面在刘秀青面前慢慢地凉了,她渐渐忘记了面的存在。她的眼光不时地溜向面馆里屋的门,期待它突然打开,从里面走出那个让自己日思夜想的人。有时她又很紧张,不知道如何面对潘桂花出现的一刹那。

"青青!"一个欣喜兴奋的声音在面馆门口响起。刘秀青看见了叫她的那个人,也看见了正在揉小刀面的老板娘停下了手中的活,怔在了那。

叫"青青"的是雷伊鸣,刘秀青的热恋男友,潇洒倜傥、活力四射的帅哥。他是来接刘秀青的。

雷伊鸣几步就跨到了刘秀青身边,紧挨着她坐了下来:"打你的手机也不接,急死我了。"他用手擦拭额头上的汗,他的短袖T恤衫紧紧地黏在身上,衣服都汗湿透了。

"你打过我电话吗?"刘秀青从包里掏出手机一看,可不是,三个未接电话,她竟然一声铃声也没有听到。

"还没吃吗?快点吃,吃了好上车。"他催促道。刘秀青嘟起了嘴,心想,见面就不能多问我几句,多表示一点关心?人家可是一大早就坐车赶过来的。

"吃不下了。"刘秀青扯了扯雷伊鸣衣角,准备跟他说话,就听对面的张师傅嚷嚷:"雷同志,急什么急?我还在这儿哩。"张师傅原来和雷伊鸣认识。雷伊鸣这才发现张师傅,忙和他打招呼。

"这是你妹子,还是你女朋友?"张师傅用目光示意着刘秀青问雷伊鸣。

"是我'达林'。"雷伊鸣调皮地向他眨眨眼。

"知道了,肯定是你女朋友。"张师傅学着雷伊鸣的样子也眨眨眼。

"师傅,结账。"刘秀青朝面馆老板招呼,他忙跑过来,在白围裙上擦着手,红红的油油的面颊上溢着笑。

"姑娘,这碗面你还没吃哩。"见刘秀青站起身准备走,面馆老板好心地提醒。得知她不吃了,他冲老板娘喊道:"来根,把这碗面给傻大妈端去。"老板娘也不言语,端起面就走出去了。

张师傅执意要雷伊鸣再坐一会,吹吹电风扇,说是车上如同烤箱,待一会就会成熟鸭子的。

"既然知道如此,张师傅为什么不把车上的空调打开呢?"雷伊鸣半真半假地问。

"嗨,油价又在涨,我生意都在亏本做哩。再开空调,我折得裤子都没的穿了。"张师傅找理由。

"原来张师傅一直是在学雷锋啊。"

"裤子没的穿,就光腚呗,还凉快些。"

有其他客人接茬打趣张师傅。刘秀青担心他们会说些更不雅的话来,就借故走了出去。走出来发现这一排平房的拐角上,有一个老婆婆坐在地上,正吃着老板娘端给她的面,老板娘就站在一旁看着,等着拿她的空碗。

"她没有家吗?"刘秀青走到老板娘身边,问道。

"儿子们不孝哩。老奶奶老年痴呆了,不会做事了,儿子们就不要她了。"

"哪能不要哩?他们不知道老奶奶在这儿吧?"刘秀青无法相信。

"儿子们把她送到这儿,特意撂下的。"老板娘有点愤愤不平。刘秀青见老奶奶吃完了面,就跑到面馆老板的冰柜前,要买瓶汽水给她。

"要冰镇的吗?"面馆老板接过刘秀青递的钱问。

"还是不要冰镇的吧。"刘秀青看了一眼不远处孱弱的老奶奶,担心水太凉她吃不消。面馆老板明白她是为老奶奶买水,立即把钱还给了她,倒了一碗大碗茶示意刘秀青端过去。

"谢谢你。"刘秀青由衷地感谢他。

老奶奶喝完刘秀青递给的茶,抬起迷茫的浑浊的眼睛望着她:"我的家呢?我家在哪儿呀?我把家给丢了。呜呜呜……"刚刚还挺开心的老人家这会儿却像孩子般地哭起来。

"她的家在哪儿呢?离这里远吗?"刘秀青问站在一旁同情地看着老奶奶的老板娘。

"不太远的,二十来里路吧。"

"没有人帮助她吗?"

"没有用的,送进收容所她还会往外跑,到处找家。送回家,她儿子又把她送出来。"

刘秀青还想问老板娘一些话,雷伊鸣却跑了出来,拎着她的包:"青青,我们上车吧。"

一声"青青"又招来了老板娘痴痴的目光,她直勾勾地看着刘秀青,连雷伊鸣都替刘秀青不自在了,他拉起刘秀青转身就走。

"雷伊鸣,我想找个人。"刘秀青迟疑着,走得不爽快。

"什么人?"

"我刚才听见她喊潘桂花的。"刘秀青用下巴示意仍怔怔地站在那儿望着她的老板娘。

"那,我帮你问问。"雷伊鸣是知道刘秀青家的事的。他折回身问老板娘:"师傅,你这里有一个叫潘桂花的人吗?"

"有的。"

"快帮我找找。"刘秀青连忙跑了过去。

"跟我来吧。"她转身朝自家的面馆走,他俩也紧跟其后。

"潘桂花,有人找你。"她冲着屋里喊。

"来了。谁找我?"面馆老板颠颠地从张师傅的桌边跑出门来。

"你?你叫潘桂花?"如同一桶凉水兜头朝刘秀青浇下来,她身心俱凉。刘秀青的声音中充满了失望,面馆老板眨巴着眼睛看着她,不知道他哪里出了错。

"是我呀,怎么啦?"老板惊异地问。

"怎么取了个女人的名字?"雷伊鸣忍不住抱怨起来,引得面馆中的众人哈哈大笑。

"你们不知道吧,他们夫妇俩取的名字都古怪。男的叫潘桂花,女的叫王来根。真应了那句俗话:不是一家人不进一家门。"张师傅得意地向雷伊鸣卖弄他的情报。

"我吧,"潘老板有点不好意思地告诉他们,"家里弟兄太多,我妈盼望生个女儿,就给我取名叫潘桂花了,只差没叫盼开花。"他的自我调侃招来大伙的又一阵哄笑。

"她呢,"潘老板郑重地指了指夫人,"家里姐妹太多,她父母一直盼望生个儿子。她爸就给她取了个来根,她妹妹叫来弟。"众人自然又是笑,而刘秀青却笑不出来。

真的,一点也不好笑。干吗要叫"潘桂花"来糊弄人呢?害她心情好长时间不能平静。张师傅还想为他们透露点什么,刘秀青已无心再听。

"快上车吧。"这一次是她拉着雷伊鸣催促。

2

　　刘秀青和雷伊鸣上车时,车上已经挤满了人。只有二十几个座位的车,已经塞了三十多个人。车上真的像个大烤箱,除了热得难受,还弥漫着令人作呕的气味。张师傅就是这趟车的司机,他坐进驾驶室还不急着走,不紧不慢地又等来了几个乘客,才慢悠悠地弄响了发动机。车一开起来,风涌进车窗,大家才觉得舒服了些。

　　刘秀青和雷伊鸣被挤在车门边。雷伊鸣双臂撑在车门边的铁栏杆上,把她揽在两臂之间,为她争取了一个小小的空间,使别人挤不着她。窗风鼓荡着她的头发,乱发便在她脸颊上拂来拂去,雷伊鸣抽出手来,替她把乱发拢在耳后。她感激他的贴心,仰起头,眼睛看着他的眼睛,一直看,一直笑,幸福藏不住。

　　刘秀青和雷伊鸣第一次相约见面是她填报大学志愿时。那时,学校通知刘秀青回校参加高招咨询会,沙老师在QQ中跟刘秀青特别强调,学校将为她和某些高校协商,看能不能解决她上学的困难。她只好回到了锦丘市。

　　高中室友王娟极力怂恿刘秀青报英语专业,说英语老师吃香,带家教的收入也多。刘秀青一向不喜欢英语,她始终不明白:我们为什么要花那么大的精力去学英语?现代科技完全有能力让不同国家的人无障碍地交流啊。从高三开始,老师就要求大家用英语写作文,可是,有好多学生到大学时,还不能用母语写出像样的作文。刘秀青不愿意,王娟就叫她听听雷伊鸣的建议,于是刘秀青就给雷伊鸣打了电话。他说:"我已经收到你的信了,听从你内心的愿望,重要的是喜欢。"说完要说的话,他就自然而然地在电话中约刘秀青去博物园玩。他说他已经回到锦丘市了。

那次去博物园,由于紧张,刘秀青叫上了许文。本来是邀王娟一道的,王娟拒绝了。许文也是好奇心太强,才甘愿当灯泡随刘秀青一同前往。

见了面,刘秀青就看着雷伊鸣傻笑,雷伊鸣也是,咧着小虎牙红着脸,俩人都不知道说些什么才好。许文比刘秀青还害羞,紧紧地挽着刘秀青的臂膀一声不吭。雷伊鸣走在刘秀青的另一边,仨人就傻傻地围着博物园的湖心亭转圈,偶尔不咸不淡地说一些湖心亭的景物。刘秀青说:"白云倒映在水里,真好看。"雷伊鸣便说:"嗯,水很清。"许文便转了头去看水。刘秀青说:"水边栽垂柳比栽樱花有韵味。"雷伊鸣说:"是哩,是江南的韵味。"其实说的都是废话。俩人偶尔相视一笑,便已胜过千言万语。甜甜的、温暖的气氛包裹着他们,使他们沉醉其中,乐不思蜀。

后来,许文也许是走累了,也许是感到无聊了,她贴近刘秀青的耳朵要求回家,刘秀青装着没听见。许文干脆硬拽着她向博物园的大门走去,大家这才欢笑着离开。

那年,刘秀青有幸被省城一所知名的师范大学录取,学费不是全免的,但学校知道她的特殊情况,不仅免了她的学费,还安排她在学校食堂勤工俭学,刘秀青基本上过上了衣食无忧的生活。只是,她依然不改节俭的习惯。闲暇时,她不是去图书馆,就是给雷伊鸣写信。这个时候写的信,不用藏在黑皮日记本中了,全都用带香味的信纸誊好,装进信封中,贴上邮票,跋山涉水地飞到雷伊鸣的眼前。藏书800多万册的图书馆,是大学给刘秀青的意外惊喜。800多万册啊! 没事的时候,她就徜徉在图书馆高大的书架间,用贪婪而惊喜的目光摩挲着一本又一本书,谛听先哲、大家们深邃的思想,心湖中泛起庆幸、欢悦、敬畏和礼赞的浪花。每当周末,同伴们蒙头睡在寝室中不起,或是逛街谈恋爱,她则早早地溜进图书馆,找一个临窗的座位,抱一本好书,啃两个冷馍。一坐就从朝阳慢慢变成了夕阳。

读雷伊鸣的来信或是给他写信也是刘秀青生活中的一大享受。他们几乎每周互通一封信。她把他的信堆叠在一起,常常找个没有人的角落或是躲在被窝中看。一封一封地反复读,有的纸边都磨破了。读着他的信,她心中盛着的是化不开的甜蜜。

大学二年级时,他们的关系真正明朗化了。深埋在心田的种子终于在适宜的季节萌芽、成长。那时,刘秀青就已经把雷伊鸣当作了她将托付终身的唯一的伴侣。她无数次地想象他们婚后美好的生活图景:她在厨房烧饭,他殷勤地帮她择菜;他伏案工作到深夜,她悄悄给他端去一杯热茶或是给他披一件外衣;他们坐在被窝里靠在床头上相依相偎地看电视;他们手牵着手一道去超市购物、去菜场买菜,甚至他们一同带着孩子去公园……每每幻想着这一切,刘秀青便会耳热心跳,满颊酡红。

有一天,刘秀青正在图书馆一楼的窗边看书,突然有人喊:"刘秀青,有人找你。"

她抬起头,看见窗外的台阶上,他们班一个小个子男生,双手撑了膝盖,在那儿喘气。"哈,你真会躲,害我好找。"他埋怨。

"谁呀?在哪呢?"刘秀青问。

"在校门口。"他说完,松了一口气,好像完成了某件大事似的。

刘秀青半信半疑地来到校门口,老远就看见有一个高大的男生在向她挥手。他敞着藏青色的夹克衫,穿着宝蓝色的牛仔裤,玉树临风般地站在那儿。刘秀青眯缝着眼睛仔细看,原来是雷伊鸣。她像鸟儿一样张开翅膀向他飞过去。

"你怎么来啦?"她欢快地问。

"想你啦。"他悄悄地答。

"为什么不告诉我?"她假装生气。

"本来没有打算来的。"他故意气她。见她真的嘟起了嘴,他忙从衣袋中掏出一个物件,握在手中在她眼前晃,吸引她的眼球跟着转。她跳起来,逮住他的手,发现是一款红颜色的、小巧玲珑的手机。

"给你买的。现在哪个大学生没有手机啊？这下就方便了,我可以天天给你打电话、发信息了。"

"哪里来的钱啊？"她知道他不会向家里要这笔钱的。

"我做兼职挣的呀。"他说得很轻巧,她明白他一定也节省了一些伙食费,她清楚伙食费不够用的滋味。拿着小巧的红色手机,她高兴不起来,反而心痛起来。其实,她是能买得起手机的。打电话,发信息,看上去更快捷更方便,但刘秀青愿意选择写信这种浪漫的方式谈恋爱。写在信纸上的情话能保留一辈子,不是吗？

这以后,他们就很少写信了。有了手机后交流就依赖手机了,但她还是常常怀念那种等信的煎熬和读信的甜蜜。有空的时候,她还是会把他之前写的信拿出来,慢慢地品读,慢慢地享受。偶尔有兴致时,她还会铺开信纸,给雷伊鸣写上一两张纸的悄悄话。

"喂。"雷伊鸣天天来电话。为了给刘秀青省话费,通常都是他打过来。即使刘秀青打过去了,他也会摁掉,再打过来。

"嗯。"他们的通话基本上都是这样开头的。

"吃过了吗？"

"吃过了。"

"要吃好点啊。"

"会胖的。"

"那我就赚啦,娶回来分量足啊。"

"你不嫌弃？"

"一辈子不会嫌弃。"

"真的？"

"拉钩上吊。"

……

刘秀青不会跟他煲电话粥的,她会懂事地给他省话费。只要听到他的声音,知道他安好,她就心安了。

刘秀青开始学习针织,她买来毛线笨手笨脚地给他织围巾。等到手法娴熟了,她又给他织毛衣毛裤。她还在同寝室的李宝珍那里学到了好几种花样。织好的衣物送到邮局给他寄过去。他收到后就在电话中夸赞她的手艺,还说他的室友是如何如何嫉妒。她听了偷乐,星期天又立马给他买了新的毛线,准备再织。

每逢寒暑假,刘秀青都要去寻找妈妈。上一个寒假,雷伊鸣就陪她一起走在寻亲的路上。他陪着她顶风冒雪,走过大街小巷,访过村落山寨,搜寻各地的收容场所……历程几千里,没有半点怨言。

那时,白天一整天,他们几乎都在途中。清晨,在早点铺买几个热馒头,一边啃着就一边上路了。中午走到哪儿就在哪儿买个盒饭。有时候不方便,他们要到下午一两点钟才能吃上午饭。晚上,也是吃盒饭的时候多,或是找家面馆吃碗热面,偶尔才去小饭馆炒个小菜,要碗蛋汤。因为他们身上的钱是有限的,他们要尽可能地压缩开支。晚上,他们住进小旅馆各自的房间里,倒头便睡,沉沉的,连梦都没有一个。因为太累。

在路上,她挎着雷伊鸣的胳膊,问他:"累吗?"他开着玩笑:"苦不苦,想想长征两万五;累不累,想想革命老前辈。"

当然累,每天都在马不停蹄地奔波,怎能不累呢?如果没有雷伊鸣在身边,刘秀青不仅会感到累,也一定会感到凄苦。

他有见识,常领她在车站、码头、闹市、垃圾场等处寻找,一路上还不停地向摆摊的小贩、环卫工人和遛弯儿的老人比画打听。在这期间,他们也得到了许多信息,确认过很多形形色色的智障人士、精神病患者。

他们看到过在喧嚣的闹市口,把自己呆立成一尊孤独塑像的傻子,看到过在寂静的人行道上上演着武打戏的疯子,看到过淌着口水紧跟在女人身后吓得人家花容失色的花痴……他们也感受过这个特殊群体的不一样的情怀,见过他们自说自唱旁若无人的潇洒,见过他们隆冬时节裹一件大衣躺在水泥路上酣然大睡的豪迈,见过他们身处茫茫人海却孤立无助的凄凉……

有一天,在一个汽车站,他们看见一个面容青紫的小伙子,上身穿着几件薄衣,下身只穿一条短裤,两只脚上穿着一只黑皮鞋、一只白球鞋。他裹着一块塑料布站在走廊上瑟瑟发抖。雷伊鸣当时就要把自己的绒裤脱下来给他,被刘秀青阻止了。他已经感冒了,她不能让他倒在陪她寻亲的路上。

雷伊鸣想了想,没有坚持。他拉起她走到水果摊前,向摊主要了一块纸壳,掏出碳素笔蹲下身子伏在膝盖上涂写起来:"求捐旧衣旧裤,助人度过寒冬!"

他很快就写好了上面几个字,原来他有办法解决问题了。刘秀青表示赞同。水果摊主凑过脑袋来看雷伊鸣所写的内容,看明白了,也很赞赏眼前的小伙子有爱心,并且热情地指导他们去车站附近的菜市场,说那里人流量大,买菜的基本上就住在附近,而且老年人居多,容易得到帮助。雷伊鸣谢了他,决定暂不搭车了,拉起刘秀青就朝水果摊摊主所指的菜市场跑去。

他们在菜市场的入口处支起了求助牌,很快就吸引了众人的目光,还招惹一些人围拢来。也有的打听他俩的身份,询问他们求助的具体要求。他们耐心地给大家解释说,只要旧衣服。不大一会儿,有个满头华发的老太太就拿了几件衣服蹒跚地走了过来。她就住在菜市场对面,她抖开衣服,有一件半新的夹袄,有一条厚厚的长裤,还有一件灰色的风衣。老人说这些都是她过世的老伴的,本来是想留着做纪念的,还是把它们送给有需要的人更有意义。接到这第一批馈赠,他们很感动。

不久,更多的人送来了衣物。有男人穿的,有女人穿的,还有小孩子穿的。他们整理了四大包衣服就赶紧离开了,再多他们就没有办法弄走了。他们带着这些衣物走起来就更累,他们在菜市场附近转了转,发现了一个乞讨的老人。也不知道他是不是真正的乞丐,反正给他衣服他很乐意收了,还在他们的包裹中又选了两件。又看见一个挂着双拐的女人,在路边的垃圾桶里翻找可供卖钱的塑料瓶,他们也给了她一堆衣服,她连连表示感谢,就差给他们磕头下跪了。

送出了一些衣服,他们手上轻松了些,心里也轻松了些。

赶到车站,那个裹着塑料布的年轻人还在那儿瑟瑟发抖。他们赶紧打开包裹帮他挑选了一些衣服。雷伊鸣把衣服放在他的脚边,示意他穿上。那人漠然地看着雷伊鸣,好像听不懂他的话。有一个正在招揽客人的个体司机好心地上前帮忙,才给他穿上了。穿得暖暖的年轻人不再瑟瑟发抖,但还是抓住那块塑料布不放,给他的其他衣服,他反而不要。不管他要不要,刘秀青还是帮他整理好,码在一个方便袋中扎紧了放在他的脚旁。还有一袋没有送出去的衣服,他们交给了水果摊的摊主,托他散给需要的人。水果摊摊主很高兴地接受了,说车站经常有智障人和残疾人出现,他也乐得去做一回好人。

在那个车站,他们的行程虽然被耽误了半天,但他们都觉得这半天是这个寒假最有意义的半天。

腊月二十三,刘秀青意外地接到了二图哥刘得福打来的电话。

她一年总会给二图哥打几个电话,毕竟十三冲是她出生和生长的地方,她的根深深地扎在那里。那里有她过去的生活回忆,还有她现时的利益。农村土地承包到户,实行的是三十年不变的政策。尽管爸爸已经去世,她也上了大学,但他们的田地、山林还在。田地早已转包出去了,山林托给二图哥管理。

二图问刘秀青回不回"家"过年,说大家都盼她回去。他在电话中说:"不要担心没有去处,这里是你的娘家。一家住一天,你一个寒假还住不过来哩。"听着他的话,她自以为坚韧的那块心田顷刻间变得柔柔的、软软的,眼泪就噗噗地滚落下来。雷伊鸣扶住她抖动的双肩给她安慰。

她擦了擦泪,忍住哽咽,在电话中说:"这个春节我就不回去了,青儿在这里给大伙拜个早年。如果我四奶奶和七叔他们回家的话,请转达我对他们的问候。"

"你七叔现在已在常州买了房,一家人都成城里人了,不会回来了。"

"他们在常州买了房?你知道他们的联系方式吗?"

"我有他的电话号码,你等等啊,我报给你。"

刘秀青记下了七叔的电话号码,心里激动得不得了。常州,不就是她和雷伊鸣昨天到过的地方吗？想起七叔早年抱她的情景，想起那年春节她拜别他时，他说过"你妈妈的事，我会帮你打听的"的话，刘秀青就按捺不住想见他的念头。这么多年了，他帮我打听到我妈的下落了吗？或者他本来就知道一些有关妈妈的消息吧。刘秀青决定马上往回折，再去常州城，去见七叔刘宝，去见四奶奶。

到常州的时候，刘秀青打了七叔的手机。刘宝叫刘秀青在汽车站等，说他过来接。

见了面，刘秀青都不敢认七叔了。他胖了一圈，脸像发起的面团，眼睛就委屈地蛰藏在肉缝里，使人看了忍不住就要乐。这不，雷伊鸣一看见刘宝，就情不自禁地露出了他的小虎牙。

刘宝看见雷伊鸣显得有点意外，笨拙地向雷伊鸣伸出右手。刘秀青向七叔刘宝介绍雷伊鸣，说是她同学。刘宝应该也明白了雷伊鸣和侄女的关系，他一手握着雷伊鸣的手，另一只手就在雷伊鸣的肩膀上拍了拍，许多话就在这一拍里了。

刘宝是自己开车来的，这大大出乎了刘秀青的意料。坐进车内，刘宝一边开车，一边侃。他说，这几年在城里当包工头，手头有了些积蓄，所以就买了房、买了车。孩子们的户口也安到了城市里。

说到孩子，刘秀青想起了当年那个站在七叔腿上扑腾个不停的小妹妹——"宝宝"。问起她，刘宝说"宝宝"大名叫刘珊珊，都已经上幼儿园了。牛牛已经上二年级了。说话间，车就到了他家所在的小区。

刘宝把刘秀青和雷伊鸣领进家门时，四奶奶和珍子婶早就等得心焦火急的了。两个孩子看见了生人，拘谨了一刻，立即又打闹起来。珍子把他们赶进房间看动画片去了。

刘宝的家布置得明净亮丽，各种家电也是应有尽有。

四奶奶拉住刘秀青的手，领着她在家里转了一圈，给她介绍这介绍那的，口气中充满了自豪。待刘秀青坐在沙发上的时候，她仍然抓住刘秀青的手不放，一面端详她，一面打量雷伊鸣。珍子忙着端茶倒水，抓花生、瓜子，拿甜点果品。刘秀青发现四奶奶老多了,只是气色还很好。珍子婶也见老了,但更洋气了,穿着时髦,还烫染了头发。

四奶奶见了刘秀青,又想起侄子刘成文,她不禁撩起衣襟擦起了眼泪:"唉,成文要是知道自己的闺女这么有出息,不知有多高兴哩。这么体面的姑爷他也没能看上一眼。"显然,四奶奶认定雷伊鸣就是姑爷了。她的话让正在跟刘宝闲话的雷伊鸣不好意思起来。珍子婶不让四奶奶抹泪,说一家人好不容易见了面,该说些热闹的话题啊。四奶奶这才破涕为笑,埋怨自己老糊涂了,忙又问起刘秀青在学校里的事。

饭后,刘秀青问刘宝:"七叔,你打听到我妈妈在哪儿了吗?"刘宝抱歉地挠挠脑袋,说:"哎呀,这事我还真没给你办。一直忙,一直忙的。再说,找回来日子怎么过啊?对不住啊,有机会的话,我会去问问。"

"去哪儿问啊?"刘秀青察觉到了什么,也可能是有线索,赶紧问。

"去她老家问问呗。"

"你知道她老家啊?在哪儿啊?"

"具体的我也不知道。你妈说话是无为口音啊,她应该是无为县人啊。"

"是吗?我妈说话是无为口音吗?我怎么一点印象也没有呢?"

"那时候你才多大?能记得什么?"四奶奶插话。

"那我爸去过无为吗?他知道些什么吗?他跟你说过什么吗?"刘秀青恨不得把七叔知道的那点信息一下子全给掏出来。

"你爸爸在外面见过一张寻人启事,还揭回来一张,应该是你妈的娘家人在找她。他跟我们叨咕过。那会,我们都怂恿他别去理会,免得失去了媳妇。"

"你为什么都不问清楚?"刘秀青埋怨刘宝,"我爸把她送到哪儿了,他没告诉你吗?"

"没哩。他送你妈走时我和他正不对劲。"刘宝这时真的不好意思起来,他收敛了笑容,郑重地告诉刘秀青,"青儿,你妈的事也不能全怪我。我那时是在气头上,说了一些狠话,也没真想把你妈怎么样。谁知你爸爸就那么孬,真的把你妈送走了。这可不能全怪我。"

"我从来没有怪过你,七叔。我只是感到愧疚,感到对不住你们……"刘秀青咬住了嘴唇,努力克制着要哭的冲动。老家的习俗是忌讳别人腊月或是正月在家里哭的。珍子见状,忙邀他们嗑瓜子、吃水果。

刘秀青没有在七叔家多停留,她恨不得一下子飞到无为县去,尽快找到妈妈。四奶奶拉着她,死活不让走。直到刘秀青答应来和他们一起过年,四奶奶才放了她。

刘秀青和雷伊鸣乘坐的大巴车到达无为县城时已是深夜。汽车下了高速不久,路面上忽然闪现出一个"幽灵"。"幽灵"披散着头发,抱着双臂,一身黑漆漆的,鬼魅般突然出现在车灯里。司机忙打了方向盘,颠得乘客东倒西歪,乘客立即七嘴八舌地骂起司机来,当人们发现了灯光下的阴影,又都禁不住惊叫起来。有熟悉这里情况的乘客告诉大家,刚才的幽灵其实是个女疯子,她就在这一带晃荡。刘秀青听了马上要求下车,但司机不肯,说路上是有监控录像的,随便停车是要扣分的,只有到站才行。刘秀青只好作罢,默默地记下这段路的路标。

第二天一早,刘秀青和雷伊鸣就找到了昨晚见到女疯子的地段。这里实际上是城郊。拆拆建建的,显得很破败、很凌乱。他们在一个废弃的修车房边找到了她。

应该是她。披散着头发,一身黑漆漆的,抱着双臂矗立在房檐下,气定神闲得如闲云野鹤。刘秀青看清了她的脸,一张恐怕好几年也没有洗过的脸,黑得一塌糊涂。她要是闭上眼躺在煤堆上面,没有人能够找到她。她的一身衣服也是黑的,刘秀青猜想它们原来应该不是这个颜色。要看清楚她的五官似乎很困难,但刘秀青知道她不是妈妈,她脸的轮廓太长。

刘秀青在附近的包子店买了一袋热腾腾的包子,一只手托着,递到她眼前。她视若无睹,只是对刘秀青看过来的目光微微含着笑。刘秀青一瞧见她的眼睛,就立即被震撼了。

那是怎样的一双眼睛啊——清澈而含笑意。那么肮脏的脸上展现的笑意却是如此清爽干净,淡淡的、浅浅的,甚至让刘秀青觉得是在居高临下地俯视着她的那种笑。那是没有什么私心杂念的笑,是真正六根清净、四大皆空的笑。

面对疯女人的笑,刘秀青傻子般地呆住了,手就一直那样地举着。后来还是雷伊鸣和人说话的声音惊醒了她。雷伊鸣正和一个路过的老奶奶搭话,老奶奶手中拎着一兜菜,她叫刘秀青把包子放到地上,她说:"你给她,她是不会接的。你放下了,她会捡。"

世上竟会有行事如此怪异的人。她想维护的是怎样的一份自尊?

向买菜的老人打听眼前这个疯妇的情况,听到的是又一个心酸的故事:

她原来是很要强很精明的一个女人。婚姻是父母包办的那种,丈夫太过粗鲁,这对情感细腻的她已是不公。偏偏她丈夫又好吃喝嫖赌,一缺钱用就拿老婆撒气,经常把她打得鼻青脸肿,还公然把别的女人带回家来过夜。在经受了无数次的家暴和精神打击之后,她让自己解脱成了一个疯子。

幸福的人生是相似的,不幸的人各有各的不幸。名言哲理,放之四海而皆准。

离开黑妇(刘秀青不能叫她疯子)时,刘秀青感觉到特别冷。一半是没找到妈妈的失望,一半是悲天悯人。雷伊鸣见她抱紧了双臂,忙把围脖从颈上解下,围在刘秀青的脖上。

"雷伊鸣,希望你一辈子都是我知冷知热的爱人,你我永不相负。"此刻,刘秀青对美好婚姻、对幸福家庭的期盼尤为强烈。雷伊鸣把她拉进怀里,给了她一个紧紧的拥吻。

无为的大街小巷都贴上了他们的寻亲启事,周边的村村落落也遍是他们的足迹。但是,他们什么有用的消息也没有得到。

雷伊鸣妈妈不停地打电话催儿子回家过年。腊月二十九,雷伊鸣准备回家了。一大早他就开始不停地要求刘秀青随他一同回家。刘秀青不愿意。刘秀青觉得这样去名不正言不顺的,算什么呢?说是女朋友?他还没有和家长说呢，陡然就这样出现，他家人会不会措手不及？

"去吧。去嘛。人家说丑媳妇终归要见公婆的。何况你不丑的，担心什么呢？"他露出虎牙嬉皮笑脸，软磨硬泡。

"不去，不去。都还在读书哩，随便往男生家跑，成何体统？"刘秀青义正词严，态度坚决。

最后，他们就在长途汽车站分手了。雷伊鸣回家，刘秀青去常州四奶奶家。雷伊鸣乘的车先开，走出很远了，他还伏在车窗上向刘秀青挥手。等她看不清他了，她的泪就不受控制地长流不止。雷伊鸣真是个笨家伙，他一点都没有看出来她其实早就在犹豫了。他只要稍微再坚持一下，她肯定就跟他走了。

如果那次她跟他一道回家过年了，后来的情况又会怎样呢？……

张师傅的中巴车颠了一下，把刘秀青的思绪又拉回到了去和平村的车上。

雷伊鸣大学毕业后考上了村干，来到了锦丘市最偏远也最贫困的自然村——和平村。刘秀青心疼他，他却说："越是艰苦的地方越能锻炼人，如果我不来这里，我无论如何也想象不到还有人一年只能吃三回肉，还会有一家四口挤在一间屋子里……"刘秀青少年时期饱尝过贫穷的滋味，她一听说那些人家如何苦，就全心全意支持雷伊鸣为老百姓多做点实事，尽快帮老百姓解决贫困问题。

张师傅的中巴车走走停停，任何村口、路口都能成为他的临时停靠点。招手即停，倒是给村民带来了方便，就是速度太慢了。如果不是和雷伊鸣一道，刘秀青一定会着急。而现在，嗅着他身上特有的男性气息，占据着他为她营造的独特空间，她觉得这样拖延着时间也是一种享受。

车行半个多小时后，他们下了车。雷伊鸣指着200米外的枫杨林叫刘秀青看，枫杨树旁一个四合院式的褐红色院落，就是他工作的村部。

3

　　大新镇和平村村部的院内有三栋房子，中间坐北朝南的一栋平房是村干部的办公室和会议室，西边一栋老房子是卫生院，东边的一排小房子是食堂、图书室和炊事员的宿舍。南门用围墙围了，围墙正中留有一扇宽阔的门，两扇大铁栅栏门敞开着。"和平村村民委员会""和平村党群服务中心"两块牌子分挂在铁门两边的门柱上。雷伊鸣因为是市里来的大学生村干，村委特意腾出一间办公室做他的宿舍。

　　刘秀青来雷伊鸣的村部正是周末，没见到其他村领导，倒是看见卫生院门口的树荫下支了一张小桌，四个人坐在桌边打掼蛋，旁边还站着两个观看的。他们见了雷伊鸣便甩了牌一哄而散，没散掉的有三人，雷伊鸣指着其中一个精瘦的小老头给刘秀青介绍："这个是卫生院的陈医生。"又指着一位少妇说，"这是村部炊事员董栀子。"一位四十岁左右的男人抢着自我介绍："我叫苗大饱，不是'宝贝'的'宝'，是'吃饱了不饿'的'饱'。"这人名字好特别，刘秀青不由得多看了他两眼，他长相不赖，但脸色青灰，一副营养不良的样子。

　　陈医生对刘秀青说："你就叫他小手好了。我们都这么叫他。"

　　苗大饱显然对陈医生的玩笑话不乐意了，他立即变了脸色呛道："小手怎么啦？俗话说大手抓土，小手抓福。"

　　刘秀青这才注意到苗大饱的一只手一直揣在衣袋中，看样子是有点异样。雷伊鸣说:"苗大饱,你有空在这儿打牌,不能去找点小工做做?"

"你给我找嘛!你找了我做。"苗大饱嬉皮笑脸。见雷伊鸣不给他笑脸,他无趣地挠挠脑袋,也离开了村委会院子。

雷伊鸣把刘秀青带进他宿舍,便去食堂走廊边的井中打来一盆清水让刘秀青擦把汗。刘秀青手一伸进水中忍不住惊叫了一声:"哎呀,好凉!"水,冰凉冰凉的,就像她十三冲家门口竹溪的水。

"好凉快,你也来洗洗。"刘秀青招呼雷伊鸣。他笑着走过来,学刘秀青的样把手浸在盆中。四只手浸在凉水中,眼睛看着眼睛,呼吸撞着呼吸。他突然就伸出手一把将刘秀青揽入怀中,刘秀青的心禁不住怦怦乱跳。感受他浅浅的胡子的摩挲,听到他心脏有力的撞击,刘秀青羞赧地把头埋进他宽大的怀中,心里像喝了米酒一样又甜又糯。许久,刘秀青从他怀中抬起头,瞧见他脸色绯红,目光闪闪发亮,欲避还迎。刘秀青闭上眼睛,抬起下巴,迎上他的唇。

"嘭、嘭!"有人敲门,俩人赶紧分开。门已经被拧开了,相拥的一幕还是被人看见了。探进头来的是个二十岁左右的女孩,大眼睛,厚嘴唇,挺漂亮的。她看见刘秀青,灿烂的笑容瞬间凝固,显出很意外的样子。刘秀青正准备跟她打招呼,她却扔下一本书,扭头就跑了。刘秀青把疑惑的目光投向雷伊鸣,他挠挠后脑勺,说:"附近村的,来还书的。"

"当我是傻子?她的神情我还看不出是怎么回事?"刘秀青拿起那女孩刚刚丢下的书看了眼,居然是刘秀青送他的《荆棘鸟》,一下子气满心胸,"我当宝贝一样的书,你竟然借给其他的女人看!"刘秀青恼了,朝雷伊鸣发火。刘秀青明白自己是在吃醋。

"人家要借,我能说不借吗?"雷伊鸣解释道。

"为什么要朝你借?你说过村部有图书室的,她为什么跑进你的宿舍来?"刘秀青不依不饶。

"人家要来,我有什么办法?"

"你就不应该让她进。就算借书你也不能把我送你的书借给她。借书是不是幌子？是不是想借机谈情说爱呀？"

"你怎么这样不讲理？不就是借一本书吗？"

刘秀青也知道自己在瞎闹，但她就是不快活，就是想闹："我就不讲理了。赶明儿个，我把你送的手机借给哪个男生。"

"手机你不稀罕就还给我！"雷伊鸣也生气了。"你还好意思生气？你凭什么生气？"——刘秀青气得嘤嘤地哭。

俩人先是拌嘴，然后是相互不理睬。最后还是雷伊鸣来哄刘秀青，他向她做了深刻的检讨，做了严肃的保证。刘秀青这才破涕为笑。小情侣恼一阵很快就又和好了。

村部的晚饭比村民们吃得早。吃过饭，雷伊鸣牵着刘秀青的手带她去村道上散步。

此时，太阳已经落到了西边山冈上，它已没有了先前的威烈，呈现出柔和的橘红色。几抹云霞随意地涂抹在它的身边，更显得它的硕大。田野里，黄澄澄的早稻已渐成熟，俱已垂下沉甸甸的脑袋。绿油油的中稻秧正在分蘖拔节，全都洋溢着旺盛的生机。黄与绿夹杂着，鲜丽而不妖艳。被绿色包裹着的村庄，远远地看去，犹如一个个浮在海洋中的岛屿。岛屿上有炊烟在袅袅升腾。绿荫上有归巢的小鸟，有的正扑腾着翅膀飞向它安巢的枝丫，有的已站在枝头悦耳地啁啾。河道旁，有几头水牛甩着尾巴悠闲自在地吃着青草，两只白鹭守候在一旁，等待寻找牛虻的机会。稻田上空，竟有成千上万的蜻蜓在集会飞旋，场面蔚为壮观。它们是在举行集体婚礼，是在开大型派对，还是像城里的大妈、奶奶，黄昏时聚集在一起跳广场舞？

"好美！"刘秀青赞叹。雷伊鸣说："美是美，可惜还没有产生经济效益。我正在想法子，如何让这片土地生产出金子来，让穷困中的孩子不再受你少年时所受的苦，让生病的乡亲不再担心付不起医药费，让因贫困而打光棍儿的男人早日脱单……让这里的老百姓都过上好日子。"刘秀青向他投去赞赏的目光。

雷伊鸣和刘秀青手牵着手继续漫步在田间小路上，一边说着话，一边欣赏周边的景致。不远处有池塘,荷叶田田,洁白的荷花在晚风中轻轻摇摆着亭亭的身姿。刘秀青欢悦起来,一定要过去嗅一嗅它们的清香。

还没有走到荷塘边却发现了一个身影——白天来雷伊鸣处还书的女孩子。她坐在塘埂上,托腮凝眸,把自己坐成了一尊塑像。晚霞给她打上淡淡的金黄色背影,傍晚的光线勾勒出她绝美的侧面的脸部轮廓,像极了刘秀青在某本杂志封面上看过的美女油画。

佳景、美人,浑然天成的意境,使刘秀青忍不住在心里暗暗赞美了一番。偷眼去看雷伊鸣,他自然也被她的倩影所吸引。刘秀青一见他那傻样就又来气了,在他的脚上轻轻地跺了一下,扭头而归。他甩了两下被踩疼的脚,慌忙追上去解释,说自己是被和平村浑然天成的美景所吸引,他正在想可不可以利用这里的天然资源来做旅游开发。

晚上,雷伊鸣安排刘秀青和炊事员董栀子同宿。

董栀子三十来岁,刘秀青听雷伊鸣说,她离婚后无处可去,被怜香惜玉的和平村村委会主任老聂安排在村部烧饭。平常她给大家烧饭,饭菜钱大家自己掏,她的工资由村委会从不多的办公经费里挤。照理说村部也不应该留炊事员了,但董栀子被安排到村部烧饭属于历史遗留问题。

董栀子不算是漂亮女人,皮肤有点黑,下巴有点短,但眼睛很大,顾盼溢情,言行举止都显得风情万种。雷伊鸣把刘秀青送到她的房间离开后,她打趣地悄声问刘秀青:"你们俩,不同居?"

刘秀青被她闹了个大红脸,心里虽然不高兴,还是很有礼貌地回答她:"我们才谈朋友,离结婚还远,哪能同居?"

"我听人家说,现在的女大学生都很开放,大都已不是处女了,原来也不可信啊。"

这种鬼话也有人说?刘秀青很想反驳她,但出于礼貌没有开口。

"小刘啊,姐可得提醒你呀。雷同志是个香饽饽,你不用点心,小心被别人抢了。"她插上电蚊香,和刘秀青一同坐到竹席上。

她的话勾起了刘秀青的兴趣,刘秀青假意说:"他有什么好?除了我,谁能看上他!"

"你这话说得就不对了。雷同志来到我们这儿,又是搞政务公开,又是搞科技兴农,还想把我们这里搞成什么中心,搞得风生水起的,很受上面重视的。我们村委会主任老聂都说了,这里的小庙终究供不起他那个大菩萨,他迟早要高升的。"

"那又能怎样?"听她讲了这些,刘秀青心里美滋滋的,却假装不在意。

"现在好男人少啊,而女孩子又都大方。人说:男追女隔座山,女追男隔层纱。"她好像话中有话了。

"你说的我知道,我今天看见一个女孩子来雷伊鸣这还书。"

"姚玲玲今天又来了?"原来她叫姚玲玲呀——刘秀青心里暗自思忖。

"嗯。她天天来吗?"刘秀青试探着消息。

"也不是天天来。她在外面上大学哩,放假了,倒是三天两头地往这儿跑。我们都知道雷同志看不上她的,是她剃头挑子一头热。"

董栀子再说些什么刘秀青已经无心搭理了,刘秀青心里隐隐有了些担忧。第二天早晨见到雷伊鸣时,为了不惹他生气,不重蹈昨天闹别扭的覆辙,从董栀子那儿听到的有关姚玲玲的话刘秀青一字不提。

雷伊鸣的情绪极好,为了招待刘秀青这个远方来客,他兴致勃勃地要带刘秀青去游大王洞。

大王洞景区离顺南镇二十多公里,是这附近有名的景点。去大王洞,他们还是要到大新镇乘车点换乘车。面馆老板夫妇竟然还能记得他俩,看见他们远远地就打招呼。老板娘王来根身边站着一个酷似潘老板的八九岁的男孩子,正在专心致志地玩着玻璃球。他大概就是面馆老板的儿子吧?雷伊鸣去他们的水果摊买了几斤水果路上吃,老板娘称好后,又拣了一个又红又大的苹果塞进刘秀青的食品袋中。

到了大王洞景区已是上午10点多。车子不能直接到达洞口,停车场在半山腰上。需要爬上山冈,再下到沟谷才能看到大王洞的洞口。

太阳正炽热,一阵一阵地向地面喷涌火浪,路旁的树叶都开始打卷了,知了藏在绿荫深处烦躁地鸣个不停。天热得实在让人受不了。爬上半山腰,刘秀青已是气喘如牛,汗如雨下。雷伊鸣帮刘秀青撑着遮阳伞,另一只手拎着零食、水果和矿泉水。

刘秀青勾着腰在山道上喘气的时候,雷伊鸣突然把伞塞到刘秀青手中,快步向山上跑去。跑到一个拐弯的平坦区,他放下手中的物件,又咻溜溜跑下来。来到刘秀青身边,他蹲下身子,猛地背起刘秀青。刘秀青吓了一跳,又不敢挣扎,生怕俩人会一起滚下山涧去。

他背着刘秀青,躬着身子朝山上爬去,也是气喘吁吁的,像拉风箱似的。等到把刘秀青背到存放物品的拐弯处,他差点累趴了。他放下刘秀青,一屁股坐到地上,大口地喘气。他的橘黄色棉布短袖衫全都湿透贴在身上了。刘秀青赶紧拿出手帕为他擦汗、扇风,又拧开矿泉水的瓶盖给他喂水。做着这些的时候,刘秀青嘴里也没有停着,不住地怨他逞能,骂他太傻。听着刘秀青的唠叨,他一副很享受的样子。

大王洞的洞口前有一道山涧,涧水清澈湍急,翻着白浪匐匐下泻。刘秀青站在拱桥上,望着涧水,感到头晕目眩。雷伊鸣搀扶刘秀青慢慢过去,又给刘秀青拍照留念。

大王洞门口,一个男导游扛了一杆小蓝旗,正在给围在他身边的十几个游客讲故事,他绘声绘色地讲道:"后汉时期的'忠佑大王'刘承钧率军与宋太祖赵匡胤对战。彼时后汉已江河日下,气势日衰。'忠佑大王'所率大军渐渐不敌宋军,节节败退之时陷入了这个四面环山的绝境。'忠佑大王'的十万大军眼看就要被宋军围歼,死无葬身之地。就在这万分危急的关头,突然,附近林家祠堂门口的一条白犬,蓦地四脚腾空而起,顿时狂风大作,天昏地暗,大雨倾盆,雷电交加。只见白犬在半空中化作一条白色巨龙,一头向大王山撞去,轰的一声巨响,迸出满天火花,一道白光穿山呼啸而去,在大王山下留下了一个巨大的岩洞。'忠佑大王'绝处逢生,喜出望外,赶紧领兵进洞避险。宋兵冒雨追击,迟迟赶到,不见汉军十万兵马的踪影,只见洞口仙气悠悠,洞中险关重重,凶险莫测,不敢贸然前行。汉军十万人马得以保全,众生得以免受涂炭。后人为了纪念此洞的好生之德,取名为'大王洞'。"

其实大王洞就是一个大溶洞,喀斯特地貌中常见的那一种。洞口很大,有半个篮球场大小。洞内凉悠悠的,他俩翻山越岭而出的汗,进了洞口,立马收干。洞很深,弯弯曲曲的。有时有溪水相伴,蜿蜒曲折,洞内便也有了桥。五彩的霓虹灯光幻化出一片奇妙的仙境,置身洞中,恍如与世隔绝。刘秀青想跟上导游,听更多的故事。雷伊鸣不愿意走马观花,他要慢慢走,细细看。刘秀青想想也是,俩人便和一群人拉开了距离。

洞壁上的钟乳石,呈现出奇形怪状,有的像大象吸水,有的像神龟探首,有的似樵夫砍柴,有的似天女散花……各种形象,形态逼真,让刘秀青惊叹不已,流连忘返。有一处钟乳石呈现出观音菩萨的模样,惟妙惟肖,石像旁的石壁上书写着"送子观音"的字样。雷伊鸣让刘秀青站在"观音"身边,要给刘秀青拍照。闪光灯亮毕,他附耳轻问:"观音菩萨送给你什么啊?"刘秀青捶他,他嬉笑着远逃。

出得洞来,俩人到洞口对面半山腰的凉亭里休息。雷伊鸣问刘秀青:"如果有一天,我仕途不如意了,我就学陶渊明归隐山林,你愿意和我一起来这里隐居吗?我们就把家安在这个洞里。"他指指下面的大王洞,继续说,"这里多好,日晒不着,雨淋不着。你在溪水中浣衣洗菜,我陪在你身边垂钩钓鱼。山上有吃不完的山肴野蔌,连饭钱都能省了。生一群孩子,就把他们放在洞内玩耍……"

刘秀青听着听着,怎么感觉大王洞成了水帘洞了。在他的遐想中,刘秀青不是已经成了一只母猴?

"要不要也像杨过和小龙女那样再练一身武功?"刘秀青打断他的喋喋不休。刘秀青本来想说孙悟空的,但感觉到一群猴子叽叽喳喳的太闹腾,没有杨过和小龙女相亲相爱的画面浪漫可爱。他做沉思状,想了想,说:"还是有必要练身武功的。坏人和野兽还是需要对付的,我不能让娘子被山兽掳了去……"刘秀青把削好的苹果一下子塞进了他的嘴巴里,堵上了他的嘴。

"你就那么喜欢做官?"刘秀青抬眼看着雷伊鸣问。

"为官一任,造福一方,如果没有权力,我怎么去造福一方? 这几年我算明白了一个道理,一个人吧,只有格局大了,舞台才会越大,潜能才能充分发挥。只有去服务人民,生命才更有价值。我有一个想法,你看吧,现在城里人想往农村跑,能不能把和平村闲置的房子出租给城里人度假? 我们国家现在已经步入老龄化社会了,老年人的养老是不是一大社会问题? 我就想把和平村打造成一个'颐养托老中心',这样一来和平村的婶子、嫂嫂就不需要外出打工了,她们在家既能照顾自己的老人和孩子,又能照顾别人的老人挣工资。"

"你呀,一天到晚想的都是和平村。"刘秀青假意嗔怪地剜了他一眼。

"你不在我身边我就想你呀。"

刘秀青又剜了他一眼,羞怯中带着满意。她转而又问:"那如果有一天,你仕途真不如意了,真要学陶渊明归隐山林?"

"傻呀你?"雷伊鸣弯起食指刮了一下刘秀青的鼻子,"我是那么容易屈服的吗? 你身上坚韧不拔的那股劲就是我喜欢的呀!"刘秀青抓住了雷伊鸣的一只手,俩人的手紧紧地握在一起,两双眼睛久久地对视着。

下山的时候,他俩不想随在其他游客的身后。他们看见山下停车场的位子,决定另辟蹊径自闯一条下山的路。起先山上有羊肠小道,似乎是通向下面的停车场的,但走着走着,路就没了,遍地荆棘,比刘秀青初中时翻越的茂妹山要难走得多。好在此时身边有雷伊鸣,他在前面勇敢地探路,刘秀青在后面小心地避让两旁的竹枝和刺蔓。一路上,虽然脚下磕磕绊绊,手脚还有多处被荆棘划破,他们依然说说笑笑,非常开心。只要相爱的人在一起,即使是自讨苦吃也心甘情愿;即使是荆棘丛生,也觉得趣味横生。

他们到停车场的时候,其他旅客早已到了。车子没有开,是在等他们。在其他游客的眼中,他俩一定显得太二了。

4

　　王娟一天十来个电话,不断地催刘秀青赶紧去 Y 市。
　　王娟在那儿的一家辅导中心给刘秀青找了份家教的工作。暑期辅导班开课已经两天,王娟除了上她自己的物理辅导课,还给刘秀青顶了两天的语文辅导课。她在电话中说,语文不是她的专长,如果是英语课的话,她还能继续顶两天,所以刘秀青得赶快过去救场。刘秀青在电话中"责问"她是英国人还是中国人。问得她无言以对,刘秀青咯咯大笑,趁机又在雷伊鸣身边多赖了一天。
　　刘秀青来到 Y 市,找到王娟所讲的新苑小区的时候,已是下午四点多。小区的大铁门紧锁着,保安不让刘秀青进去,因为刘秀青报不出那户的门牌号码。打王娟的手机,竟然是关机状态。再打,还是关机状态。刘秀青猜想王娟此时一定是在上课,只有站在小区大门外等。
　　保安是个中年男人,为人很和善。外面太热,他邀请刘秀青进门卫室凉快凉快。刘秀青谢了他的好意,站在门房的阴凉处等。保安给刘秀青端了一条板凳,告诉刘秀青里面有好几家辅导班,下午 5 点钟基本上就会下课的。
　　和保安东拉西扯地闲聊着,打发了一段难挨的时光。5 点钟以后,小区的主干道上便有了背着书包往外走的学生。刘秀青立即拨打了王娟的手机。这回,手机通了。王娟报了一组数字叫刘秀青在小区大门的电子锁上摁下。刘秀青照着做了,电子锁的对讲机里立即传来了王娟的声音:"门已经开了,快进来吧。我在五号楼楼下等你。"

沿着小区的主干道往里走,迎面碰到的学生更多了。有一个男孩给刘秀青留下了特别深刻的印象。男孩跟在一个高大的中年男人身后,俩人模样极其相似,显然是一对父子。爸爸背着书包,闷头闷脑地走在前面,和后面的孩子拉开了一段距离,神情冷漠得好像身后的孩子和他毫无关系。男孩十一二岁,空着手走在后面。他边走边玩,踢踏着树叶,拽扯着枝条,对周围的人和事置若罔闻。父子俩都沉浸在自己的世界里。刘秀青很想叫停那位爸爸,让他牵上孩子的手,一路聊着回家,但刘秀青明白,她的唐突之举一定会遭到他俩的白眼。而且刘秀青也没有时间慢慢解释这样做的必要,王娟还在五号楼下等她哩。

半年不见,王娟似乎更瘦了,碎花连衣裙穿在她身上,就像套在树干上,毫无婀娜之美感。刘秀青想逗逗她,故意从她面前走过去不吭声。王娟虽然戴着眼镜,但眼神依然不济,刘秀青走过她面前了,她愣是没看见。

不好玩了,刘秀青还是折回身把脸伸到王娟的鼻子底下。"刘秀青!"王娟终于看到刘秀青了。她在刘秀青身上拍了一掌,喜笑颜开:"鬼丫头,到现在才来,累死我了。"

"还没让你两肋插刀哩,出点小蛮力就叫苦,什么姐儿们啊?"

"不跟你说了,带你上去看看吧,认个路。"她说着就拉着刘秀青到了五号楼门口,教刘秀青摁密码。进了电梯间,她摁了26层。几秒钟后她俩就来到了26层的"英才教育中心"。王娟介绍她跟教育中心的张校长认识,刘秀青以为会是个退休的老伯伯,谁知只是个二十来岁的年轻人,其貌不扬的,人也显得很木讷,不像是个头脑灵活的生意人,大概从学校毕业后就自己创业了吧。

王娟好像和张校长很熟悉,相处挺随便的。也不奇怪,她已经在这工作好几天了,当然已经混熟了。这家教育中心开展的是一对一的辅导。房子被隔成一个个的小间,每间房内都只有一桌、两椅、一板、一擦而已。在教育中心随便看了看,王娟就带刘秀青出去吃饭,说是为她接风洗尘。吃了饭,王娟把刘秀青安排在"英才教育中心"附近的一家小旅馆里住下。

"你不在这儿住吗?"刘秀青原以为她们会住在一起的,没料到王娟安排好她,就准备走了。

"我、我,就不住这了。"王娟脸红了,说话也支支吾吾的。

"你到哪儿住?你可不能重色轻友啊。"刘秀青拿王娟开玩笑,没想到王娟的脸红得更厉害了,连脖子都红了。刘秀青感觉到了异样,反而不好再拿她开涮了。王娟敷衍了刘秀青几句,还是走了。

刘秀青准备就寝的时候,雷伊鸣来电话了:"喂。"

"嗯。"她习惯地接了腔。

"吃过了吗?"他又问。

"要吃好点啊。"她抢着把他后面要说的话先说了。他哈哈大笑,刘秀青似乎都能看见他露出的小虎牙了。"真聪明,越来越聪明了。"他开着玩笑。刘秀青不想跟他开玩笑,她有重要的话要对他说。她清了清嗓子,变得严肃起来:"告诉我,姚玲玲又去你那借书了吗?"

"没有。"

"没说假话?"

"真话。我保证。"

"人家要是再去你那借书,你怎么做?"

"我就说我老婆不允许你来借书,你去图书馆借吧。"他油嘴滑舌。

"不许笑,老实点。你不能把书全部藏起来,就说没有了吗?"

"那人家就不会借别的东西吗?"

"你!"刘秀青生气了,不说话。雷伊鸣"喂"了好多声,她就是不说话。

"好了,好了。逗你玩哩。她再来,我面带寒冰,据她于千里之外,她也就不会再来了。这样行吗,书记大人?"他细声软语,刘秀青扑哧乐了。

姚玲玲的出现和存在,让刘秀青隐隐不安。虽然她在和平村村部的那几天没有看见姚玲玲再来,但心里依然害怕她会去纠缠雷伊鸣。刘秀青和雷伊鸣恋爱以来,还从来没有想过会有什么姚玲玲、王玲玲之类的人物出现。她一厢情愿地以为,他是她的唯一,她也是他的唯一。因为姚玲玲的出现,刘秀青变得敏感了、理智了。她决定要好好经营自己的爱情,好好经营她以后的婚姻。她要建造一个安稳和乐的家,绝不给别人以插足的机会。

她和雷伊鸣通了很长时间的电话,睡意全无,干脆再去备课。她要辅导的这个学生,是六年级毕业将要升入初中的。她没有正式上课的经验,得多准备一下。

在她再次准备睡觉的时候,门外却响起了敲门声。她的第一感觉就是,雷伊鸣来了。

早上刘秀青走时,他要送她的,她没让。他是要给我个惊喜吗?——刘秀青抑制不住心跳,疾步趋到门边。站在门边,她抚一抚怦怦乱跳的心口,调整了一番呼吸,轻轻拧开门锁,猛地一拉门。门外的人确实把她吓了一跳,但来的不是雷伊鸣,而是王娟。

"你怎么来了?"半是失望,半是惊喜。

"我还是来陪你吧。"王娟说。

"太好啦。"刘秀青立即吊上她的膀子,把她拉到了床上。

她们的友谊就是从被窝中开始的。那年,住在高中宿舍里,晚上刘秀青睡梦中被王娟的哭声扰醒,于是两个同病相怜的人挤到一张床上互叙内心的伤痛,互倒生活的苦水。在以后的日子里,她们相互扶持相互鼓励,结下了真诚的姐妹情谊。

"这些年来,你还在找你妈妈吗?"王娟关切地问刘秀青。

"是啊,一直都在找。"于是,刘秀青把自己这几年的寻母经历一一向她道来,包括和雷伊鸣一同寻找妈妈的事。刘秀青很喜欢提到雷伊鸣,她不想把他作为埋藏在心里的小秘密。因为那份涌泉般的甜蜜无法抑制,而且她也希望有人和她分享自己的幸福。王娟还是那样,她不想探究别人的隐私。刘秀青和雷伊鸣的事她不喜欢探听。

"难道一点消息都没有吗?"她问刘秀青妈妈的事。

"有难度啊。不知道姓名,不知道年龄,不知道相貌。即使找着了,我怕也认不出啊。"

"我们可以发动大家去找啊。我来发微博,发朋友圈,你提供大致的情况。发现有可能的人,再去做 DNA 鉴定啊。"

"好啊。"虽然刘秀青没有多大的信心,但还是和王娟一起上了微博和微信朋友圈,各自发了几条寻亲的信息。

王娟关上她的笔记本电脑,习惯性地推了推鼻梁上的眼镜,缓缓地对刘秀青说:"今年正月,我见到我妈了。"

"真的?"刘秀青立即摇起她的胳膊,惊喜不已,"她回家了?"

王娟摇摇头:"我在我大姨家见着她的。"王娟缓缓地讲起那次她们母女相见的经过:

正月初二,王娟正在家中陪爸爸看电视,家中的座机电话响了。爸爸去接,电话那头却没有声音,随后就挂了。爸爸一看是个陌生号码,也就懒得搭理了。爸爸坐下不久,电话又响了。

"王娟,是不是找你的?"爸爸猜想应该是王娟的同学,而且还应该是个男同学。要不,怎么听见他的声音对方就吓得挂了电话呢?

王娟起身去接电话:"喂,你好。你找谁呀?"

"是娟子吗?"果然是找王娟的,但不是男同学,而是她久违了的大姨。

"娟啊,大姨想你啦,你能来我这儿看看吗?"大姨的口吻是试探性的。王娟支支吾吾。说实话,王娟不想去大姨家。倒不是她对大姨有什么成见,而是因为妈妈。她不能原谅妈妈对家庭的背叛,连带着不想见妈妈家所有的亲戚。

"娟啊,大姨还有话跟你说,你可一定要来一趟。大姨腿有关节炎,这几天天寒,疼得厉害,要不我就过去看你了。你可得来啊,明天就来吧,我在家等你啊。"大姨这时的口吻有点急切,她没等王娟答应或是推辞就匆匆地挂了电话。

本来父女俩在看《春节七天乐》哩,心情挺愉快的,一个电话扰乱了王娟宁静的心绪,烦恼挥之不去。看电视时,王娟便有些心不在焉的。爸爸以为猜中了王娟的秘密,假装不经意地问道:"同学找你有事?"

"嗯。"王娟含含糊糊地应着。

"你都上大学了,要是有合适的男生吧,谈谈也未尝不可,总不能让你变成剩女吧?怎么样,带回来让我看看?"

"不是,是女同学。她们约我明天出去玩哩。"

王娟爸爸将信将疑:"那就去呀。"

当王娟踏进大姨家门的时候,除了大姨,另一个熟悉的身影也一并落入了她的眼帘。那人疾步过来,一把抱住比自己高出一头的王娟,嘤嘤地哭了。

王娟无动于衷,不动弹,也不言语。她应该抽身而逃的,但两腿没有听从大脑的指挥。

"娟啊,妈想死你了。呜呜呜……我女儿这几年受苦了,妈对不住你啊。呜呜呜……"妈妈边哭边说。

大姨也在一旁抹泪,她一边劝慰一边把俩人拉到沙发上坐下。妈妈紧抓着王娟冰凉的手,把它焐在自己的手间。她泪眼蒙眬地端详着自己牵肠挂肚的女儿。王娟瞟了妈一眼,是自己记忆中熟悉的那个面庞,但面容比以前苍老、憔悴多了,眉宇间凝聚着忧郁和悲苦。王娟的心软了,鼻子开始发酸。她低着头,任凭妈妈抚摸着,只是没有了要扑进她怀抱的欲望。

"妈那时是没有法子。娟啊,那时你小,你不懂的。你爸他一打我就往死里打……"妈妈又开始擦泪,哽咽难语。

"那个畜生要不是那样作践我,我怎么会忍心丢下你?

"这几年,我想你。一想起你我就百爪挠心。好多次我去你学校门口看你,躲在树后哭成了泪人。我不敢让你知道,怕你爸爸晓得了,又来打……"

王娟的泪再也抑制不住了,决堤般奔涌。她怎么知道,她孤独失落地背着书包走出校门的时候,有一双泪眼在给她输送着浓浓的母爱!

"妈!"王娟终于喊了声"妈"。这一声"妈"在心中憋了多久啊。母女俩抱头痛哭。

王娟妈在超市打工那会儿,王娟还在上小学。那时有一个给超市送货的师傅待王娟妈很好。经常遭受丈夫打骂的她,从那个男人那得到了温暖,龟裂的心田得到了滋润,她便不顾一切地奔向那股温暖,哪怕是飞蛾扑火她也顾不了了。她和那男人不正常的关系很快被王娟爸爸发觉了,招来的是更加恶毒的打骂。不堪忍受丈夫的冷漠和粗暴,她便和送货师傅一起私奔了,躲到别的城市租房同居。后来她才知道那个送货师傅乡下有原配和孩子。送货师傅也还要顾及妻儿的,于是俩人便常常争吵。那一点"温暖"便渐过渐淡,以至了无痕迹。现在王娟的妈已经和那个送货师傅分开了,又回到了她熟悉的城市,偷偷住在了王娟的大姨家。

王娟向刘秀青述说这些的时候已是泣不成声。看得出,王娟对她妈妈是爱恨交加,怜惜多于怨恨。

"那么,劝你妈回家吧。你爸爸现在不是不酗酒了吗?他也不会再动粗了吧?"刘秀青小心地试探着问。

"我当然希望她能够回家啊。毕竟他们一个是我的亲生父亲,一个是我的亲生母亲。我也想有一个完整的家呀。可是,我爸爸心里能过得去那道坎吗?"王娟用纸巾慢慢地擦拭着眼睛和鼻子。

"你做做他工作啊。只要有爱在,什么问题都好解决呀。"

"我是想试试的。"

刘秀青拍拍王娟的肩膀,表示一切都会好的。有爱在,一切都会变好的。

王娟这天晚上在旅馆陪刘秀青。夜深了,该休息了,但是熄了灯,王娟辗转反侧,刘秀青也是久久不能成眠。

后来,刘秀青就看见自己和王娟坐在小区广场边的紫藤萝下。紫藤萝花小帆似的挤挤挨挨的,开得如火如荼。王娟不知和她说些什么,一张小脸笑得比紫藤萝花还灿烂。隐约是说:为了让妈回家,她向爸爸苦求。爸爸又喝了一顿酒,酒后他抱头久久沉思。不久,他就主动上门去了大姨家接回了王娟的妈。现在他们一家和和美美,其乐融融。

一会儿,她又看见阳光明媚的街道上,王娟一手挎着爸爸的手,一手揽着妈妈的腰,一家人有说有笑地朝远处走去,渐行渐远,但笑声还能听得见。

"这多好,生活本来就应该是这样。"刘秀青翻了个身,喃喃呓语着。

5

刘秀青辅导的那个学生，竟然是她初来时，在小区林荫道上碰见的给她留下深刻印象的那个小男生，那个跟在闷头闷脑的父亲身后自顾自地玩着的孩子。

这天是他妈妈送他来的。

他叫赵子兵。这是一个看上去只有十一二岁的男孩子，瘦巴巴的，头发干枯稀少，眼睛却是亮亮的，透露出他的机敏聪慧。不过，他手脚不停地划拉着，一看，就知道他是个注意力很难集中的孩子。

他妈妈见了刘秀青，说起孩子，唠唠叨叨的，似有一肚子苦水倒不完。说他是个"害货"，"笨得要命"，"烦死人"，是"前世的罪报"……不经意中她还告诉刘秀青，在这个辅导中心，才上了几天课，他已换了好几个老师。不是他挑老师，是老师不愿带他。

刘秀青替孩子难过，在妈妈的心目中，儿子怎么会如此不堪？再瞧瞧孩子，他正在专心致志地啃咬着自己的指甲，对妈妈的话似乎充耳不闻。也许，稚嫩的心包早就长出了一层自卫的老茧，或者他已把自己变成了一只不怕开水烫的死猪。

待他妈妈走后，刘秀青蹲下身子，捉住了他忙个不停的小手，仰头看着他的眼睛："赵子兵，老师知道你不是坏孩子。你想要好的，老师信任你，也喜欢你。"

听到她的话,孩子的脸红了,他羞涩地避开了她的目光,还试着挣脱她的手。"好吧,我们开始上课吧。"刘秀青松开了他的手,站起身,翻开了课本。他是提前上初一的课本。

刘秀青让他把课文读给她听。他先是不肯,咬着指甲低着头,扭扭捏捏的。刘秀青温言哄劝,他才吭吭哧哧、断断续续地把一篇课文"扯"完了。之所以说是"扯",是因为他的行为实在谈不上是"朗读"。读课文对他来说,是个出力气的活。一个字一个字地从课本上"扯"到喉咙间,磕磕绊绊的,断句不对,读错得也多。读完课文,他的鼻尖上渗出了一层细密的汗珠,刘秀青也憋得喘气不匀。

要想提高语文成绩,还得喜欢语文才行啊。喜欢语文就应该从读书开始,这是刘秀青的经验之谈。刘秀青转到赵子兵身后,俯下身子,和他合看一本书。她示范着读一句,让他跟着读。赵子兵不好意思,他知道自己刚才读得太糟糕了。

刘秀青不勉强他。为了提起他朗读的兴趣,她开始示范读。用不同的方式,反复地读着其中的一段。

刘秀青用朗诵的方式读了一遍,他坐正了身子,很认真地听着。

刘秀青用《新闻联播》播音的方式又读了一遍,他眨巴眨巴眼,觉得很新奇。

刘秀青又用电影演员说台词的方式演读了一遍,故意把语气说得很夸张。他笑了。这是刘秀青第一次看见他笑。她借机大侃特侃了一顿读书的妙处,读书的快乐。

刘秀青再带读的时候,他就不再扭捏,很听话、很认真地跟着读。她悄悄地打开手机的录音键,给他录音。

给他放录音的时候,他兴奋得手舞足蹈。刘秀青把他读得好的地方,反复地放给他听,夸赞他读得字正腔圆,夸赞他音色很美,说不定哪天就能当少儿节目的主持人。他眼睛发亮,小酒窝在脸颊上一跳一跳的。

这一节课,他们都很开心。

刘秀青在"英才教育中心"每天有一节课,每节课2小时,每节课的收入是100元。刘秀青是每天下午有课,王娟是上午有课。王娟只陪刘秀青住了一夜,后来又不知道住哪儿了。因此,她们虽然近在咫尺,反而极少能见面了。

王娟发出去的寻亲信息,很快有了回应。这天早上,王娟打电话告诉刘秀青,有人发信息给她,说是在国道某某段,有一个智障人士,她让刘秀青去看看。

刘秀青接到王娟的电话,就匆忙打了个车,去了她说的某某路段。

刘秀青走了很长一段路,也没有发现和她妈妈年龄相仿的人,便向附近的村落走去。

刘秀青走到一个村口的时候,发现那里围着几个人。有的手里拿着干活的工具,有的还捧着个饭碗,更多的是抱着手臂看热闹。刘秀青也挤了过去,只见围在大家中间的是一个七十多岁的老头。他身板结实,穿得也干净得体。花白的寸发,光洁红润的脸面,只有浅浅的花白胡楂。他站在人群中间,茫然地看着大家,手足无措。

刘秀青向村民打听情况,他们七嘴八舌地说开了:

"这个老头太奇怪了,站在这里一直就不走。"

"我们起先以为他想偷东西,后来发现不像。"

"以为他是个孬子,看看也不像。哪有孬子这么干净体面的?"

"跟他说话,他也不答。也不像个哑巴。"

"他刚才还跟二狗子讨烟抽了。"

"姑娘,他是不是你家什么人啊?你是不是来寻他的?"

老人茫然地看看说话的这人,瞧瞧说话的那人,突然张了张嘴,说道:"我儿子呢?我儿子在哪啊?"众人先是吓了一跳,接着就莫名其妙地哄笑起来。刘秀青陡然想起了大新镇乘车点的那个被家人丢弃的老奶奶,莫非眼前的老人也是一个老年痴呆症患者?

刘秀青拨打了110,二十几分钟后来了一辆警车,从车上下来两个穿制服的警察。大家立即让开一条道，又水涌般地跟在警察身后围拢了过去。

警察很有经验地在老人的口袋里翻了一番，没有翻出什么有价值的东西，只有几十元零钞和几张皱巴巴的卫生纸。警察又在老人的脖子里掏了一把，掏出一块名片大的纸板来。这纸板用细绳系着，挂在老人的脖子上，上面写着老人的家庭住址和联系号码。看来，老人的子女是有心的孝顺人。

警察一边扶老人上车，一边打电话和他的家人联系。警车绝尘而去，村民们也一哄而散。刘秀青则继续着她的寻找。

赵子兵的学习习惯让刘秀青头疼——懒散、好动，上课容易开小差。她讲课时，他常常啃他的指甲。她决定要整治他。

这天，刘秀青上课时，他又开始咬指甲。刘秀青向他面前跨了一步，把他的手从嘴里拿下来，他尴尬地笑着，不好意思地摇晃着脑袋。刘秀青抓住他的手瞅一眼，他的每个指甲都光秃秃的，指尖被咬得干干净净，使整个手指看起来黑白分明。

刘秀青问他："你知道人的手指甲里有哪些东西吗？"他摇摇头。

"有几十万个细菌。你听清楚了吗？不是几个，也不止几十个、几百个，而是几十万个，有的多达40万个。一克指甲垢里约有38亿到40亿个细菌。如果你把手指放到显微镜看一下，就会发现它们密密麻麻地布满了你的指缝。有的像蛇一样盘伏，有的像老鼠一样趴卧，有的像蛆虫一样蠕动……"刘秀青尽量发挥着自己的想象，赵子兵的眉毛皱成了两个小疙瘩，眼里露出惊恐和厌恶的神色。

趁热打铁，刘秀青继续说："你把手指放进嘴里的时候，它们便立即爬到你的牙缝里、舌尖上，沿着你的喉咙爬向你的食管、胃肠，并且在那里兴风作浪……"赵子兵已经不停地朝地上吐口水了，用两只手背对着嘴左擦右抹。

后来做题的时候，他又有好几次不知不觉地把手指伸进了嘴里，刘秀青立即提醒他："蛇、老鼠、蛆虫。"他慌忙拿下手，藏到衣襟下。

如是几次,赵子兵的这一坏习惯基本上就改正了。

赵子兵对刘秀青越来越依恋,他妈妈放学来接他的时候,他总是显得无可无不可的。有一次刘秀青跟他谈心,才知道他亲生母亲在他三岁时就病逝了。怪不得,他平时在这补课到点了也不爱回家。对于孩子来说,没有妈妈的家,也可能就不是真正意义上的家吧。刘秀青对他的爱怜又多了一分。他跟后妈不亲。刘秀青开导他:"人与人相处,要以心换心。你把她当作亲妈来孝顺,来爱戴,她自然也会把你当亲儿子一样来疼爱。"他似懂非懂的,眨巴着眼睛突然问刘秀青:"老师,我可以叫你妈妈吗?"

刘秀青立即红了脸,摇了摇头:"不可以。我才比你大多少?"

"那,我长大了可以娶你吗?"

我的天,这小子人小鬼大的。他问出这样不可理喻的问题,刘秀青非但没有生气,反而心感甜蜜,她说:"那你得快点长大啊,而且还要成长为一个有出息的男人才行。"刘秀青心想,等你长大了,你就不会有这样奇怪的想法了。

女人是否都这么愚蠢,只要对方说喜爱,就立即喜不自禁,哪怕对方是个毛头小孩?如果是年纪相当的,有的恐怕就不顾龙潭虎穴,几句甜言蜜语,就能使她奋不顾身,唉!

王娟又来电话,说有人告诉她,看了他们寻亲的信息,发现东郊城建处,有一个疑似他们要找的人。刘秀青向王娟确定了那个人的具体情况和具体位置,就抽了个空,来到了东郊城建处。

这里像个大工地。这几年寒暑假,刘秀青去过不少地方,感觉到我们国家就像个大工地,到处都在搞建设。

她按照王娟的指示,找到了一堆水泥管道。在这堆粗大的水泥管道最下层的一个管道里,她发现了异样。那里面堆放了一些奇怪的东西,她能够分辨得清的有:没有底的搪瓷脸盆,断了柄的黑布雨伞,脏得看不清字迹的橙色标语横幅……没看见有人,她不知道要找的人是否在这堆破烂里面睡觉,只有进去进一步查看她才能放心。

刘秀青躬着身子,钻了进去。里面闷热难当,臭气熏天。她捂着口鼻,憋着呼吸,迅速查看了一番,没有人。她赶忙退了出来,大口地喘气。

她得等。她坐在不远处的树荫下,守株待兔地等。百无聊赖时,她就拿出手机上网阅读,以此来驱散等待的煎熬。

午后最热的时候,刘秀青看见一个蓬头垢面的老妇佝偻着背,手里拿着一堆乱七八糟的东西蹒跚而来。她身上穿着与她的身材不相称的宽大长衫。看见她爬进了那截水泥管道,刘秀青才确信她不是捡破烂的,而是那个"临时的家"的主人。她不是刘秀青的妈妈,她的脸太圆,也比刘秀青妈妈老。

刘秀青呆呆地看着她爬进去,坐在那堆破烂里,把刚刚带回来的"收获"宝贝似的往里面藏掖。刘秀青实在不知道她带回的那些东西能派上什么用场。也许,在上帝的眼中,我们人类手中拥有的东西大多也是无意义的吧?

刘秀青不知道这里收容所的电话号码,她还是打了110,希望警察能给老妇人安排一个好去处。接警的是个女同志,听明白了刘秀青的诉求,耐心地报给她收容所的电话号码。刘秀青只好又给收容所打了一个电话。这次接电话的是个男的,他只说"知道了"就挂了电话。刘秀青不能确定他们会不会来接这个老妇。由于急着赶回去上课,她也没有等着看结果。

一段时间的辅导之后,赵子兵的进步是明显的,已经能够流利地朗诵课文,简短的周记也写得像模像样,人也变得活络起来。暑假要结束了,刘秀青想见一见他的父亲。她自从第一次进"英才教育中心"在小区里和他不期而遇外,此后再也没有看到他。向赵子兵打听,知道他爸爸最近接了一个活,去了外地了。他爸爸是搞装修的。

赵子兵的爸爸还是来了,在赵子兵的最后一节辅导课后来接儿子。和刘秀青说话时竟然有几分腼腆,原来是个老实巴交的人。

"你儿子很可爱。"刘秀青说。

听了刘秀青的夸奖,他先是一愣,大概是从来没有听过老师表扬儿子的缘故吧。继而就灿烂地笑了,还伸手在儿子头上赞赏地拍了一下。

"他很聪明。"刘秀青继续夸奖着。

"他不算太孬吧,在家里害起来,点子多得很。"赵子兵的爸爸接过刘秀青的话茬,谦虚中不无炫耀。

"不过,他也很可怜。"刘秀青接着说。

赵子兵的父亲收敛了笑容,不解地看着她。

"你给儿子吃的、穿的,不比别人家的孩子差,但是,他需要的是父爱、母爱。我知道你很辛苦,为了生活你不得不到处挣钱,但我认为挣钱的机会有的是,陪伴孩子、呵护孩子的机会是有限的。在他成长的重要阶段,错过了,就无法弥补,对孩子的影响也是很大的……"刘秀青耐心地,也是笨拙地,把她懂得的那一点点可怜的知识一股脑儿地灌输给他,就是希望在孩子世界观形成阶段,能有爱的滋润,有父母的陪伴。没有爱滋润的孩子,他的爱心如何培养?得不到父母的呵护,他的性格如何健全?她说得有点夸张,目的只有一个:希望他能够给孩子更多的爱。

赵子兵父亲垂着眼睑,不住地点头,也不知他是否真的听进去了。临别时,他很客气地向刘秀青道谢。刘秀青趁机把赵子兵的小手塞到了他的大手里,父子俩高高兴兴地告辞回家。

刘秀青舒了一口气,她的工作已告结束。她想约王娟聚一聚,这个死丫头,同在一个屋檐下工作,竟然不能常常相见。明天刘秀青要回学校了,今天怎么也要把王娟拉出来,让她陪陪自己。

手机呢?要给王娟打电话,却找不着手机了。刘秀青上课的时候还用它看过时间的。她勾着头四下里乱找。小教室里陈设简单,没有视线障碍的,怎么找不着呢?这可不是一款普通的手机啊,它可是雷伊鸣送的。在她心中,它就是雷伊鸣送她的定情信物。

刘秀青慌忙跑进隔壁的校长室,急吼吼地要借张校长的手机一用。她拿过张校长的手机,迅速地拨了自己的手机号码。跑到刚刚上课的教室,却听不见她手机的回应。再打,竟接通了,电话那头传来了一个男人的声音:"喂,你是谁呀?"电话那头竟然问刘秀青是谁。

"我是谁?我是你现在用的手机的主人。请问,你是谁?"刘秀青没好气地反问他。

"哦,是刘老师吧,你等等。"

刘秀青还没问清楚哩,电话就挂了。哦?刚才电话中的声音莫非是赵子兵的父亲?

她把手机还给张校长,就站在校长室里等。一边和张校长说着话,一边眼瞟着电梯门。一会儿,电梯门开了,赵子兵的父亲黑着脸,把儿子从里面推搡了出来。刘秀青一见那阵势就明白是怎么回事了,忙把他们带进他们上课的小教室,关上了门。

"怎么回事?"她还是想了解具体情况。

"这个不争气的死东西!把老子的脸面都丢尽了。你是怎么回事啊?都敢偷手机了?你说啊!"赵子兵的父亲脾气还不小,一边骂着,一边打着爆栗。赵子兵抱着脑袋连连后退,都退到墙角了。

"赵师傅,你别打。他也许是无心的。孩子犯了错,改了就好。"刘秀青连连劝解。

"犯这种错还不打?不打!不打!让你长大了蹲监狱去!"他咬牙切齿地说着"不打"的时候,爆栗嘭嘭连连砸在赵子兵的小脑袋上。刘秀青忙跑过去,把孩子的脑袋抱在自己的怀里。

"听老师的话,以后别做这种傻事,好吗?"她安抚赵子兵。

赵子兵一边用手背擦着眼泪,一边委屈地哽咽道:"我不是要偷你的手机,我只是想让你来找我,我还能再见到你……"

听了孩子的话,刘秀青和赵子兵的父亲面面相觑,一时无语。她说不清自己是感动还是难过。她抚摸着赵子兵的头,替他擦干眼泪。她把自己的电话号码工工整整地抄写在赵子兵的练习本上,告诉他:"想老师的时候,就给我打电话吧。"他们父子离开的时候,做父亲的主动牵上了儿子的手。

看着他们离去的背影,刘秀青欣慰地笑了。

没等刘秀青去找王娟,王娟来了。她到教育中心来找刘秀青,说是要给她钱行。她们出门时,张校长接过王娟的挎包,跟随她们一同进了电梯。"王娟也请了他?"刘秀青狐疑地看看张校长,又把探寻的目光投向王娟。王娟脸红了一下,故意低了头不看刘秀青。刘秀青看他俩靠得那么近,神色又那么暧昧,猜想王娟一定有什么事瞒着她。等到出了电梯门,刘秀青一把拽住王娟几步走远,附耳问:"快告诉我,怎么回事?我可是都知道了。"连威胁带诈的,也不管自己的话有无漏洞。反正,气势上要把王娟镇住。

王娟脸又红了,只笑,不言语。

"是不是搞对象了?"

她羞涩地点点头,算是承认。

"好你个死丫头,这事你还瞒着我?"刘秀青在她的腰上掐了一把,她哎哟一声娇笑起来。原来,张校长是王娟的学长,王娟大一时,俩人就开始交往了。他毕业后就自主创业开了这家"英才教育中心",王娟寒暑假就来帮忙,刘秀青也连带着沾了光,有了个打暑假工的地方。问王娟为什么选择他?王娟说:"他人厚道,有责任心,觉得跟他建个家,让人心里踏实。"回头看看张校长,他知道姐俩要说悄悄话,知趣地落在后面。刘秀青冲他一仰笑脸:"姐夫,快点跟上来呀。不怕我把她拐卖了?"

6

几个月后的一个深夜,刘秀青被一阵来电铃声吵醒。打开手机眯着眼一看,是雷伊鸣打来的。她睡意蒙眬地把手机贴在耳边:"喂,这么晚了,还没有睡吗?哪里不舒服吗?"

"青——青——"电话中的声音好像来自茫茫太空,缥缈而悠远。

"唉。我在哩。"刘秀青猛一激灵,睡意全无。

"青——青——"他似乎没有听到她的应答,自顾自地仍喊着她的名字。她感觉到了他的难受。

"喂,你怎么啦?我在听哩。你说话呀。喂!"刘秀青忙坐起了身子,顾不得是否吵醒室友,急切地呼唤着他。然而,电话那头却只有忙音。

之后刘秀青打了无数个电话过去,传来的一直是忙音。她无法再入睡,握着手机,坐等天亮。天亮时,她又给雷伊鸣打电话,依然无人接听。她迅速收拾了一下要带的东西,简单地洗漱了一下,来不及跟学校请假,就打车来到长途车站,坐上了去景阳县的班车。

到了景阳县大新镇乘车点,刘秀青没有耐心等待张师傅发车,在站门口拦了辆摩的就向和平村飞驰而去。

马路曲折蜿蜒,高低起伏。摩托车在刘秀青不断的"快点,快点"的催促声中加大了油门。小丘、田畴、零落的村庄,还有一块一块灰黄色的草滩,像幻灯片的画幕一样,一幕幕向后迅疾翻过,像幻灯片一样没有生机、虚假。

深秋的季节,坐在摩托车上,只觉得寒风刺骨。刘秀青缩着脖子,佝偻着身子躲在摩的司机的身后。但是,摩的司机身板瘦小,根本就挡不了扑面拥来的风。不久,她就在车上瑟瑟发抖,牙与牙之间,控制不住地咔咔作响。

摩托车又翻过一个小岗,和平村褐红色的村部已进入眼帘,村部旁高大的枫杨树已脱光了绿叶,把萧索挂在了光秃秃的枝丫上。

司机停下车,刘秀青从车上跳下来,塞给他车费,来不及等他找钱就撒腿朝村部跑去。

"哦,你来啦。"进了院落,在井旁洗菜的董栀子一眼就看见了刘秀青,忙起身热情地招呼她。

"他怎么啦?"刘秀青没有和董栀子寒暄,直截了当地问起雷伊鸣的情况。

"雷同志啊?他感冒发烧了,陈医生已经给他吊上水了。"

刘秀青三步并作两步跨进雷伊鸣宿舍,把董栀子甩在了身后。

雷伊鸣此刻安安静静地躺在床上,似乎已经进入梦乡。床架上悬挂的吊瓶已空了大半,但他的脸依然红通通的,还在发着烧。刘秀青伸手轻轻地摸摸他的脸颊,滚烫。她冰凉的手扰乱了他的梦境,他皱了皱眉毛,把痛苦写到脸上。

"青,青——"他喃喃低语。

"哎,我在这儿,我在这儿。"刘秀青忙俯下身子,把脸贴上他的脸,心疼的泪水簌簌地滚下来。

"青,真的是你?"他醒了。

"真的是我,真的是我。你到底怎么啦?"她抬起身子,让他看她的脸。他看清是刘秀青,伸出一只手臂紧紧揽住了她:"不要离开我。不要。"

吊水快要打完时,陈医生进来了,刘秀青趁机向陈医生询问雷伊鸣的病情。

"没关系的,打几天吊水就好了。"医生一边安慰刘秀青,一边调快了滴液的速度,"你们是不是闹矛盾了?看把我们雷同志痛苦的,又是酗酒又是淋雨的,再好的身板也经不起这样的折腾啊。"陈医生等药水滴完了,拔了针头,一边往外走,一边说。

"又喝酒,又淋雨?"刘秀青疑惑地盯着雷伊鸣问。

"没有的事,别听他胡说。"雷伊鸣嚷道。

接连打了三天吊针之后,雷伊鸣的烧全退了,精神也好多了。这天,董栀子陪刘秀青在老乡家买来老母鸡。她又从董栀子那借了炊具,为雷伊鸣煨上鸡汤。中午,雷伊鸣喝了汤,胃口大开,已经能吃下一小碗饭了。下午,镇长打来电话,叫他去镇里一趟。刘秀青让他跟镇长告个假,等身体好了再去,他不肯。刘秀青要陪他一同去,他也不让。

下午没有事,刘秀青就去找董栀子玩。董栀子在房间里打毛衣,刘秀青向她探听姚玲玲的事,董栀子说:"姚玲玲自从在这儿见到过你,就再也没有来过。那丫头还蛮自尊的。"

刘秀青心里自然高兴,也不好再问什么。见她织的是粉红色毛衣,便问是谁的。她说是她女儿的。谈起女儿,董栀子的话匣慢慢打开了。

董栀子说她的女儿已经七岁了。离婚的时候,夫家不把孩子给她,她也为了图个自在,就没有坚持要。但是,爸爸带孩子总有许多不便,于是,孩子被塞给了爷爷、奶奶。上个月她偷偷去看孩子,发现孩子衣服都已经小了,又脏又破的。就买了几套衣服送去,婆婆倒是没有难为她,孩子却不认她了。说这话时,她的眼圈就红了。

"为什么要离婚呀?离婚遭罪的可就是孩子。"刘秀青问。

"那时候年轻,意气用事呗。其实也没有什么事的。我老公——现在应该叫前夫了,他见不得我和别的男人说话。我一和别的男人说话,或是在别的男人面前笑一下,他就要给我气受。说我水性杨花,骂我卖骚。我们就常常吵架。"

"你前夫那是在乎你哩。"

"那种在乎法,谁受得了?后来,我火了,也是为了报复他,我就……嗨,都过去了。"

"你这么年轻,为什么不再找一个嫁了?"

"我倒是想呀。一个人孤苦伶仃的,谁不想有个家呢?那也得有好男人才行啊。随便找个阿猫阿狗的嫁了,我还不如不离婚哩。可是,好男人能要我吗?离过婚,名声也毁了。"

"离婚,你后悔了?"

"说一点不后悔,那是假的。一个好端端的家就被我给作没了,想想,肠子都悔青了。"

"那你复婚啊。这样对孩子也好啊,孩子也有个完整的家了。"

"覆水难收,已经回不去了。"

"哦,那就算了,等我和雷伊鸣发现适合你的,就给你做大媒,你再婚的时候,请我们坐首席!"

"去你的吧。你个小姑娘家的,想要当媒婆?"俩人一起哈哈大笑。刘秀青准备等雷伊鸣回来时跟他说说,叫他帮董栀子留意合适人选。可是,雷伊鸣怎么到现在还不回来呢?看看时间已经下午4点多了。刘秀青忍不住打了一个电话给他。他接了,只说自己忙就挂了。

5点钟,他没有回来。

6点钟,他还是没有回来。

刘秀青做好晚饭等着他。

直到晚上9点多,村部院子里突然亮起了车灯,响起了嘈杂声。刘秀青走出门来一看,院里停了辆小车,雷伊鸣回来了,被人架着。刘秀青忙跑过去,他一身酒气,路走不稳,话也说不周全。

大家七手八脚地把他弄进门,扔到了床上。和刘秀青说了几句客套话,他们就走了。刘秀青打来热水帮雷伊鸣洗脸洗脚,他不让。他抓住她,没轻没重地把她也拉倒在床上。

"青,你说我该怎么办?他、他们全来找我。我妈,我没理她。镇长又、又来了,还有秦叔叔,也、也来了。我心里痛哩。"他笨拙地指了指自己的心口,把头扎进她的怀里。

"你知道不知道？这里痛,这里。"他不停地指自己的心窝。

"你怎么了？遇到什么事了？你告诉我啊。我能帮你分担的。你告诉我啊。"刘秀青都快要哭了,又急,又心痛。她知道他一定遇到什么麻烦事了。

"你、你不能。我也不能、不能告诉你。"他语无伦次。

"雷伊鸣,你喝高了,起来,喝点水,洗洗脸,睡一觉就好了。"

"我不。我不想你离开我。我这里裂了,在流血。"

刘秀青不知道他到底怎么了。她后悔刚才没有抓住来人问个清楚。她看见他紧蹙的眉头,痛彻肺腑的目光,她的心都碎了。她情愿让自己来替他疼,替他苦。

"青,青,我要你。要你,一辈子都不离开你。"他动手扯她的衣衫,她没有反抗。

"如果这样能够减轻你的痛苦,我愿意。"她泪流满面,把自己放在了爱情的祭坛上。

他压倒在她身上,热唇触碰到她的泪脸,又翻身倒了下去。

一夜过后,雷伊鸣酒醒了,决定带刘秀青去他家见家长。昨夜的事他似乎忘了,刘秀青本来是想等他酒醒后向他了解具体情况的,又怕勾起他的痛苦回忆,就迟疑了。

雷伊鸣把刘秀青带到他家,原来他家住在政府机关大院里,这之前他给过她地址,写的是某某路某某号,她不知道竟然是政府机关大院。

雷伊鸣叫开门,开门的是一个四十多岁微微有点胖的妇人,她身后站着一个扎着围裙的年轻阿姨。雷伊鸣叫了一声"妈",中年妇人慈爱地抱了抱他。刘秀青也跟着叫了一声"阿姨"。雷伊鸣妈妈微微颔首,算是答应。刘秀青偷眼打量了一下雷伊鸣妈妈,只见她短发微卷,脸色光洁白嫩,保养得很好,一看就是那种经常做皮肤护理的。乍一看,真像三十几岁的人。气质高贵典雅,目光看似亲善却隐藏着几分凌厉。在她强大的气场里,刘秀青突然就胆怯起来,拘束的手脚不知道怎么放才好。

"妈,这是我女朋友刘秀青。"雷伊鸣在他妈妈面前不是刘秀青想象的那样随意。他郑重其事地向他妈妈介绍刘秀青。而雷伊鸣妈妈似乎没有听到,她波澜不惊地转身,客气地请刘秀青坐下,吩咐阿姨给她倒了一杯开水,放到她面前的茶几上。

"你叫刘秀青?"雷伊鸣妈妈在刘秀青对面坐下,毫无表情地问道。原来她听清了雷伊鸣的介绍。她这般神色,不免让刘秀青心里忐忑不安起来。雷伊鸣似乎很不满意妈妈的表现,重重地把手提包摔到沙发上。她瞟了一眼儿子,端起咖啡抿了一口,威严地下令道:"你也坐下。"

雷伊鸣极不情愿地坐在了刘秀青身边。

"男人做事就应该果断,有魄力。你的事情拖拖拉拉的也不是个办法。今天你既然把她带来了,我们不妨打开天窗说亮话。"

"妈,我都跟你说过好几次了,还要我怎么跟你说?她已经是我的人了,她现在怀了我的孩子。"雷伊鸣陡然抛出的话一下子把两个女人都轰蒙了。雷伊鸣妈妈吃惊地怔了怔,一张本来就没有笑意的脸立即就阴沉了下来。刘秀青是又羞又恼,恨不得躲到沙发底下藏起来。

雷伊鸣妈妈把瓷杯重重地放在了茶几上,溅出的水渍弄花了茶几的玻璃钢面。她起身就进了卧室,门在她的身后重重地磕上。雷伊鸣坐在沙发上生闷气。刘秀青已经猜到他们母子矛盾的根源,但她依然心存侥幸,希望事情不至于太糟糕。正想向雷伊鸣问明白事情的缘由,他的手机响了。他站起身,走到阳台上通电话。他小声地说了很久。

他合上手机从阳台上走进来,看着刘秀青抬起的眼睛,说:"你在家里休息一会儿。我爸叫我出去一下,我很快就会回来。"说罢,就开门出去了。

雷伊鸣刚走,雷伊鸣妈妈就从卧室里出来了,重新坐到刘秀青对面的沙发上,刘秀青心里紧张得不行。

"自古婚姻都讲究门当户对,"雷伊鸣妈妈又开口了,语气比先前要和缓得多,"我们不是瞧不起你。你要明白婚姻不是两个人的事情,而是两个家庭,甚至两个家族的交融。层次相同的家庭之间更容易沟通。我们两家的差异太大,如同来自两个不同的世界,彼此都很难适应。这样的婚姻哪有幸福可言?"她好心地开导刘秀青。刘秀青终于彻底明白雷伊鸣的家人不能接受她这样的儿媳妇,也明白了雷伊鸣何以如此痛苦。她很想和面前的阿姨狡辩几句,她还没有组织好措辞,雷伊鸣妈妈就又开口了:"再说,伊鸣寒窗十年,拿个大学毕业证就算达到目的了?如果只是为了一个普通的工作岗位,我们伊鸣何须费劲上什么大学?他爸爸在市委机关工作,我大小也是个处长,给他安排个工作应该不在话下。我们家伊鸣从小就热爱仕途,从小就立志要为大众谋福利。他现在好不容易有这个机会了,副市长的闺女看上了他,他不能失去这个大好机会。你自己心里也明白,人家能给他的平台和你能给他的平台是没法放在一起比较的。你如果真的爱他,就应该成全他。怀孕有什么关系?去医院拿掉很容易。你如果非吊住他不放,能有什么好果子吃?……"

刘秀青的头脑嗡嗡作响,整个人就像掉进了冰窟里一样。雷伊鸣妈妈的上下唇依然在不停地翕动,刘秀青已经听不清对方在说些什么,她在心里不停地祈祷:"雷伊鸣快点回来。雷伊鸣快点回来。雷伊鸣快点回来……"她把他当作救命的稻草,希望他快点回来救救自己。坐在沙发上的刘秀青,头越勾越低,越勾越低,慢慢地就倒下了。

"快来人!"她听见雷伊鸣妈妈惊慌的叫声,感觉到有两个人把她拥出门,塞进了一辆黑色的轿车里。在车上坐定,她缓过气来。

"师傅,你要把我送到哪?"刘秀青问开车的司机。司机是个四十来岁的胖子,平头,一副不苟言笑的样子。她身边坐着一个戴眼镜的男人,她没有仔细看他,但能感觉到他的冷峻。

"送你去医院。"司机的回答听不出任何表情,琢磨不出任何味道,一副修炼很深的样子。

"我不去医院,我没有病。"刘秀青急了。

没有人搭理她。司机还是不急不缓地开着车,视她如同空气。她忙找她的包,包被扔在车座上,她打开包找手机,要给雷伊鸣打电话。翻了两下,没有找到,越是心急越是办不成事。她调了调呼吸,冷静了下来,仔细地在包中搜寻起来。大兜,小兜,里面的兜,外面的兜,全翻遍了也没有找到。路上被小偷偷了?上雷伊鸣家电梯的时候,她还拿出手机当镜子用了。也许是落在雷伊鸣家的沙发上了。没有办法,她只得再软语央求司机师傅:"师傅,我真的没有病。刚才只是一口气堵住了有点难受。现在好了,不用麻烦你的,真的不用麻烦你。你把车开回去吧,让我下车也行啊。"

没有人回答她,依然视她为空气。

到了医院,下了车,刘秀青想溜走。不想司机和坐他身边的那个人,一人架着她的一只胳膊,连拖带拽地就把她带了进去。随你们便吧,我说过我没有病的,你们要不嫌麻烦就折腾吧——她想。

去医院折腾了一番,确认她没事后,才让她走了。

回到宿舍,室友们都在收拾行装准备去实习单位。刘秀青无心收拾,她在等雷伊鸣。等他的电话——打不通她的电话,他可以像以前那样打她室友的啊。等他突然来访——联系不到她,乘车过来也很方便啊。

但是,雷伊鸣迟迟没有消息。没来电话,更没有来她宿舍。

她在失望和痛苦中慢慢清醒。她终于明白雷伊鸣为什么痛苦不堪了。如果他对她的情感义无反顾的话,他会那样痛苦吗?痛苦是因为割舍不下,割舍不下的前提是要割舍。

刘秀青渐渐冷静下来,理智也开始回归了。他难以割舍的是什么?是他内心有想要借势而上的欲望。他曾想和她把生米煮成熟饭,是想借此来约束自己不背叛她?现在他能够心安理得了吧?——不是我背叛了刘秀青,是妈强行拆散了我们。是刘秀青自己没有坚持。——好吧,雷伊鸣就不要去背自责的十字架了,轻松地去做你想做的吧。

是谁说的,给别人带去不幸的人,也会给自己种下不幸的种子。刘秀青暗暗祈祷:老天爷,我的不幸是我自己选择的,跟雷伊鸣无关。我不想让他不幸,更不能让他不幸,因为他是我深深爱过的人。

刘秀青的身体像被抽空了一般,轻飘飘的。无人的时候,她就让泪水尽情地流淌。室友李宝珍看出了她的异样,伸手关切地摸了摸她的额头:"怎么啦,是不是生病啦?"

刘秀青咬住嘴唇艰难地点头。

"我陪你去医院吧。赶紧啊。"

她又拼命地摇头,忍着泪。"不碍事,胃痛。"说罢,赶紧翻身侧向床里边,免得李宝珍看出破绽。

人去楼空,宿舍里只剩下刘秀青一人了。她也该去实习单位了。临走,她摊开纸笔,想给雷伊鸣写封信,最后一封。她和他之间应该有个了断。

她提起笔,铺开纸,慢慢地写下:"亲爱的"——这样写不行,她撕掉,重写。

"鸣"——这样写,也不行。不要给他徘徊痛苦的余地,不要这样亲热。

重写:

"雷伊鸣:感觉到,我不适合你……"眼泪为什么这样不争气?稀里哗啦的,字迹很快就被洇开了,斑斑点点的,留给他,他也看不清。她揉掉纸团,铺纸重写。

"雷伊鸣:感谢你这几年来对我的爱。爱,也不过如此,毫无浪漫可言。这不是我想要的,所以我选择了离开……"字迹依然被泪水击打得一片狼藉。算了吧,什么也不要再写。感谢他曾给自己带来的幸福,不埋怨上天安排的结局。学徐志摩的潇洒,"我挥一挥衣袖,不带走一片云彩"。

她没有去学校安排的单位实习,而是自己联系了一个学校。她想抹掉她的行踪,和雷伊鸣彻底切断一切联系。

此一走山高水远,他再也别想找到我。她想。

7

刘秀青实习的单位,是北方某县城的一所实验小学。这里离她的家乡有点远,隔了长江,还隔了淮河。

在井然有序的教学环境中,她感受到的是嘈杂和纷乱。声音的嘈杂,人际关系的纷乱。

刘秀青喜欢和孩子们待在一起,孩子们上课的读书声和下课的喧闹声,在她看来,就是天籁。但离开教室后她总有点精神恍惚,心情郁闷。实验小学在城关镇,因为地势得天独厚,便集中了县机关单位的亲属们。小学里女老师多,她们中不少人是领导的夫人或女儿或儿媳,或者是跟领导沾亲带故的,总之,有来头的多了去了。人际关系方面,便显得暗潮涌动,纷繁复杂。好在现在社会风气正了,人事安排实行公开公正招聘,不像以前了。

站在办公室的窗前,凝眸远眺:一眼望不到边际的平原上,层层叠叠的楼房,积木似的堆积着;斑斑驳驳的,又像是一个巨大的垃圾场。近处,对着她办公室窗口的,是学校的一面白色围墙。围墙的墙面上用红漆书写了一句宣传语:"学校是我家,清洁靠大家。"

她常常望着那幅宣传语,琢磨着给它改换几个字,把"清洁"换成"和谐"还是"温馨",让它能体现一个真正的家的味道。不管宣传语的字换还是不换,她都要尽快改变自己的精神状态,做好自己该做的事情。她想把自己的心绪好好地理一理,就像清除电脑中的不良插件,好让自己进入一种更好的工作状态。

她自省时发现:对自己干扰最大的,还是对雷伊鸣的情感。她想还是去一趟和平村,对夭折的初恋做一个拜祭,之后,把它彻底埋葬。这行为像不像决心减肥的人,在行动开始前的那顿大快朵颐的饱餐?

元旦有三天假,足够刘秀青去对夭折的初恋做一次拜祭了。她坐动车回到了皖南,又坐汽车到了景阳县的大新镇。她不想看见王来根夫妇,也不想让熟人认出她。她窝在乘车点大门口的人群里,直到张师傅的车发动了才挤上去。张师傅狐疑地看了她一眼,又看了她一眼,似乎想说什么。她赶紧把头扭向一边,转脸去看车外,不给他和自己搭讪的机会。

刘秀青在和平村前一个路口就下了车,不想在和平村下车时陡然遇到不该遇到的人,以至于无法反应。

她慢慢地走着,她不急。

走到快到村部的时候,她的心跳就加快了。她甚至想,算了吧,我还是回去吧,去村部看看他的住处又有什么意义?去回味一下过去的甜蜜更无助于我伤口的结痂。但是,她的腿不听使唤,它们执意地向前迈着,急切地想早一点到达。隐藏在心里的另一个企盼便蠢蠢地抬头:有可能会看见雷伊鸣,哪怕远远地看一眼也好。

越临近村部,她就越心慌。她在院外踟蹰了很久,观察村部的动静。村部里静悄悄的,好像连陈医生的门诊也关门休假了。他的门诊,本来也没有什么生意。村民们有小病就抗着,病重了自然要去镇医院或市医院。倒是家里的鸡呀、猪呀的病了,才病急乱投医地来到这里。

确信没有人,刘秀青才慢慢地走了进去。知道在这里不能遇到雷伊鸣了,心里凉凉的。

走近董栀子的宿舍时,门是紧闭着的,里面却传出了男女的小声嬉笑声。她进退两难,咬咬牙还是硬着头皮朝前走。路过她窗口的时候,里面的声音戛然而止。她快步朝雷伊鸣的宿舍边走去。她决定只看一眼,立即就走。

站在窗前,看得见里面。他的宿舍里,什么也没有改变,就像她上次离开时一样。看来他还没有离开这里。

　　床上的毛毯叠得整整齐齐的,那把吉他仍挂在床前。一本书翻开放在桌面上,是她送的那本《荆棘鸟》吗？刘秀青踮脚,却无法看清上面的字。一只茶杯敞着口,就放在书边。她泪眼朦胧中仿佛看见了杯中升起了袅袅热气,又仿佛看见了他伏案工作的身影。他抬头看见她了,惊喜地一笑,露出璀璨的虎牙。

　　"伊鸣……"她哽咽着,泣不成声。

　　"是小刘吗？"身后响起了董栀子的问话声,刘秀青慌忙拭干泪,转身去看董栀子。董栀子脸红红的,像熟透了的西红柿,笑脸中掩藏不住尴尬的神色。刘秀青有点反感,有点厌恶。董栀子看见刘秀青眼睛红红的,神色立即也凝重起来。

　　"雷同志的事,我们也听说了。真没想到,会出这样的事。"

　　是吗,知道了他的事？雷伊鸣成了那个达官要员的乘龙快婿了？是不是已经洞房花烛了？刘秀青想问的,可是问不出口啊。泪水早就在眼圈里打转了,四肢也变得冰冷,仿佛能听见心田中咔咔的结冰的声音。她强忍着不哭,她不想在别人面前太失态。

　　听说了就好,省得我花心思为已分道扬镳的既成事实遮遮掩掩了,也无须煞费苦心为解释而寻找理由了——刘秀青这样想着,便低下了头,含含糊糊地告诉董栀子:"我有重要的东西落下了,来取的,现在又不想要了。"

　　"小刘,事情已经这样了,你要放宽心。"董栀子好心地劝慰她,刘秀青敷衍地点头,急急地告退而去。

　　回去所乘的车,幸而不是张师傅开的车,车上只有两个乘客,空空的,一如她的心脏。坐在空位上,被车颠得晕晕乎乎的,她的神思又开始恍惚起来。

　　他第一次来到她大学的校园里,老远朝她挥舞着手。她燕子般地扑了过去。

"你怎么来啦?"她欢快地问。

"想你啦。"他悄悄地答。

"为什么不告诉我?"她假装生气。

"本来没有打算来的。"他故意气她。

……

"喂。"他又来电话了。

"嗯。"他们的通话基本上都是这样开头的。

"吃过了吗?"

"吃过了。"

"要吃好点啊。"

"会胖的。"

"那我就赚啦,娶回来分量足啊。"

"你不嫌弃?"

"一辈子不会嫌弃。"

"真的?"

"拉钩上吊。"

……

他陪她一起风尘仆仆地几千里寻母。

他在拥挤的车上用双臂为她打造一个小小的空间,不让她被人挤。

他在大王洞内为她拍照,附耳悄悄地问:"观音菩萨送给你什么啊?"

他指着大王洞,说要跟她在那里学陶渊明归隐田园的。

……

泪,溪水般肆意长流。刘秀青全然不顾车上乘客的诧异目光,任凭它恣肆流淌,她希望决堤般的泪水能冲走所有的记忆,洗净所有的痛苦。

在大新镇下车的时候,她机械地跟着他人下了车,又鬼使神差地晃到了潘师傅的面馆里,呆呆地坐在了座位上。

"姑娘,吃点什么吗?"是老板娘王来根的声音,声音里充满了忧郁和关切。

"我、我……"刘秀青望着老板娘嘴唇颤抖着,她不想吃什么,她就想扑进一个温暖的怀抱好好地哭一场。

她还没有哭哩,老板娘的眼睛就已湿润了:"姑娘,遇到什么难处了吗?"

刘秀青使劲地点点头,又摇头。她感觉自己支持不住了,软软地想躺下。

"潘桂花,你快过来。这姑娘是不是生病了?"刘秀青听到老板娘急切的招呼声,有人疾步跑了来。

"姑娘,你怎么啦?你家在哪儿?要不要我们送你回去?"

"锦丘市……十三冲。"刘秀青伏在桌上,含含糊糊地回答他们。

他们给她端来一杯牛奶,扶起她,给她喂下,她的精神渐渐地好了。

"姑娘,你说你是锦丘市十三冲的人?"潘师傅坐在了刘秀青的对面,很认真地看着她。老板娘站在他的身后,一副很急切的样子。

"是呀。"锦丘市邻近这里,他们熟悉,刘秀青一点也不感到奇怪。

"我向你打听个人。你知不知道一个叫刘成文的男人?个子高高的,面孔黑黑的,好像就是十三冲的人。"

"你是问我爸爸吗?你怎么认识他?"

"你是……"面馆老板夫妇同时向刘秀青伸过头来。

"你是青青吗?"老板娘情绪激动得难以理解。

"我是啊,我叫刘秀青。你们是……"

"青青,我的青儿。"老板娘已经扑过来了,紧紧抱住刘秀青,刘秀青都快喘不过气来。她呜呜地哭,哭得刘秀青心脏乱跳。刘秀青推开她,向他们投去疑惑的目光。

"青青,这是你妈呀。你妈王来根。"潘老板又激动,又兴奋。

刘秀青像做梦一样,无法相信眼前的事实。"我妈不是这样的。我妈……"刘秀青突然想起了,妈妈耳后有一颗红痣的。她冒失地站起来,唐突地捋起了老板娘耳后的短发,一颗红痣像红豆一样跳进了她的眼帘。害怕它不真实,刘秀青情不自禁地用手摸了摸它,硬硬的、鼓鼓的,可不就是和她记忆中的那颗一样吗?

"你,真的是我妈?真的是?"

老板娘含着泪不住地点头。

悲极喜来,刘秀青真的难以承受,她扑进妈妈的怀里,软软地倒下。

潘师傅的面馆这天不营业了。他在面馆前挂起了"家有喜事,停业一天"的告示牌,急忙忙地骑着摩托车去菜市场采购了一大堆荤素菜肴,亲自操刀挥铲,要做一顿大餐来庆祝。

饭桌上,潘师傅执意要开香槟酒,引得儿子潘明明雀跃欢呼。潘师傅不住地劝刘秀青多吃点,妈妈不停地给刘秀青夹肉丸、鸡块、大虾……惹得坐在对面的弟弟噘起了小嘴,刘秀青见状赶忙把一个鸡腿夹到弟弟碗中。妈妈见刘秀青吃得不多,担心她的身体是不是哪儿不好。刘秀青说:"好着哩,寒冬腊月里,我可以穿着两条裤子过冬而不感冒的。"妈妈表示不信,说:"你刚才都晕过去了,像是弱不禁风的。"劝她一定要多吃才行。

妈妈的担忧不禁让刘秀青反省起来:我对自己的身体是不是忽视了?昏厥的情况确实发生过几次了,每次都是在自己痛苦不堪的时候。是不是我的基因中就设置了这种程序,在心肝欲裂的痛苦袭来时,就自动地打开了自我防护的系统?使自己几欲昏厥,免遭荼毒?这算不算本能的逃避?我不要去逃避,我要学会更加坚强。

妈妈还是让刘秀青感到陌生。妈妈目不转睛地盯着她的目光,让她感受到温暖,也让她感到不自在。饭桌上,刘秀青还是不敢相信眼前的事实,多次情不自禁地问出"这是真的吗?"的傻问题。

妈妈说:"是真的。是真的。我第一次看到你,就觉得亲。看到你高兴时,我就自然而然地快乐;看到你悲伤时,我就莫名其妙地难过。你说,这不是母子连心吗?"

潘师傅也说:"是真的。你们母女俩长得就跟一个模子里倒出来的一样。我第一次看见你,还以为王来根返老还童,又回到二十岁了。"

"可是,我还是不敢相信。我妈以前不是这样的。"刘秀青记得妈妈是个傻子,村里的小伙伴跟她吵架时,就这么骂的。

潘师傅一下就明白了她的怀疑所在。

"你说你妈以前是个精神病人吧?唉,是我害了她。你爸爸把她交到我手上的时候,我就带她去住院了,住了将近两年的医院,她才算是好了。到现在我也不敢刺激她,总是把她捧在掌心里哄着,比我的儿子还惯哩。"潘师傅说着,王来根在一旁幸福地笑着。

潘师傅借着酒劲,又把他们的过去,原原本本地向刘秀青说了一回书。

8

老天爷是公平的,在刘秀青失去雷伊鸣的时候,它就及时地把妈妈送到了她身边。从此以后,她没有了寻找的艰辛,也没有了思念的煎熬。更让她喜出望外的是,她的妈妈真的和黑子的妈、香妮的妈一样正常了,这是她做梦也不敢想的事啊。

潘师傅——刘秀青应该叫继父了,在酒桌上对过去岁月的唠唠叨叨,让她看到了一部褪了色的黑白影视剧。

王来根并不是无为县人,只是她的妈妈——刘秀青的姥姥娘家是无为的,孩子们说话受了母亲的熏陶,都带上了一点无为腔。刘秀青按照七叔指给的路子去寻妈,无异于缘木求鱼,南辕北辙。

妈妈王来根就是景阳县人,和刘秀青故乡锦丘市紧紧相邻。她和潘桂花是一个山庄的,潘桂花住上庄,王来根住下庄。他俩同饮一河水,朝夕相见,两小无猜,青梅竹马。他们的庄子背山傍河,靠的是大青山,傍的是金沙河,是个环境宜人的好地方。可惜的是土地里长不出金疙瘩,这里的农民世代受穷。

上庄的妇女多生男娃,像潘桂花的妈就一口气给老潘家生了六个光头,潘桂花排行老四;下庄的妇女多生女娃,像王来根的妈就一嘟噜生养了五朵金花,王来根排行老三。王来根的上面有姐姐春叶、秋叶,下面有妹妹招娣、来弟。尽管刘秀青的姥姥、姥爷在金花们的名字上寄予了很高的期望,但还是没有生下一丁半男。村里人迷信，说是生男生女与饮水有关。上庄人饮的是上游水，占尽了地气、精气，自然生男；下庄人饮的是下游水，得不到便宜，自然生女。但水往低处流，是大自然固有的态势，谁也没法让金沙河掉个个来让水倒流，下庄的人们便只有望河兴叹。

以前，在乡下，男尊女卑的观念根深蒂固。上庄的妇女在下庄的妇女面前便高昂了头颅，那些个只生女孩的下庄妇女在人前更是塌软了腰板。于是上庄妇女和下庄妇女便多有不睦，这为潘桂花和王来根日后的坎坷埋下了隐患。

王来根和潘桂花的童年是自得其乐的，和所有的贫困的农村孩子一样。过家家时，潘桂花是王来根的新郎，王来根是潘桂花的新娘。是不是儿时游戏的启蒙为他们种下了爱的种子不得而知，他们从小就爱在一起玩耍倒是事实。

夏天，他们一起在金沙河里摸鱼捉虾，热了也会潜入深水里洗澡。那时，乡下的孩子开窍迟，八九岁了，王来根洗澡时也跟男孩子一样，光着上身，只穿条小裤衩。光着上身的王来根胸前那两点女性的标志，在潘桂花的眼中也不过是两个小黑痣而已。打水仗，比凫水，玩起来也是很疯的。回家的时候，潘桂花总会把自己篓里的鱼虾匀一些给王来根，好让她回家不挨她妈骂。打猪草的时候也常常匀一些给她。

那时，家长根本就没有重视教育的意识。潘桂花读过二年级，王来根是大字都不识一个。他们都从小就放牛。潘桂花比王来根长两岁，放牛的时间比王来根早。那时，王来根看见潘桂花骑在大牯牛的背上，挥舞着鞭绳，神气得像一个指挥千军万马的将军，眼里充满的是神往和崇拜。等她也放牛的时候，自己却怎么也上不去牛背。潘桂花教她："你说：低角，低角，它就会把头低下，你就站到它额头上。你再说：抬角，抬角，它就会一抬头，你就抓住它的鬃毛趁势往上骑就行了。"

但是，王来根还是不敢用这种办法骑上牛背。潘桂花只好把她的牛牵到一个坎边，叫王来根借助土坡往牛背上骑。结果，王来根没有把握好力度,一骑,就从牛背的左边翻到牛背的右边去了,额头上摔了个鸟蛋大的包。当其他的放牛娃笑得在草地上打滚的时候,是潘桂花上前扶起她,并帮她揉着、哄着。王来根自然打小就喜欢潘桂花哥哥。

等到王来根能骑上牛背了,潘桂花又手把手地教她如何使唤牛前进,如何叫行叫停。就像教练教导新手如何驾驶汽车一样。他还交代:"牛上坡的时候,要抓住它的鬃毛,向前趴伏;牛下坡的时候,要向后仰倒,紧抓住牛尾,这样才不至于从牛背上摔下来。"王来根连连点头,谨记在心。但她的小脑袋有时反应不及时,或是说她驾驭牛的技术还有待提高。

这天,傍晚时分,牛队一字排开,缓缓地行进在回家的路上,牛背上一律坐着小小牛倌灰黑的身影。牛进栏前是要喂饱水的。一字形的队伍又朝河岸上散开,水牛们各自找了一个合适的位置吱吱地喝起了水。王来根的水牛为了找到最佳的位置,把两条前腿伸进了水中,身子便大大地前倾。坐在牛背上的王来根急忙向前趴伏,去揪牛的鬃毛。只听扑通一声,她掉进了河里——忙中出错,她把潘桂花教给的经验记反了,如同新手驾驶员把油门错当了刹车。

尽管王来根是会水的,但非常遗憾,她此时掉进河水的时节不是夏季。等到潘桂花手忙脚乱地把她捞起时,她的脸已冻得青紫,浑身不住地颤抖。连冻带惊吓,她就病了。除了请赤脚医生上门给她打针外,她妈还请了巫师去河边给她收了魂。

等到年龄稍大点,双方都懂了点男女之间的那点事,他们反而不再像小时候那样耳鬓厮磨了。常常有意地保持一点距离,只是干活时偶尔相视一笑;或是雨天不干活时,也能常常不期而遇于村口小店或林间小道上。即使这样见了面,他们也只是含情脉脉地对视几眼。没人的时候也说几句无关痛痒的悄悄话,什么情呀爱呀的是断断说不出口的,那份爱意彼此心照不宣。

在王来根十八岁的那个初夏,俩人又不期而遇于庄后的山林。说是"不期而遇"是要打折扣的。潘桂花扛着担柴的扁担,提着砍柴的弯刀从王来根家门口路过的时候,口里是吹着口哨的。正在给猪添食的王来根听见了,一伸头就瞧见了他。不久也就拿了弯刀,扛了扁担上了山。潘桂花蹲在山林的路口系鞋带,一系就系了好一会儿,直到王来根来到身边才"系好"。

潘桂花领着王来根一直往山林深处走,走到没有人来的地方才停下了脚步。"这地方人来得少,枯枝多,是理想的打柴场所。"潘桂花停下来后向王来根解释,王来根装着什么也不明白地点头称是。

俩人分工合作,潘桂花捡柴,王来根理枝。王来根割回山藤,潘桂花进行捆扎。不大一会儿,四大捆柴便打理停当。王来根抬起衣袖擦额头上的汗,挺拔的前胸便突兀地撞进了潘桂花的眼帘。她那两个先前黑痣般的小东西已像发酵的面团般蓬勃起来。臀肥乳翘,汗湿的衣衫紧贴在身上,凸显出少女曼妙的身姿。潘桂花看得痴迷了,第一次伸出双臂去搂抱她。她惊叫着跳开,还是被他逮着了一只手。她的手鱼一样在他的大手间挣来扭去,但没有挣脱。后来发生的事就不必细说了。

王来根一不小心就成了潘桂花的人。此后,王来根对潘桂花不仅是芳心暗许,而且是死心塌地了。

下山的时候,潘桂花选了两捆大的柴火自己挑上,留下两捆小的让王来根挑。王来根走得慢的时候,他会卸下自己的担子,来接王来根一程。到了王来根家门口的时候,他又停下来,换了王来根挑的小捆柴担回家,把大捆的留给王来根。

潘桂花对王来根的体贴呵护没有逃过来根妈精明的眼睛。虽然对潘桂花的穷有点遗憾,但小伙子人长得壮实体面,又会心疼人,也还凑合得过去;最合她心意的是,两家离得近,以后好照应,女儿嫁给他,如同捡了一个上门女婿。于是,在潘桂花约王来根看露天电影的时候,来根妈便睁一只眼闭一只眼装着不知道。若是他帮着自己家菜地做活的话,她更是来者不拒。王来根也是精明人,她知道自己和潘桂花的事妈已算是默许了。眼看着自己幸福的婚姻大道畅通无阻,王来根的心里乐得连做梦都要笑醒了。

但是,事情的发展常常是与人们的愿望背道而驰的。这要怪潘桂花的妈不会做人了。自古以来，乡村里信奉的都是：抬头嫁女儿，低头娶媳妇。偏偏潘桂花的妈是个不晓事的，一口气生下六个儿子，把她能得眼睛都长到头顶上去了。遇到娶媳妇这档子该低头的事，她在一向被自己小看的只会生丫头片子的来根妈面前依然趾高气扬的。来根妈受她轻慢，本来心里就不痛快，窝着的火找不到地方发。不想在这当口，潘桂花的妈又说了句话，活活要把来根妈的肺给气炸。王来根和潘桂花的幸福生活，就这样被断送了。

那天，妇女们在地头歇晌，有几个妇女已经知道了潘桂花和王来根相好了，故意打趣潘桂花的妈："你家四小子早成人了，你这做妈的现在恐怕急得都睡不着觉了吧？"

"我急个屁。"潘桂花的妈提高了嗓门，好像故意说给来根妈听似的，"用得着急吗？门口挂粪瓢，自有那吃屎的来。"说得妇女们哄笑起来。王来根的妈，好像当众被打了耳光，气得脸青一阵白一阵的，暗下决心要棒打鸳鸯。她暗暗发誓，就是把女儿按进茅坑里淹死，也不会让她踏进潘家的门。你老潘家那一瓢粪还是留给你们自己吃吧。

晚上她回到家，抡起笤帚就对王来根一顿好打。王来根在妈夹七夹八的骂声中才陡然明白自己和潘桂花的好梦难以成真了。

遭到妈毒打的女子，半夜里偷偷出来找到了潘桂花。俩人抱头痛哭。潘桂花又难过，又气愤，但也无可奈何。哭了半夜，俩人商定：任她们吵，任她们闹。往后的日子，男不娶，女不嫁。直到家里的父母向儿女低了头，我们就等它个船到桥头自然直。

俗话说一家养女百家求。王来根上有姐姐，下有妹妹，虽然不受父母待见，却受媒婆青睐，好歹她也算是庄里出落得数一数二的俊姑娘。东庄的夏大平，王庄的陈文书，还有村部小学的郭老师都先后托了媒人来。来根的妈一个也没有答应。她自有主张，肥水不落外人田，她要把来根嫁给她娘家的侄子胡大宝。

王来根的这位大表哥不仅比她年长十几岁，而且长得獐头鼠目，一口黄不溜秋的大龅牙。招娣背地里开玩笑,说他一张嘴就露出满口的棺材钉。他脖子细长细长的,来弟当面就叫他"长颈鹿"。王来根打小就对他没有好感,即使没有潘桂花,她也不愿嫁给他。无奈母亲主意已定,没有通融的余地。王来根向父亲求助,老实巴交的父亲蹲在地上抽着烟,瓮声瓮气地回道:"你也要争口气哩,死皮赖脸地要贴上他潘家?嫁谁不是嫁?"在他看来,女儿就是个赔钱货,嫁谁好谁,与其好别人,不如好自家亲戚。

绝望的王来根只好偷偷再找潘桂花。潘桂花劝慰她:"只要你坚持不嫁,他们也就不能把你咋样。实在不行,我俩就卷个小铺盖,偷偷私奔了。"

胡大宝自从得到姑妈的许婚后,不顾山高水远一有空就往王来根家跑。这天他哼着小曲走在前往王来根家的小道上时,去路却被人拦住了。一定神,他发现潘桂花黑着个脸,凶神恶煞般地盯着他,好像恨不得一口要把他吞下去。

胡大宝看看比自己还要矮半头的对手,也不害怕。

"你小子要去哪呢?这里不是你该来的地方。"潘桂花恨恨地说。

胡大宝毫不示弱:"我去哪不去哪,轮得到你管?该不该来,也不是你说了算。"

他俩针尖对麦芒,没说上三句话就抡起拳头开战了。

他们从坡上打到田埂上,又从田埂上滚到泥田里。拳打脚踹,像两只发疯的牯牛,斗志昂扬。兴奋的乡邻一窝蜂地拥来看把戏。王来根的父母也匆匆地赶了来。在王来根父亲的呵斥声中,俩人才住了手。胡大宝被打落了一颗门牙,潘桂花被打出了鼻血。

王来根妈看见自己现在的侄儿、未来的女婿被不明不白地打掉了一颗门牙,再也无法忍受满腔的怒火,撵到潘桂花家的院门外骂了一回山门,问候了一番他家十八代祖宗。幸而潘桂花妈提了一桶脏衣服去了金沙河,否则,乡邻们又有一场好戏看。

被打落了门牙的胡大宝不接受教训。吃罢晚饭,在王来根站在锅台前洗碗的时候,悄悄走到她的身后,一把搂住她,把个臭烘烘的大嘴伸到了她的颈脖下。王来根吓得一声大叫,手中的碗也哐当一声碎在了地上。胡大宝没想到闹出这么大的动静,赶紧松了手,讪讪地离开。王来根浑身哆嗦,缩成一团,胃里作呕,真想吐它个翻江倒海。

无论王来根怎么厌恶,怎么违抗,婚期还是在双方家长的商定中来临了。为了防王来根逃掉,她妈不仅安排了招娣、来弟看管姐姐,还召回了已经出嫁的春叶、秋叶,加派了人手。姐妹们虽然对胡大宝没有什么好感,但对潘桂花的妈更充满了厌恨。所以,尽心尽职地帮助母亲对来根进行轮番地劝说和日夜守护。

眼看婚期越来越近,王来根找不到去会潘桂花的机会,心越来越焦躁。而潘桂花也知道王家已备好了来根的嫁妆,又在忙着来根的婚宴,却迟迟见不到来根的身影,想必是来根已经忘记了俩人的约定,屈服于父母的淫威了。潘桂花的心一天天地凉了下来。

王来根被姐妹们强行地套上了鲜红的嫁衣,头发也被她们盘了起来。在她们任意摆布王来根的时候,王来根觉得自己身体发冷,而内心却似烧沸了的小锅炉,随时都要爆炸。

门外响起了噼里啪啦的鞭炮声和高亢嘹亮的唢呐声,还有大人小孩的喧闹声。接亲的新郎带着他的人马正在大门外热闹地叫门,里面的亲戚朋友正在讨价还价地要着开门礼。大门被叫开之后,哄闹的人群又来到了来根的房门口。王来根捂着疼痛欲裂的脑袋坐在床沿上。姐妹们早就把门死死地闩上,贴着门她们大声地向门外的新郎要着第二道开门礼。随着开门礼一次又一次地递入,心满意足的姐妹们终于打开了房门。穿着一新的胡大宝出现在了王来根的面前。

按照乡里的风俗,闺女出嫁出门时,脚不能沾娘家的土地,以免带走了娘家的财气。新娘是要被娘家哥哥或是弟弟背着出门的。王来根没有长兄小弟,胡大宝决定由自己亲自来背。王来根岂肯上他的背?胡大宝站起身,一抄手就将她抱了起来。王来根如临大敌,她拼尽力气歇斯底里般地一声长啸,而后就昏厥了过去。等到大家又是抹胸又是掐人中才把她弄醒,她就成了一个呆愣愣的疯子。

胡大宝自然不会娶一个疯子回家,除非他自己是个疯子。

就在王家鞭炮和唢呐的热闹声中,潘桂花收拾了几件旧衣服打起了一个小铺盖,准备出门去打工。这里已经没有什么值得他留恋了,他要出去闯荡世界。他走到出村口的山道上,最后看了一眼弥漫着喜气的王家,义无反顾地大踏步而去。

后来呢?

后来就是疯子王来根到处寻找潘桂花,渐寻渐远,最后迷失了回家的路。也许她压根就不想再回到那个让她伤心的家。

再后来,她遇到了刘秀青的爸爸刘成文。她那时也许就把刘成文当成了潘桂花。

原来,刘秀青来到这个世上是个大大的意外哩。

潘桂花夫妇自然也问到了青青爸爸,他们得知刘成文车祸身亡,也是唏嘘不已。

9

再次回到北方县城的实验小学时,刘秀青已是神清气爽。她现在是有家的人了,有了妈妈她就有了家。临走时,继父潘桂花千叮咛万嘱咐,让她不要把自己当外人,不要嫌弃他那个家。妈妈也叫她遇事要和家里商量,节假日要常回家看看。刘秀青还多了一个弟弟,一个活泼可爱的弟弟。

有欢乐得跟人分享,刘秀青拿出手机不由自主地就摁了一个号码,接通前她又停住了。这个号码是他的,她不能打搅他。雷伊鸣若是知道刘秀青找到了妈妈,他一定也会高兴吧?一定会的。

痴痴呆呆了好一阵,刘秀青才拨了王娟的号码。

"王娟,我找到我妈了。"

"真的吗?找到了吗?在哪呢?"

"在景阳县哩。"

"找到了就好,你要好好孝顺她哩。"

"那是自然的。你妈回家了吗?"

"我正在努力。"

……

"喂,许文吗?我找着我妈了。"

"真的假的啊?"

"当然是真的。替我高兴吧?"

"太高兴啦。雷伊鸣也高兴坏了吧,陪你找了那么久。"

"他……我们分手了。"刘秀青的声音掩饰不了内心的沮丧。电话那头的声音也有了小小的停顿,好像许文被吓了一跳。

"你不是在开玩笑吧?"许文试探着问。

"谁愿意拿这种事开玩笑呢?"刘秀青大学的那些室友,和男孩子谈恋爱时,动不动就要提分手,以此来要挟对方。拿感情当儿戏,刘秀青可是从来都不会这样做的。

"唉,这倒是让人想不到的。分就分了吧。两条腿的蛤蟆不好找,四条腿的人还不好找吗?"

刘秀青被许文逗乐了:"许小姐,到今天还没学会说话呢?是'四条腿的蛤蟆''两条腿的人'。"

"蛤蟆是四条腿吗?我记得是八条腿的。"

"你说八条腿就八条腿吧。被你改良过的,一定跑得更快。"

"好了,别开玩笑了。说真的,我给你介绍一个吧。如果不是有雷伊鸣,我早就给你介绍他了。"

"别扯了,话费吃不消了。"

"别,你别挂。我跟你说真的。他可好了哩,要外貌有外貌,要内涵有内涵……"

"这么好,你自己留着吧。"刘秀青打断许文的喋喋不休。

"不能啊。他是我表哥呀,我一直都把他当哥的……"

刘秀青还是没等许文说完就嘻嘻地笑着挂断了电话。听她贫,刘秀青拼不起话费。不过,跟许文聊天,就是让人开心。

刘秀青还得告诉七叔、四奶奶。七叔在电话中兴奋异常:"你找到妈妈了?你妈妈恢复正常了?是真的吗?"然后,他又问,"你妈这几年是怎么过的?她怎么就和潘桂花走到一起了?你没问吗?……"

"我当然问了,我的好奇心也是很强的。"于是,刘秀青把她所知道的,一五一十地全告诉了七叔。

潘桂花在外打工,一去就是十年。十年中他走遍天南海北,做过多种活计,尝尽世间辛酸。十年的光阴把一个血气方刚的小伙子,磨炼成了一个世故的中年人,心中的爱恨情仇便也缥缈得似天际一抹淡淡的云彩。十年的背井离乡,使他有了回家看看的欲望。

他回家以后才知道:王来根在结婚那天突然精神失常,精神失常的王来根为了寻找他潘桂花走失在他乡。

潘桂花当时悔恨得真想撕烂自己。他打自己的耳光,他把拳头一次又一次砸在砖墙上,他抱着脑袋蹲在地上呜呜大哭……他陷入了深深的自责和悔恨之中。他后悔没有尽早地阻止她和胡大宝的婚姻,更后悔自己不该在那天一走了之。如果他在家,一切都会不一样了。

只一夜的工夫,这个健壮的汉子就瘦了一圈,布满血丝的眼睛也凹了下去。第二天,他不顾家人的劝阻,毅然决然地带上他打工的全部积蓄,踏上了寻找王来根的旅途。

他找人的艰辛不亚于刘秀青找妈的艰辛。好在他有王来根的照片,他把它印成小广告四处张贴,有一张就落到了刘成文的手中。

那天潘桂花在小镇上废品收购站门口张贴寻人启事时,刘成文恰好从废品收购站里出来。刘成文看见他张贴的小广告,当时就怔住了。刘成文拦下潘桂花,问他是哪里人,他要寻找的女人是他什么人?潘桂花说自己是她的男人,找不到这个女人他一辈子都不会回家。潘桂花的眼中噙满了悔恨和愁苦,那种眼神使任何一个见到他的人都会唤起深切的怜悯。刘成文心情复杂地向他讨了一张小广告,让潘桂花等他的消息,说,他会帮着找。

半个月后,潘桂花便接到了刘成文的电话,约他在锦丘汽车站接人。潘桂花见到王来根后的喜悦自不待言。也就在那个时候,他才知道眼前的刘成文就是王来根当时的男人,他们还有一个叫刘秀青的女儿。

刘成文把王来根交给了潘桂花,两个男人之间完成了一次神圣的交接。潘桂花对刘成文的感情是复杂的,但更多的是感激和敬重。他领着王来根就去了医院。渐渐地,王来根认出了潘桂花;渐渐地,潘桂花治愈了王来根。

后来就成家了,就有了儿子,就开起了小面馆过起普通而又甜蜜的小日子。

刘秀青把她所知道的情况简单地向七叔陈述了一番,他听后感叹不已。

"青儿,这么说,你爸爸送走你妈妈是另有原因了?"七叔在电话中想了想,又问。

刘秀青知道他是什么意思了。这么多年来,看见刘秀青四处找妈妈,他心里的包袱一定很重。事实上,刘秀青在心里也没少埋怨他。没有想到,爸爸送走妈妈还有其他的隐情。刘秀青忙宽慰七叔:"七叔,我爸爸送走我妈,是有多重考虑的,请不要再自责了。"

"是吗?那就好。有空带你妈妈一起来常州玩啊。我得赶快把这个好消息告诉你四奶奶和珍子婶去。"

打完电话,刘秀青回到办公室,向每一个见到的同事笑脸问好。她办公桌对面的苏老师,抬起柿饼脸很认真地打量了她一阵,然后用与外貌很不相称的尖细的嗓音问道:"小刘,捡钱啦?这么开心。"

"捡钱是要交公的,苏老师。"

"你这丫头……"

苏老师平常是不会和刘秀青搭话的,遇到刘秀青主动和她打招呼,她也只是在鼻孔中哼一声。因为刘秀青和江丽芸老师走得近。苏老师和江丽芸面和心不和,暗地里较着劲,这在学校里已是公开的秘密。

刘秀青在实验小学带的班级是四年级(3)班,她的指导老师是年级组长江丽芸。江老师是一位三十多岁的小巧玲珑的女人,齐耳的短发,不苟言笑的神情,简洁利索的打扮,无不显出她的精明强干。因为精明强干,也让她多了几分自负。自负是很容易得罪人的,她和苏老师的过节好像还不仅如此。

"小刘。"江组长听完刘秀青的课,站在教室的走廊上等她。听到江老师的喊声,刘秀青忙打发了围着她的学生,抱着一摞作业本跑出来。

"跟学生打交道是要讲策略的,不要和他们太接近,保持距离才能树立威信。"江组长边走边说,"现在的孩子多精呀,你给他几分颜色他就要开染坊,你给他鼻子他就要上脸。所以呀,老师爱学生,不能像家长那样爱。"

"你的课进步了不少。教态自然大方,授课条理清楚,师生互动融洽。假以时日,你也能成为一个优秀的老师。不过,你在课堂上还要学会重复。有人不是说:重复是学习之母吗?重点内容要反复讲,才能加深学生印象。"江组长在教刘秀青时从不保留,刘秀青对她很感激。

"小刘,周日去我家一趟。"江老师在指导完刘秀青的教学后,又来了一个指令般的邀请。

"江老师,有事吗?"刘秀青向来不喜欢麻烦别人。如果江老师是要请她去做客,她想还是免掉得好。

"没有事就不能叫你啊?有事的,去帮我女儿讲讲作业。"

"不会吧,江老师?家里有现成的老师不用,要请我去讲作业?"

"没听过九华山的菩萨照远不照近吗?自家的孩子自己教不了。以后你就会明白了。"她说得言之凿凿,刘秀青听得将信将疑。好吧,刘秀青勉强答应了她。

周日,刘秀青去了江丽芸老师家。江丽芸为她打开门的时候,一股暖气扑面裹上来。江丽芸上身只穿一件鹅黄色的羊毛衫,因为室内开了空调。刘秀青换了鞋,脱下葱绿色羽绒大衣挂在她家门旁的衣钩上,上身也只穿了件纯白色高领羊绒衫。江丽芸给刘秀青端水,刘秀青表示不需要:"您女儿呢?作业我看看吧。"

"急什么呢?小懒虫还没起来哩。星期天,她不睡到吃午饭也不会起来的,我们先坐下聊聊吧。"

江丽芸刚欠身坐到刘秀青身边的沙发上,门外就响起了笃笃的敲门声。江丽芸忙趋步门边拉开了门,一前一后进来两个男人。前面的不到四十岁,微胖,手里提着一大袋菜,好像是从菜市场回来。见了刘秀青,没等江丽芸介绍,他就主动打招呼:"这位是刘老师吧?你好。快坐下。"看这架势显然是家主了。刘秀青试探地问江丽芸:"是姐夫吧?"江丽芸点了点头,刘秀青赶紧叫了声"姐夫",也向他问了好。

"姐夫"身后的那位细高个儿,戴着眼镜,围着葱绿色围巾,像个儒雅的书生。那人进门后换好鞋,就把葱绿色围巾搭在刘秀青的羽绒服上,好像它原本就是那件羽绒服的搭件。眼镜后面的眼睛就一直在刘秀青身上扫来扫去。江丽芸给他俩引见:"这位是我们学校的刘秀青老师,教语文的;这位是教体局的王豪老师。"王豪和刘秀青相互点点头,算是问候了。

大家围坐在沙发上聊了起来。王豪称江丽芸的老公为"李科长",原来他俩是同事。李科长问了刘秀青一些工作和生活上的事,对她表示着关心。刘秀青这才发现他举手投足之间都带着十足的官味。

李科长的独角戏唱够了,就起身招呼江丽芸:"我们去厨房忙吧,让年轻人多交流一下。"到此,刘秀青基本上已经明白江老师把她叫到家里来的用意了,他们是想撮合她和王豪。刘秀青赶紧也跟他们进了厨房,对李科长说:"你和王老师聊吧。洗菜、做饭还是让我们女性来吧。"

"那哪成?你是客人,哪能让你做?你们聊,你们聊。"李科长拈着刘秀青的衣袖把她拽到了客厅。

客厅里只剩下刘秀青和王豪,她觉得尴尬,他好像也有点紧张。

他主动打开了僵局:"听说,你很喜欢看书?"他说话慢条斯理的,显得很稳重。

"嗯,没事瞎看。"

"喜欢看网络文学吗?"

"暂时还不适应,喜欢纯文学。"

"我也是,对现在的网络语言感到挺无奈的。你看我是不是有点老气横秋的?"她偷眼看了他一下,也不过三十岁,外表不显得老相。气质嘛,沉稳有余,活力不足。她看他时,他也在瞅着她。刘秀青赶紧掉开自己的目光,脸上有了火燎的感觉。

王豪把剥好的花生仁放到刘秀青面前,继续主导着局面:"我给你讲个故事吧。前几天,我在网上一个美工组那订了一幅校园设计图。人家很敬业,先给我发来一幅平面图,接着又给我发来一幅立体图,却在图旁标写

'尸体奉上'的字样。我左思右想的,就是弄不明白是什么意思。一问才知道'尸体'即'实体'。不知道这是小美工在玩俏皮,还是他们行业的黑话,或者又是一个网络新词?反正我心里像吃了个苍蝇一样不舒服。我觉得我们每个人都有义务维护母语的纯洁,要发展也不能随意发展,对吧?'元芳,你怎么看?'"

王豪一句网络流行语,让刘秀青一口水差点笑喷了:"原来你还挺幽默。"

"不瞒你说,我是打了腹稿的。"

"你还挺坦诚。"

"那是应该的。"说罢,王豪又把一把剥好壳的杏仁放在刘秀青面前。

刘秀青觉得和王豪交流挺轻松挺容易,也许就是他打好了"腹稿"的缘故吧。不知不觉就到了吃午饭的时间了。

吃罢午饭刘秀青就要告辞。她去衣钩上取羽绒服的时候,王豪已取了那条围巾站在一旁。等她穿好羽绒服,他顺手把他的围巾围在了刘秀青的脖上。刘秀青赶紧往下拿,他按住她的手,笑着说:"这就是给你买的。那天,我去你们学校看见你穿了这件羽绒服,就想给你找一条配色的围巾,我在街上找了好多商店才配到这条的。"江丽芸夫妇在一旁也盛赞这条围巾跟衣服很配,都劝刘秀青围上。把送人的礼物围在脖子上带来送人,这人还真不拘小节——刘秀青一边听他们说话,一边腹诽着。

"我不需要围巾的,你自己留着吧。"

"我大老爷们,围这种颜色像什么啊?"

"既然这样,我付你钱吧。"刘秀青没有理由白白收人家东西。

"你要是觉得过意不去,那就也送我一条好了。不过,我喜欢手工编织的。"这家伙看来还是挺有心机的。不容刘秀青再说些什么,江丽芸夫妇连忙在一旁岔开话。李科长微腆着肚子,跟王豪说:"回去,代我向王老问好,改天有空的话我再去拜访他。"

离开江丽芸他们小区,王豪说时间还早,约刘秀青再去散散步。她婉言谢绝了。王豪给刘秀青的感觉太复杂,她一时接受不了。再说,她现在也没有再交男友的心思。

但是,流水才不管落花的心意,它总是按照自己的意愿流淌。不想去交男友的刘秀青,偏偏又有个男孩找上了门。第二天中午,她从食堂打了饭刚回到单身宿舍,就有人敲门。门是开着的,刘秀青从饭盒上抬起头就见一个伟岸的身影立在她的门口,手上还捧着什么。

"请问你就是刘秀青吗?"他一口标准的普通话,嗓音带着好听的磁性。

"嗯,我是。"刘秀青赶紧吞咽着嘴里的那口饭,"请问,你找我有什么事?"

他并不回答她,径直走了进来,坐到她的对面,脸红红地笑着:"我来给你送栗子。许文告诉我这是你的最爱。"说着,他把手中的牛皮纸袋打开,送到她的面前。纸袋里露出黄灿灿的熟栗子,它们一个个咧着小嘴冲她乐着。其实,他一进来,她就闻到栗子那诱人的香味了。

"你是周健健?"许文最近在电话里已经多次向刘秀青念叨她的这位表哥了。他点头,又不好意思地摸摸脑袋。

"你从锦丘过来?"

"不,我就在通城市区的一家工行上班,离这里很近的。"通城市区就在附近,乘公交车二十分钟就到了。刘秀青所在的县是通城市所辖县。

"还没有吃午饭吧?"

"没有。我早就过来了,一直在等你中午放学。刚才是一个学生指引我过来的。"他不好意思地解释着。

"那我们出去吃吧。"刘秀青合上才吃了两口的盒饭,站起了身。

"好的。"他也随着站起来,个子要比刘秀青足足高出一头。

刘秀青背转身,吐了吐舌头,心里埋怨着许文净给她添麻烦。

10

　　王豪三天两头地来刘秀青宿舍找她，让她不胜其烦。这天，他直接来到办公室找，不断地和熟人打着招呼，而后，一屁股坐在了苏老师的位子上，好像很累的样子。刘秀青在批改作业，故意不抬头。

　　"刘老师，这是你要的那本书吗？"他说着，把一本散发着墨香的书送到了她的鼻子底下。刘秀青抬眼一看，是她寻找了好久的《一个人的救赎》。在大学读书时，听同学谈起过一位不出名的作者写的这本书。她在很多书店里找过，但没找着。上次在江丽芸家不经意中跟他谈起过这本书。

　　"呀，你在哪儿找到的？"刘秀青喜出望外，眉眼顿时生动起来。

　　"网上买的。刚从邮局拿到，就马不停蹄地给你送了来。"

　　"谢谢。"

　　"怎么谢？"王豪拿起苏老师的笔在手中漫不经心地转着，慢条斯理地问。刘秀青挑起眉毛看着他，心想你还要索吻不成？眼中不免就带上了几分不满。

　　王豪显然读懂了刘秀青的眼神，忙丢下笔坐正身子，说："戴上我送的围巾就行。"

　　他送的围巾刘秀青其实很喜欢，颜色和衣服搭配得没的说，而且茸茸的、柔柔的，戴在脖子上很舒适、很暖和。在宿舍里，她也偷偷地戴过，只是不想让他看见。刘秀青笑笑，不置可否，把他拿来的书收到抽屉中，继续批改作业。他就坐在对面无所事事地看着。

下课了,苏老师来了,他才忙让位告辞。

苏老师目送王豪走出门,向刘秀青探过头来,压低了声音问:"小刘,王豪是不是对你有意思?一定是江丽芸给你们牵的线吧?"

"没有的事,苏老师。"

"当我是傻子。"苏老师撇撇嘴,哼了一声,又说道,"先前,她不是要拿自己的表妹去巴结人家吗?可惜,人家没看上。现在又用上你了。"

怎么说得这样难听呢?"没有的事,苏老师。"刘秀青再次重申。

"真的没有?"

"当然了。"

"那好,我给你介绍一个对象。我早就想给你介绍了,只是这几天忙,没顾上。"她细声细气的,说得挺像那么回事。刘秀青假意应承道:"好啊。"

没想到,周四这天苏老师一进办公室,就兴冲冲地朝刘秀青走过来,贴到她身边故作神秘地小声道:"小刘,晚上我带你出去见一个人。"

"见什么人啊?"

"去了你就知道了,包你满意。5点在红蜻蜓会馆见面。放学后你就跟我一道。"

还没等刘秀青问明白,苏老师就和别人说话去了,情绪好得不得了。刘秀青想:她说过要给自己介绍朋友的,大概就是那档子事吧。看来自己现在桃花运正旺。见就见吧,见见又何妨?如果能借此打消王豪的念头,又何尝不是一件好事。

放学后,刘秀青就老老实实地跟在苏老师后面了,戴着王豪送她的那条葱绿色围巾。她在送了王豪一双皮手套之后,就心安理得地戴上了它。

苏老师神采飞扬,一路上大声和同事打着招呼。刘秀青想:如果我和她介绍的男子真的对上了眼,恐怕全天下的人很快都会知道了吧?

红蜻蜓会馆处在县城闹市区,是一家集茶座、餐饮、棋牌和住宿于一体的消闲场所。她们到红蜻蜓会馆大门口的时候,是下午6点多一点。一个浑身皮装的男青年朝她们迎了过来,苏老师称他"小盛"。

在苏老师给他们做了介绍之后,小盛带领她们朝三楼的茶座走去。刘秀青在他的身后,正好借机打量他。他中等个头,不胖不瘦。上身穿着黑色的皮夹克,下身穿着细腿的黑色皮长裤,脚上是一双锃亮的半根短帮的褐色皮鞋。看得出,都是上好的皮料。走动的时候,衣服相擦,发出哐哐的声响。刘秀青似乎能闻到兽皮的腥臭味。他回首说话时,她看到他的相貌也算得上英俊,很阳刚,很有男人味。

大家坐下后,服务员便拿着菜单来问他们点些什么。小盛冲服务员一挥手:"什么最好,就给我们上什么。不要多问,尽管上。通知你们四楼,给我安排一个包厢,备一桌菜,也要最好的。"

一会儿,几个服务员次第送上了三杯冒着热气的大红袍,一壶果茶,一大堆糕饼小吃,还有刘秀青叫不上名字的水果。小盛伸手抓了一把开心果嗑起来,一边盛情邀请刘秀青和苏老师也吃。

刘秀青慢慢地嗑着南瓜子,听小盛唱独角戏。苏老师时不时地应和奉承两句。他说的都是他们家"盛名超市"的经营和收益的事。如果刘秀青现在不是在县城内的话,真会产生"盛名超市"大得连整个县城都装不下的错觉。他说了一大堆,潜台词无非只有一句:他们家很有钱。有钱也许值得炫耀,但在刘秀青这里觉得很浅薄。在心里,她早就将他一票否决了,但出于礼貌她还不能马上就走。

正想着找个什么借口来脱身的时候,手机适时地响了。刘秀青一看是王豪打来的,犹豫了一下还是接了。

"喂,刘秀青,你现在在哪?"他第一次直呼刘秀青的大名,语气很冲。

"你有事吗?"刘秀青答非所问。

"你现在在哪?在干什么?"

"哦,你有重要的事要立即找我?好吧,那我马上过去。"刘秀青实在忍受不了小盛的夸夸其谈,故意提高了声音,故意说出牛头不对马嘴的话。一边说着,一边站起了身。

"你在大世界门口等我,我马上就来。"王豪的语调一下子柔和了起来。

刘秀青对苏老师和小盛表示抱歉,趁他们错愕之时赶紧溜之大吉。

刘秀青站在大世界门口左顾右盼,她不知道他的家在哪个方向,也不知道此刻他在哪。如果打个电话过去告诉他自己已经回去了,不知道是否太伤害他。她拿不定主意是走是留之际,已看到左边的人行道上,一个熟悉的身影正朝她跑过来,敞开的大氅被风鼓荡着在身后飞扬。他跑到她面前才急停步,大口地喘着气。

"有什么事电话里说就好了,何苦跑过来,这么冷的天。"她埋怨他。

"我不冷。你冻坏了吧?"他看见刘秀青围上了他送的围巾,眼里露出满意的神色。伸出手,把围巾往上牵了牵,围住她的耳朵。

"你知道我来市内了?"

"是。一个姑娘家,瞎跑什么?"他的不满又被勾起了。

"谁告诉你的?"刘秀青想,他应该知道我来市内相亲了。

"不用谁告诉,我感应到了。仅这一次哦,下不为例。"王豪用手指点着刘秀青的脑袋,做咬牙切齿态。

"你是我什么人啊,这么霸道?"刘秀青躲开他的手指,假装生气。这种霸道,其实她还是蛮喜欢的,有一种被重视的幸福感在心底油然而生。王豪抓住刘秀青的手,不由分说地拉着她就往前走,带着她走进了一家火锅店。

找了一个位置刚坐下,鸳鸯火锅就被打着了,服务员端上来各种配菜。

"你到现在还没吃晚饭吗?"刘秀青问他。

"能吃得下吗?你一点也不让人省心。"他没好气地回答。

"我也没有吃哩,肚子饿得咕咕叫了。"

"那就多吃点吧。"刘秀青等待他的讽刺。但他没有,而是夹了一块烫好的羊肉卷放进了她碗里。

"能吃辣吗?"他问。

"能吃点。"得到刘秀青的答复后,王豪便从沸腾的火锅中捞起一束金针菇放到她面前的盘中。刘秀青吃了一筷头,辣得咝咝吸气。他慌了,忙给她端水。然后,他就帮她把肉和菜上的汤汁抖尽,尽量不让她被辣到。

这一顿晚饭,刘秀青吃得浑身冒汗,也很开心。

刘秀青本来打算借相亲来打消王豪对自己的念头,不承想结果他们却坐到一起吃起了晚饭。看来,是弄巧成拙了。

第二天,苏老师坐到刘秀青对面的时候,正巧办公室没有其他的同事,苏老师向刘秀青要"回话"。

"小刘,人你已经见了,他家里的情况你也了解了,给个答复吧。"她很干脆。刘秀青也就干脆地回答她:"苏老师,谢谢你了。你给介绍的这个人条件真的没的说,可惜,我对他没有感觉。直觉告诉我,我和他没有缘。"

"谈恋爱是要'谈'的嘛,再接触接触就会有感觉了。他可是一眼就相中了你了。"

"他和我不是一个世界的人,他能相中我什么?他以为的好,我一样也没有。而我能有的好,他也无法欣赏。"刘秀青心里这样想,嘴里却不能这样说。她说:"苏老师,凭他的条件,找一个比我好百倍的姑娘也容易。"

"刘老师,你也不要自卑。你条件是差了点,但是人家就看上了你是个教师。这是你的福气,你一定要好好把握机会啊。"

瞧这话说的,刘秀青不自卑也要自卑了:"苏老师,我没相中他。麻烦你告诉他,就说我们没有缘。"

苏老师的柿饼脸渐渐变青,她气得撂下手提包就走开了。后来的日子里,刘秀青再和苏老师说话时,她又像刘秀青初来时那样,带理不理的,这让刘秀青感到很郁闷。

学期快要结束时,学校通知班主任去教务处领学生的寒假作业。江丽芸老师说自己有考卷急着改,叫刘秀青帮她领一下。

教务处在教学楼对面的一楼,刘秀青从办公室出来时,一眼就看见一辆面包车停在教务处的门口,有几个人正从车上往下搬寒假作业,也有几个班主任在旁边领取。这辆车是教体局的,她认识。她正在想,王豪会不会也跟来了?就看见王豪站在教学楼不远处和人说话。好像是准备到教师办公楼这边来,被人绊住了。刘秀青如果从西边楼梯口下去,正好要和他打个照面。

刘秀青不想和他打照面,就绕道去东边楼梯口下。刚下到一楼转弯时,陡然看见王豪正笑眯眯地站在那等她。她吓了一跳,拍着胸口嗔怪他。

"不要躲着我,刘老师。你躲得掉吗?我在人群中寻找了那么久,才找到了你。我不会放开你。"

"王老师,我没有你想得那么好,天下好姑娘多了去了。"

"你是深山中的幽兰,你独特的芬芳不是玫瑰和芍药能够比拟的。而你却不孤芳自赏。不像她们,一个个都把自己当作金枝玉叶,或是皇后娘娘,自视甚高,自我娇惯。在我眼中,世上没有比你更值得让我付出真情的了……"他说话依然是慢条斯理的。刘秀青当他是在花言巧语,看一看他的眼睛,镜片后面的目光是真诚的,甚至可以说是动情的。他动情的说辞让她迷失了自己,她的心软了。

"我有过男朋友的。"

"我知道。那已经成为过去。只怪我到你身边太迟了,让你受苦了。"他说此话时很温柔,刘秀青的眼泪差点就掉了下来。

他向她面前跨过来一步,似乎就要来搂抱她。刘秀青一激灵,示意他不远处还有一群人。他突然清醒,向后退了一步,顺势向她做了一个"请"的手势,让她去领作业。

刘秀青向教务处走去的时候,王豪紧跟在她身旁,像个护花使者。

11

放寒假时,王豪问刘秀青是不是要去景阳县大新镇。刘秀青奇怪他怎么知道,她确信自己没有跟他提起过妈妈。见刘秀青狐疑,王豪支支吾吾地解释,说是在要求江丽芸牵线前,他做过一点了解。

这不是在背地里调查我吗?这让刘秀青感到很不舒服,就好像被人剥过衣服,验明正身一样。刘秀青的不高兴自然也表现在脸上,王豪没有为自己做过多的辩解,只是一个劲地说着"对不起"。虽然刘秀青也能够理解他的做法,但她心里的疙瘩就是解不开,他们之间刚刚热络起来的关系又变得生硬起来。

王豪和刘秀青商量,她离开学校时,他开车送她去景阳县,借机去拜见刘秀青的母亲和继父。刘秀青当然不会同意了。刘秀青说:"我们之间,八字还没有一撇哩,哪里就能见父母了?"王豪只好开车把刘秀青送到汽车站。他泊好车的时候,刘秀青已经买好了车票。叫他先回家,他不肯,非要等刘秀青上了车再走。

车要开的时候刘秀青才上车。近视的他突然发现刘秀青上了去 Y 市的车,神情顿时紧张起来。此时,车已开动,他跟在车后急跑。司机以为还有人要上车,准备停车,被刘秀青阻止了。看着他在大巴车后面狼狈和焦虑的样子,刘秀青愉快地挑起了嘴角。

王豪打刘秀青的手机,刘秀青看了一眼来电号码没有接。他又发来信息:"刘秀青,你确信没有上错车吗?"一会儿又发过来一条:"你到底要去哪里?告诉我,好让我放心。"刘秀青使着坏,不理他,有心要报复他。心想:你不是会调查吗?

很快,他又发过来一条信息:"你不说,我只有开车追过来了。"

刘秀青相信他会的,不能再开玩笑了,就给他发了一条信息:"去Y市我同学那。女的。"

寒假时间虽然不长,但刘秀青因为惦记着那个叫赵子兵的孩子,王娟一约她去Y市上辅导班的课,她就去了,但是赵子兵没有再来。刘秀青这次带的学生倒是挺懂事、挺省心的一个女孩子。一接触就知道她的功底很好。问问她的成绩,说是在班上能够排到前三名。"前三名还要来补课,用得着吗?"刘秀青问她。女孩说,看见别人补课,她家长着急,生怕别人超到前面去了。原来补课的风气就是这样被搞起来的啊。

闲暇时,刘秀青就缠着王娟打探她的事情,当然是她和张校长之间的事情了。王娟没有去别处找实习工作,直接来英才教育中心当上内当家了。王娟准备过年时带张校长去家里拜见父母,届时她爸爸迫于压力有可能把王娟的妈妈接回家,那就皆大欢喜了。

过年的前两天,英才教育中心才放假。正月他们也不打算营业,因为要筹备双方父母会见,还要拜见亲友等,到时候事情一定很多,他们也就无暇开课了。刘秀青就等着收他们的喜帖,吃他们的喜糖了。

腊月二十八,刘秀青买来一些礼物来到了大新镇乘车点的潘师傅面馆,继父和妈妈都开心得合不拢嘴。弟弟拿着刘秀青买的变形金刚,也是兴奋异常。

春节期间,面馆的生意格外红火。南来的归客,北往的旅人,使小小乘车点内变得熙熙攘攘,热闹非凡。面馆也是门庭若市,忙得不可开交。刘秀青要给面馆帮忙,想端端盘子收收碗,但继父和妈妈就是不许。刘秀青只能陪着弟弟做作业,看看"灰太狼"了。考虑到自己在这儿非但不能帮点忙,反而让妈妈操心她的食宿,所以过完年的第三天,刘秀青就回到了实验小学自己的单身宿舍。

本来,她的实习期已经满了,这学期她要回校做毕业设计等等,但江丽芸老师怀了二胎需要保胎,学校人手本来就不够,江丽芸老师一请假,学校的课程就不好安排了,所以上学期期末考试期间,学校领导就找刘秀青商量,说她课教得不错,能不能再给代一学期课。领导们还鼓励她毕业后来他们学校工作。刘秀青跟她的大学辅导员商量,辅导员说只要不耽误毕业就行,所以她就留了下来。

晚上,刘秀青烧了点热水,泡了一盒方便面,正用筷子搅着方便面的时候,宿舍的门被人敲响了。刘秀青以为是在学校里住家的老师来玩,没有多问就拉开了门。王豪站在门口,口里吐着白气,鼻子冻得通红。还没容刘秀青说话,他就一把抱住了刘秀青。刘秀青挣扎,他反而把双臂箍得更紧。他不说话,拿下巴慢慢地蹭着刘秀青的后脑勺。

"好了,好了。放开我吧,你都快把我勒死了。"

他没有放开刘秀青,只是略松了松胳膊,把下巴移到刘秀青的额头上:"我不会放开你。怕你又跑了。"

孤独的刘秀青感受到他怀抱的温暖和情意的真挚,鼻子发酸了,不再推让,不再躲避,她把脑袋靠上了他结实的胸脯。他的胸口擂鼓似的响着。

"我想带你去见我爸妈,好吗?"他喃喃着。刘秀青浑身一哆嗦,她想起了雷伊鸣带她去见雷伊鸣妈妈的情景。

"你不用害怕,我爸妈都很民主。只要是我喜欢的,他们就肯定会喜欢。"

"你还是放开我吧,我的方便面都快凉了。"

王豪放开刘秀青,看见她泡的方便面,吸了吸鼻子,露出很馋的样子。

"难道你也没有吃晚饭?"刘秀青坐下了,拿起筷子准备开吃。

"我们家的晚饭太早,4点多就吃过了。吃过晚饭无聊,我就开车出来逛,不知不觉就到'实小'来了。看见你窗口的灯光,我不敢相信你回来了。上来看看,没想到你真在。"

"这么说,你也饿了?"

"当然,能分我一点吗?"

宿舍里只有这一盒方便面了,没有其他吃的东西,刘秀青只好分了半碗给他,他卷了一筷头送进嘴里,吃得稀里哗啦的,好像品尝的是无上美味。

半碗面吃完了,他咂巴咂巴嘴,慢条斯理地说道:"上中学的时候吧,看到班上有的同学拿方便面当午餐,你不知道我有多羡慕。回家跟我妈要,我妈却说方便面没营养不答应。偶尔我妈忙得不能回家,我便把妈给的午饭钱买了方便面,吃得那个香啊……喂,你别全吃了啊,再给我留一口啊。"刘秀青懒得睬他。吃完了,收拾好了,他说:"你看吧,就这么点方便面反而让我更饿了。我们去外面吃火锅吧。"刘秀青欢呼着,立即随他一道出了门。

开学后不久,教体局搞了一个送教下乡活动。教体局从县内各校抽了十几个一线名师,送他们到乡村师资力量匮乏的学校传经送宝。王豪利用职务之便,为刘秀青搞了一个学习的名额。于是刘秀青每天和他们一道早出晚归,来往于县城和乡村学校之间。王豪是带队的领导,自然也和他们一道。

在车上,刘秀青身边的座位成了王豪的专用位子。起先,有女老师坐在刘秀青身边,他来了,就客气地把人家请走。有时他先上车,就把手提包放在身边的位子上占座,刘秀青上车时,他就向她招手,示意她到他身边去。一来二去,大家便都知道了他对她的关照,自觉地把他身边的位子或是刘秀青身边的位子让出来。

饭桌上也是如此,王豪是教体局的领导,吃饭时按照规矩应该坐上首。刘秀青一个小小的实习生,既非领导,又非送教的名师,自然是自觉地坐在末席。王豪要坐在她身边,学校的领导岂肯答应?于是,吃饭前免不了就要为礼让座位而拉扯一番。最后一律是学校领导败下阵来,还是让王豪坐在了下首。

王豪酒量不咋样,但喝起酒来非常豪爽,来者不拒。酒桌上刘秀青是美女,自然不断有男人敬她酒。别人敬刘秀青酒时,王豪也一律代饮,不让她沾一滴酒。其实刘秀青是能喝点白酒的,只是不喜欢而已。到底能喝多少,她自己也不知道。瞧王豪那喝了一杯酒就满脸通红的样子,她想自己的酒量应该在他之上。记得爸爸去世时的那段日子,她是整夜整夜地睡不着觉,也曾拿白酒当安眠药使过。半瓶白酒喝下去,她是头不晕,腿不飘,神志清醒得依然睡不着。

王豪几杯白酒下肚,脸红得像关公,人也变得傻里傻气的,不住地呵呵傻笑。回来的车上,他借酒装疯,把脑袋搭在刘秀青的肩膀上。她猛地一抽肩膀,他就差一点一头撞在前面的座椅上。刘秀青告诉他自己之所以生气的原因:"我不喜欢你喝酒后的样子。酒能丧智,你看你现在二成什么样了。"她压低声音表达她的不满。他瞠目瞪视着她,连耳根都红了,不知是酒的魔力还是羞成那样。

以后饭桌上,刘秀青没有看见王豪再喝酒。他以胃不好来搪塞,和刘秀青一样只要酸奶或是果汁了。他们一道来的老师知道内情,回来的路上拿他打趣,说他得了妻管炎,而不是胃痛。他厚着脸皮慢条斯理地道:"妻管炎就妻管炎嘛。愿意患上妻管严是男人的美德,能够患上妻管严是男人的幸福。"车内的人都被逗得哈哈大笑,而他是一点都不笑的,故作一脸认真地看着刘秀青。刘秀青只好骂他厚脸皮。

周健健到实验小学来得也勤。他每次来不是给刘秀青带一盒蛋糕,就是带一盒巧克力,反正总是给她带吃的。不知许文在他面前是否把刘秀青描述成了一个吃货。他们在一起也能谈得来,他很健谈,天气、保健、财经、房地产、新闻、八卦……他无所不谈,而且都能谈得头头是道。因为他太能侃,刘秀青感觉到他不是自己心仪的那种沉稳、有担当的男人,她对他也就产生不了比好感更好的情感了。

虽然刘秀青知道他来的用意,但他从来不挑明,她总不能冲他说:"你不用再来了,我不会跟你交朋友的。"如果他根本就没有那个意思,她岂不是自作多情了?刘秀青在和周健健聊天时,保持着一种分寸,不给他想入非非的余地。这种分寸使得他们之间始终保持着一段距离。

这天,周健健正坐在刘秀青宿舍的椅子上东拉西扯,王豪进来了。他一看到周健健那神采飞扬的样子,就不悦地皱起了眉头。周健健和他打招呼他也不理,一点君子风范也没有。他径直走到刘秀青床边,脱了她送的皮手套扔在她的枕头上,紧挨着她坐到了床沿上。

他不去看周健健,而是用极其温柔暧昧的语调对刘秀青说:"我饿了,给我弄点吃的吧。"像晚归的老公对妻子的吩咐。也不知道他说的是真的还是假的,刘秀青宿舍里没有其他东西可吃,只有周健健刚刚带来的一盒栗子糕。刘秀青不好意思当着周健健的面拆栗子糕给他吃,起身去学校外面的小卖部给他买了两个刚出炉的面饼。

等她回来时,周健健已经走了,桌上那盒栗子糕已经拆开被吃了几块。刘秀青递给他面饼,他接了放到桌旁,原来他并不饿。刘秀青问他周健健哪去了,他说:"不知道哩。那家伙怎么这样没礼貌呢?没跟主人打招呼怎么就走了呢?"刘秀青知道一定是他使了坏。她甚至能够想象得出,他大模大样地吃着栗子糕的时候,周健健那张脸上变化着的复杂情绪。

周健健从此再也没有来过刘秀青所在的实验小学了。

12

春的信息从小鸟欢快的啁啾声中传过来,从枝头蓬勃的叶苞中跳出来,很快,春风便染绿了大江南北,春暖花开的时节到了。人们都脱下了厚厚的冬装,束缚了一冬的手脚变得灵活自如了。刘秀青也收起了羽绒服,换上了春衫。王豪送的那条葱绿色围巾也被她洗涤干净,收到了箱底。

王豪最近几乎每天都要到实验小学来,陪刘秀青一起吃午饭。节假日他就把她带到他家里了。王豪父母确实像王豪所说的那样,民主而开通,他们对刘秀青像亲生女儿一样。伯母有时会拉着刘秀青一起去菜市场买菜,见到熟人,她会很开心地告诉人家:"我也有女儿了。"难不成没有女儿是她的一大遗憾?王豪有时候假装跟他妈妈生气,嚷道:"妈,她是我给自己找的女朋友,不是给你找的女儿。你别总是占着她。"他妈妈一点也不生气,笑呵呵地催着儿子赶紧把人娶回来。王豪便不断地催促刘秀青结婚。

结婚还太早,刘秀青暂时没有这个打算。她决定清明回一趟老家,把她和王豪的事禀告爸爸,并到大新镇去征得妈妈的同意,然后把和王豪的关系确定下来。

刘秀青清明回家,王豪本来说好要和她一道的,不巧,下面有个校安工程遇到了麻烦,教体局临时抽调他陪同副局长下去处理。临别时,他犹犹豫豫的,不知道该不该向领导请求换人。刘秀青劝慰他:"不就三天吗?三天后我不就回来了?我回家有些事情要处理,一个人更方便些。"他最终还是放弃了和刘秀青同行的打算,这让他后来后悔不已。

回到十三冲苦水塘边时,刘秀青的眼前一亮。原先破败的房子已经被一栋崭新的平房所代替,白墙黑瓦,宽大的铁门,宽大的窗户,比爸爸以前许诺她的要好看得多。二图哥说要帮她申请危房改造,她只当他说说而已,没想到还真的办成了。刘秀青欣喜不已,屋前屋后地转了好几圈,这才带着事先买好的冥钱,去板栗山上看爸爸。

沿着竹溪往上走,一边是竹林,一边是板栗园。竹林中穿着"夹袄"的竹笋四处探着脑袋,有的刚刚从土里钻出,有的正兴奋地抖落笋衣。板栗树粗壮的虬枝直伸向苍穹,上面挂着的一片片新绿在微风中摇头晃脑,喜不自禁。映山红在灌木间招摇着它的艳丽,鸟儿在枝头卖弄它们的歌喉,竹溪也哼着古老的歌谣汩汩应和。

刘秀青一边享受着这熟悉而亲切的自然风光,一边弯腰采摘着鲜艳欲滴的映山红。来到爸爸的坟茔前,时光已消融了椎心裂肺般的疼痛,她的心境变得宁静而平和。她奉上鲜花,清理爸爸坟头的杂草。她一边给他烧着冥钱,一边和他拉着家常。她告诉爸爸:"我这几年过得很好,我遇到了一个最好的社会,大学也顺利毕业了,工作也稳定了。家里的房子政府也给翻修了。妈妈,我已经找到了,她也生活得很好,你就不要再挂念我们娘俩了。女儿大了,想结婚了,想有一个自己的家,希望爸爸能够成全,也能够保佑……"

黑蝴蝶般的纸灰在她身边飞舞着,不知道那是不是爸爸的叮嘱。当黑蝴蝶飞尽的时候,她就抱膝坐在爸爸的坟边,像一个撒娇的孩子,想在他身边多赖一会儿。

"青——"谁在叫?刘秀青听到有人叫她。

回头四处看看,却不见人影,那声音分明来自空中。是爸爸在叫吗?可她听到的分明就是雷伊鸣的声音啊。一念到此,她的汗毛孔顿时麻酥酥的。他的声音怎么能飘到这里?真是太诡异了。刘秀青心底升起隐隐的担忧。她立即闭了眼向爸爸祷告:"爸爸,你保佑他。爸爸,求你保佑他。"虽然已经和他分手了,但和他毕竟真心爱过,她希望他一辈子都能平平安安。

　　从板栗山上下来,刘秀青走进了二图哥刘得福家。她感谢二图哥帮她改建了房子。二图说:"要感谢就感谢政府,感谢政府的政策好。"说着就递给刘秀青一把钥匙,说是她家大铁门上的。家里的东西可是一样都没少哩。

　　刘秀青回家的消息早已传遍了小小的村落,许多乡亲都到二图家来看她。大人小孩挤了一屋人。柱子早已结婚,孩子都满地跑了。他媳妇也站在人群中看热闹。黑子妈怀里抱了个还在襁褓中的孩子,她告诉刘秀青黑子夫妇都出去打工了,几个月大的孩子就丢给她带了。她说后悔当初没有让黑子像青青一样好好读书,现在只能挣几个苦力钱。二图接过黑子妈的话茬告诉刘秀青:"你考上大学,对村里的孩子起到了带头示范作用,村里的家长现在都拿你当孩子们的榜样。"

　　刘秀青能够考上大学走出山村,在他们眼中无疑是山鸡变成了凤凰,使这群在暗夜中只能看见星星的人,突然也看见了月亮。

　　乡亲们围着刘秀青问长问短,送给她各种各样的土特产。香妮的妈还给她端来半脸盆五香蛋,说是听到她回来了赶紧煮的。看见大家这样稀罕自己,刘秀青心里暖暖的,暖得直想掉眼泪。她谢了大家的好意,不想收受他们的东西,只捡了两个滚烫的五香蛋剥开吃了。

　　刘秀青来二图家,还有重要的事情。她把自己平时的工资和寒暑假打工攒下的钱数出4000元,拜托二图哥去镇上时,帮她还给废品收购站的大胡子伯伯。她爸爸在世时借他的钱还没有还清,还差4000元。二图郑重地接了,又从家里的柜底翻出几张收据交给她。刘秀青家田地的转包款和山林的补贴款,二图都按照刘秀青的吩咐,替她还债了。刘秀青这次回来,不仅要还完大胡子伯伯的债,还要还小姑妈家的债。小姑父不是说过爸爸曾借他3000元没有还吗?还掉了这些债,她爸爸就能够在地下安心了。

　　回到了故土,刘秀青自然也要去市内看看叔叔。其实她更想见的人是小姐妹许文。许文已经提前在锦丘市内一家银行找到了工作,只等拿到毕业证就可以正式入职了。刘秀青到了市区就给许文打了电话。知道刘秀青来了,许文高兴得不得了。但在上班没办法离岗,所以不能马上来见她。

刘秀青敲开叔叔家的门时,只有婶婶在家。她一见是刘秀青,脸上堆满了热情,一把接过刘秀青买的礼物,拉着她就往家里拽,口里一边说着:"来就来嘛,花钱买东西干什么?"一边就把刘秀青买的礼品收拾到柜子里。婶婶还是老样子,外貌没有多大变化,性格也没有多大变化。婶婶一边倒茶一边埋怨刘秀青这么久才回来,没有把她这个家当家了。说她和叔叔是如何如何地挂念她。

"叔叔可还好?"刘秀青问。婶婶立即更换了脸色,微蹙着眉头,唉声叹气道:"能好到哪儿去?不就只挣个死工资吗?一家人饿不死胀不坏的。"她说枝枝在外地做事,一个月挣的钱也就能糊弄她自己。在婶婶眼里永远只有钱是最重要的。在她看来,有了钱一切都好了;没有钱,什么都不会好。从来不管丈夫累不累,不问他高强度的劳动吃不吃得消。

刘秀青还想问问叔叔的身体怎样,婶婶忙打断她的话,问她一个月能拿多少工资,是不是要比枝枝多很多。刘秀青说现在还只是实习,工资不高。婶婶表示不相信,说老师的工资可高了,大家都知道的。刘秀青说,教师的工资真不高。婶婶撇撇嘴,教导她心不要太贪了。

已经到了烧午饭的时间,婶婶仍然没有去烧饭的意思,只是一个劲地念叨工资低消费高的生活经。刘秀青知道叔叔中午不回家,婶婶通常中餐只随便应付一下了事。恰好许文这个时候打来电话,说她已找了人替班,叫刘秀青赶快过去。见刘秀青要走,婶婶假意挽留,刘秀青说晚上还会回来,婶婶便没有再说什么。

许文在她工作的银行门口等,见了刘秀青,一把挽住她的胳膊,说要带她去吃煲仔饭。刘秀青骂她抠门,银行的工作月薪那么高,却只请吃煲仔饭。许文说:"那好吧,请你去吃鱼翅海鲜。"

刘秀青说:"你忘了公益广告上说的了?没有买卖,就没有杀害。你知道我宅心仁厚,就故意来这一招?"

"大姐,你什么时候变得这样挑剔啦?你说吧,你想吃什么?我保证满足你。"她故意摆出一副舍命陪君子的架势惹刘秀青发笑。

"好吧,去吃清水面。我买单。"刘秀青也故意做出一副大方豪爽的样子。许文伏在刘秀青的肩上,咯咯地娇笑不已,还直唤"哎哟"。

许文当然没有带刘秀青去吃"忆苦思甜"的清水面,刘秀青当然也没有跟许文抢着买单。俩人还是吃的煲仔饭,这对刘秀青来说已经是够奢侈的了。

吃完午饭,她们坐着慢慢地喝茶,低声地谈着闺阁中的秘密。女孩子们在一起最爱谈的话题自然是爱情。等到她们成了女人有了孩子,孩子就成了她们最热衷的话题。许文说她单位有一个男生有事没事老是找她搭话,问刘秀青:"那男生是不是对我有意思?"刘秀青说不知道哎。两个笨女人准备回家上网去"百度"问问。而后,许文又问刘秀青是不是还忘不了雷伊鸣。

"早忘了。"刘秀青斩钉截铁地回答许文。要说全忘了,那是自欺欺人。刘秀青不是常常错把王豪当雷伊鸣吗?但是,不忘又有什么好?她一直在努力把他忘记。

"我看你没忘。我表哥那么好的人,放到你面前你都不动心,看来,你心里还装着雷伊鸣。"许文自作聪明地说道,"其实吧,我去找过他。"

"你去找过雷伊鸣?"

"我想为你讨个公道,所以决定要找一趟雷伊鸣。即使不能让他回心转意,最起码也能把他的底摸透,好让你死了心。可是……"许文脸上露出为难的神色。刘秀青心被什么戳了一下,尖锐的痛感已经呼啸而出。她想:他准是结婚了。我早就该死心了。

不敢听到最残酷的现实,她故意岔开了话题:"你跟雷伊鸣不熟啊。你不会要告诉我你们小学或是中学时就认识?有这种可能吧,他是你的中学学长?"

"你扯哪去了?是我学长不也就是你的学长?我俩中学可是同学哦。"

"是啊。那时我们也没见过他哦。"

"自然见不着。他是外来户,上高中的时候才随他父母来到我们这里。我是从吴佳那儿知道的。"

"哦。你见着吴佳了?你怎么见到的?她还好吗?"刘秀青故意岔开话题。

"说不上好不好的。她现在除了有钱,什么也没有。她去我工作的银行办理存取款业务,遇见了。我们在一起喝过茶,谈起了你,自然就谈起了雷伊鸣。她也很关心你。她通过同学查到了雷伊鸣的家庭住址。"

刘秀青不想听有关雷伊鸣的事,继续向许文询问吴佳的事:"她结婚了?"

"她想和那老头结婚的,可是人家不愿意离婚,说是糟糠之妻不可弃。想生个孩子,起先那老头不同意。经不起她软磨硬泡,后来那老头终于同意了,可惜她却生养不了了。做人流做得太多,已经怀不上了。现在,她连家也不敢回,继父、后母除了看上她的钱,还能看上她什么?连在人前提到她都觉得丢脸。在同学面前她也自卑。唉,她也真是可怜。"许文哀叹着,眼中有无限同情。

"她怎么那么傻呢?她不能离开那老头吗?"刘秀青漫不经心地啜着茶水。

"说离开就能离开得了吗?"许文反问,"离开了又能怎样?哪个好男人会要那样的女人?男人们自己怎么风流都没关系,他们对自己的女人在那方面的事还是很在乎的。再说,她养尊处优过惯了,找个没钱的主她也不愿意啊。要是她能懂得放弃,其实回头也不难。"

"唉!"刘秀青也要为吴佳叹息了。人啊,一步都不能走错,即使回得了头,那走错的一步又怎能抹去?

"带我去看看吴佳吧。她肯定是很寂寞的。"刘秀青站起身,邀请许文带路,反正她下午已请了人替班了。

"你不想去看看雷伊鸣吗?"许文小心翼翼地问。

"他有什么好看的?走吧。"刘秀青催促她。

"他现在躺在医院里。"

"你说吴佳?"

"不,是雷伊鸣。"

"他怎么啦?"刘秀青变了脸色,立即紧张起来。

"他,他成了植物人了。"

"你、你胡说……"刘秀青一把抓住许文的胳膊,免得自己一头栽倒。许文把她扶到椅子上坐好,揉着被她掐疼的胳膊劝着:"你也不要太紧张。他还有醒过来的可能。"

"这怎么可能?怎么可能?"刘秀青拼命地摇着脑袋,不相信这是事实。

"刘秀青,你冷静点。你如果不能冷静,详细的情况我就没有办法跟你说了。"

"你说吧,我没关系。他到底是怎么回事?"刘秀青竭力控制好自己的情绪。

"这事我也是听他家阿姨说的。那天我去他家时,他家阿姨开的门。我说我找雷伊鸣,阿姨就说他在医院里。我问他怎么了。阿姨就说了,几个月前他把女朋友带回来了——应该就是你吧?——雷伊鸣出门的时候,他妈就把那女孩整走了。他回家向他妈要人,母子俩就在客厅里拉扯了起来。茶几上的水杯也滚落到地板上。后来他要出门找那个女孩,他妈抓住他死不放手。他用力一挣,挣脱了。但打湿了的地板又让他重重地摔倒,他的后脑勺轰的一声撞到了铁质的门框上,就那样昏迷了,一直没有醒来。"

"带我去见他!带我去见他!"听完许文的叙述,刘秀青反反复复地对她说着这句话。想见他的欲望从她心底升起,异常强烈,就像一道强光灯打在她思维的墙壁上,使得其他的思想黯然失色。

我要去见他!

我要去见他!

13

　　锦丘市第一人民医院脑外科一间单人病房里,病床上方的墙壁上挂着的电子测量仪器在不断地闪烁,病床旁的床头柜上堆满了鲜花。雷伊鸣躺在气垫床上一动不动,他像睡着了一样安详。一个四十来岁的女护工在给他做着腿部按摩,他母亲垂着泪抚摸着他的额头跟他说着什么话。

　　当刘秀青浑身哆嗦着站在他病房的门口时,屋内的两个妇人都没有注意到她的到来。当刘秀青在许文的搀扶下跟跟跄跄地向里迈步时,护工朝她抬起了一张毫无表情的脸。护工的动作惊动了雷伊鸣妈妈,她也朝刘秀青转过脸来。看见刘秀青,雷伊鸣妈妈脸上的表情短暂中不断地变换,吃惊、难过、期待……刘秀青看见她带泪的眸子中闪过一丝亮光,和刘秀青的目光对视后,她立即又垂下了眼睑。

　　"阿姨!"刘秀青低低地叫了她一声,雷伊鸣妈妈没有搭理她,而是情绪激动地伏在雷伊鸣的胸脯上嘤嘤地哭起来。刘秀青控制了好久的泪水再也藏不住了,簌簌地滚落。许文把刘秀青扶到一张方凳上坐下,陪着她抹泪。护工见这情景,拎着暖瓶知趣地出去了。

　　雷伊鸣妈妈哭够了,情绪渐渐平稳下来。她抽了张面巾擦擦眼睛和鼻子,抬起了头。刘秀青看见她比起几个月前已苍老憔悴了许多,消瘦的脸上多出了许多褶子,神情中已不见了那股凌厉,取而代之的是楚楚可怜的萎靡。

她抬起头似有话要对刘秀青说,看看许文,她欲言又止,垂下了眼睑。许文见状,拍拍刘秀青的肩,示意她要坚强。许文对雷伊鸣妈妈说了几句劝慰的话就告辞了。

雷伊鸣妈妈重新抬起眼睛看着刘秀青,缓启薄唇,低声说道:"你今天来,是想听我道歉的吗？老天已经把我给你的痛苦千万倍地还给了我。如果一切能够重来,我不会再做蠢事了。"

"阿姨,希望您能够让我再回到他身边。请您给我机会,我不会抱怨您,只会感激您。"

雷伊鸣妈妈微微有些吃惊,怔怔地看了刘秀青一会儿,小心地试探:"你确信你不是一时心血来潮？他都已经这样了,后面的发展不可预料。"

刘秀青告诉她自己不是一时冲动。在来这之前,许文已经陪她在料峭的寒风中坐了两个多小时。许文为了打消刘秀青重回雷伊鸣身边的念头,苦口婆心地给她分析了种种弊端。刘秀青心中做了最坏的打算,执意听从内心深处的呼唤,义无反顾地回到他的身边,许文最后只好陪她来到医院。

雷伊鸣妈妈轻轻地嘘了一口气,接着说道:"如果你能够在他身边,肯定有利于他的恢复。我们已想尽了法子,为了刺激他,我经常把你手机中的录音放给他听。也想到过去请你,但是,我们实在开不了这个口。"她说着,便从雷伊鸣的枕头下拿出了那款小巧玲珑的红手机,那是刘秀青上次去他们家丢失的,上面有她主持班级联欢会的一段开场白的录音,总共还不到两分钟。刘秀青突然觉得雷伊鸣妈妈好可怜,心中对她的怨恨,像阳光下的春雪,一下子就消融了。

雷伊鸣妈妈又对她说:"我知道这样对你很不公平,你暂且只当是帮我们。如果他能够醒来,我们不会辜负你。万一……他一年半载醒不了,我们也不能委屈你,不会让你做过多的牺牲。"

她说,经历了这件事后,他们夫妇发生了很大变化。雷伊鸣爸爸更是一夜之间白了头发。最近,他单位的一把手突发心脏病去世了,接任一把手的工作毫无悬念地落到他的肩上,组织部的领导都找他谈过话了。但是,他毅然拒绝了。孩子变成这样,他没有精力更没有心思去接一把手的工作。她说,突然明白生活中很多东西并没有想象的那样重要。如果能够换回孩子的平安和健康,哪怕要她拿自己的性命她都愿意。她说她已经懂得了安命惜福,不会再看重一些没有用的东西了。

雷伊鸣爸爸下班后也来到了医院。这是一个瘦削而干练的男人,眼睛犀利而深邃,满头的华发与他的皮肤和精神不相称,很容易让人误以为他是一个精神矍铄的老头。他一进门就朝刘秀青扫了几眼,等到妻子为他做了介绍之后,他眼角就流露出淡淡的笑意。他去摸了摸儿子的头,简单地问了妻子几句儿子这天的情况,就坐下把脸转向了刘秀青:"你叫刘秀青?你跟我家伊鸣向我描述的一样漂亮可爱。对不起,孩子,我们做家长的做事不周,让你受委屈了。你能够来看他,我们非常感谢。如果有可能的话,我很希望你能常来看看他。"

"伯伯,我这次来,没打算要走的,我想陪着雷伊鸣,直到他康复。"

雷伊鸣爸爸听了连连说不合适,他不能让她这样做,否则,良心上实在过不去。他说刘秀青是个善良的孩子,雷伊鸣跟她一样,也是善良的孩子。他说到儿子,脸上笼罩了忧伤的阴影,情不自禁地握住了雷伊鸣的手。

雷伊鸣爸爸和蔼地跟刘秀青谈着他的儿子,从他嘴里,刘秀青了解到为了她,发生在他们家的一些事。

之前,雷伊鸣父母隐约知道儿子可能有女朋友了。在他们看来年轻人交朋友谈恋爱是很正常的事,没想到他们的儿子会那么认真。在一次酒宴上,副市长的女儿看见了雷伊鸣,对他颇有好感。雷伊鸣爸爸的一个姓秦的同事看在眼里,便要给他俩说合。女孩子听了娇羞地一笑算作默许,雷伊鸣只当人家是开玩笑打着哈哈去敷衍,没想到那位秦叔叔还郑重地上门来说合。雷伊鸣妈妈本来就喜欢那个女孩,只是不好意思涎着脸上赶着去攀附,现在有这样的机会,只想紧紧抓住。

当雷伊鸣妈妈强迫儿子去见那位姑娘时,雷伊鸣告诉妈妈自己有女朋友了。雷伊鸣妈妈才不管儿子有没有女朋友,她只认定副市长的女儿,而雷伊鸣只认定刘秀青。母子关系越来越僵,最后,雷伊鸣妈妈气得心脏病复发住进了医院。雷伊鸣是个孝顺孩子。他爸爸早年在外地工作,是妈妈一个人含辛茹苦地把他带大。他感念妈妈的不容易,深深为她的健康担忧,又不能舍弃自己心爱的女友,所以倍感痛苦。

那次,他把刘秀青带回家,试图做通妈妈的工作。爸爸得知刘秀青到了他们家,打电话询问儿子家里的情况,知道妻子对刘秀青很不友善,便邀儿子出去和他商量对策。父子俩的意见早就一致了,只等慢慢来做雷伊鸣妈妈的思想工作。没想到,后来竟发生了那样的事。

雷伊鸣爸爸让刘秀青感到他就像家人那样亲切。

吃晚饭的时间到了,叔叔打来电话,问刘秀青什么时候回家,他和婶婶都在等她回去吃饭。刘秀青告诉叔叔,今天不过去了,在同学这,叫他们不要等了。叔叔有点失望,嘱咐她玩好了就早点回他家。

雷伊鸣爸爸抬手看了看腕上的手表,叫雷伊鸣妈妈回家烧饭,把刘秀青也带走。刘秀青恳请他们先回家,雷伊鸣就交给她来守护,何况还有护工哩。雷伊鸣爸爸执意不肯,于是刘秀青咬着嘴唇,吞吞吐吐地告诉他们:"我想和雷伊鸣单独相处一会儿,我到现在还没有和他打招呼哩。"雷伊鸣的父母这才意识到,他们到现在都没有给刘秀青和雷伊鸣单独相处的机会。于是他们起身回家,叮嘱护工多费点心。

雷伊鸣父母走了,护工也拿着她自己的饭盒出去了。刘秀青贴近雷伊鸣,仔细端详他。是她熟悉的眉、熟悉的鼻子、熟悉的嘴。他比她上次见到时胖了一点点,白了一点点。他睡着了,额头光洁,眉毛舒展,睡得很香。她摸摸他的手,他的手温热而柔软;她触触他的脸,他睡得好死,她冰凉颤抖的手触碰着他的脸,他的眼睛眨都不眨一下。

刘秀青用自己的脸去摩挲他的脸,用自己的唇去轻轻触吻他的唇,用她的眼泪去冲洗他的眼睛……她在他的耳边呼唤他的名字:"亲爱的,都是我不好,都是我不好。如果那天我不轻易走开,如果那天我能够等你回来,如果我根本就没有出现在你的世界里,那么,你便不会如此。"

"都是我不好,都是我不好。如果我能够多问董栀子几句话,如果我能够放下身段主动来找你,你就不会经受这么久的孤独。我来了,再不走开。从今天起,我就是你的妻子,我会寸步不离地陪着你,直到你活蹦乱跳地好起来。即使你不愿意醒来,我也会不离不弃,陪你走到人生的尽头……"

这天晚上,刘秀青执意要单独留下来陪护雷伊鸣。

"青——"是谁在叫?他的声音为什么这样疲惫?

"青——"真有人在叫刘秀青,尽管声音含混不清,但她听得真切,这不是幻觉。刘秀青赶紧去看雷伊鸣,雷伊鸣睁开了眼睛。

他真的睁开了眼睛,目光茫然地在室内游离,当它落到刘秀青的脸上时,他重重地出了一口气,好像跋涉了千山万水,很累很累的样子。随后他就又闭上了眼睛,沉沉睡去。刘秀青狂喜不已,一边大叫着"医生!医生!",一边又去摇晃他让他醒醒。穿着白大褂的男医生一溜小跑着进来,后面还跟着几个护士。医生掀掀雷伊鸣的眼皮,又按按他的脉搏,听到刘秀青的叙述,露出了欣慰的表情。"应该没问题了。"他说。护工已经沉不住气,在给雷伊鸣妈妈打电话。

刘秀青觉得上天是何等眷顾她,当她站在吉凶未卜的魔窟前,还没来得及念一句"芝麻开门",它就呼啦一下把这么丰厚的礼物送到了她的面前,使她难以置信。

很快,病房里围了一屋子的人。雷伊鸣的父母和他们家的亲朋好友,一时间都得到了好消息。雷伊鸣的父母喜极而泣,亲友们不断地问着雷伊鸣相似的问题:"你能认出我是谁吗?"

"我是小舅呀,你还认得我吗?"

"伊鸣,伊鸣,我是姑妈呀,快叫姑妈。"

……

雷伊鸣一副没有睡够的样子,慵懒地转着眼珠,看看这个,瞧瞧那个。他的目光找着了刘秀青,就定在了她的脸上。雷伊鸣妈妈赶忙把刘秀青拉到他身边,把刘秀青的手塞在雷伊鸣的手里。他便紧紧地攥住她,好像生怕她又会离开。刘秀青觉得全世界都变得明亮起来。心情大好的她,就拿他开玩笑,问他是不是"穿越"去了,他摇摇头,回答说:"找你去了。"

后来叔叔和婶婶不知道为什么也来了,一屋子的人突然一下都退走了。一见雷伊鸣这样子,婶婶立即瞪圆了双眼,叔叔也铁青着脸。婶婶当着雷伊鸣的面就把刘秀青埋怨开了:"你是读书读傻了,还是被人灌了迷魂汤?这种病是有后遗症的,有的脑子不好使了,有的手脚变瘸变瘫了。你一个如花似玉的女儿家要嫁给这样的人?"叔叔虽然没有说什么,但脸上非常痛苦。

雷伊鸣知道坐在他面前的人是刘秀青至关重要的长辈,有苦说不出,只好可怜巴巴地看着他们。

婶婶一直在絮絮叨叨,直到雷伊鸣妈妈进了病房她才停止了埋怨。雷伊鸣妈妈烧了好吃的给刘秀青带了来。不知为什么,婶婶见了雷伊鸣妈妈,气势立即就消了。等知道了人家的家境和工作单位,她立即就换上了一副奉迎的笑脸,似乎人家的家境和地位完全可以抵消雷伊鸣的种种不足。婶婶临走时还叮嘱刘秀青要好好照顾雷伊鸣,说她可以和雷伊鸣结婚。叔叔一直没有说什么,显得很担忧。

"我们结婚吧?你婶婶说,我们可以结婚。"雷伊鸣恳切地看着刘秀青。

"可以吗?"刘秀青转了脸问雷伊鸣妈妈。

"好,爸爸妈妈都支持你们结婚。你们明天就结婚。"雷伊鸣妈妈满面笑容,乐呵呵地答道。

"真的?"刘秀青和雷伊鸣相拥在一起,又想哭又想笑。

"我的手机呢?我的手机在哪呢?"刘秀青在寻找她的手机,雷伊鸣从枕头下面摸出那款小巧玲珑的红色手机,塞到她的手上,"我要给我妈打电话,我要给叔叔和婶婶打电话,我要给王娟和许文打电话……我要告诉全世界的人:明天,我要结婚啦!"

但是手机怎么也打不通,刘秀青一急,醒了。雷伊鸣还是悄无声息地睡着。刘秀青拍拍他的脸,摇晃他的肩膀,他一点反应都没有。

丁零零……大半夜的,刘秀青的手机响了。正准备帮雷伊鸣翻身的刘秀青,赶忙掏出了挎包中的手机,一看是王豪的,她犹豫了一下,还是接了。

"青青,对不起,这几天太忙,我都焦头烂额了。"听到王豪的声音,刘秀青立即慌乱起来,"没顾上给你打电话。你生气了?"王豪显然是累了,声音有点喑哑。

"怎么会!我……对不起,我可能回不去了。对不起。"刘秀青语无伦次,不知跟他说什么好。

"你说什么?回不去是什么意思?你出什么事了?"王豪的紧张通过手机清清楚楚地传来。

"我没有什么事,我的男朋友出了一点事。"

"你说雷伊鸣吗?"连前男友的名字他也知道?那种曾出现过的不快感重新在刘秀青心头滋生。

"小刘,你听我说,我才是你的男朋友,你不要冲动!"王豪几乎要抓狂了,但仍克制着冲动,捺着性子劝刘秀青,"你把事情的具体情况跟我说说,我们一起来商量商量。"

于是,刘秀青把雷伊鸣因她而成为植物人的事情,详细地跟王豪说了一遍。当然她也很干脆地告诉他:自己准备陪在雷伊鸣的身边。刘秀青说完,电话那头却没有了声息。她喂了几声,王豪都没有回应,刘秀青只好挂断电话。

天还没亮,雷伊鸣的病房门就被人敲响了。刘秀青以为是护工,慵懒地说了声:"请进!"

门被推开了,王豪头靠在门框上,红着眼,一副疲惫不堪的样子,手上拎着刘秀青买的皮手套,显然是刚刚从手上取下。

刘秀青忙从陪护椅上坐了起来,招呼他坐。他把皮手套扔在雷伊鸣的病床上,一屁股坐在了椅子上。

王豪一直盯着雷伊鸣看,刘秀青不说话,因为她不知道说什么。王豪好像坐在针毡上,烦躁不已。他揪揪自己的头发,又使劲摸了一把自己的脸,站起来要走。见刘秀青没有要送他的意思,他停下了,等着她。刘秀青只好跟他来到走廊上。他站住,用布满血丝的眼睛盯着她问:"你考虑好了?"

刘秀青使劲地点点头。

"再也没有更改的余地?"

她还是使劲地点头:"对不起,当我知道了他的事,我才突然明白,我心里一直装着他。对不起。"

"我真傻。我为什么要让你一个人回锦丘?"他一拳头砸在墙壁上,吓得刘秀青浑身一哆嗦。他转身就朝医院外面走去,扔下她站在那儿内疚不已。

刘秀青买给他的皮手套,他没有带走。

刘秀青看着他越走越远的背影,心里说不清是什么滋味。

刘秀青深深地吸了一口气,又捏了捏拳头。嘿,刘秀青,加油!——她对自己说。

刘秀青回到雷伊鸣病房时,曙光已经涂抹在窗户上了,淡青色夹杂着几缕绯红,远处树木的影子越来越清晰,越来越有生气。刘秀青把目光落到雷伊鸣脸上时,他的眉毛好像舒展了些。她相信雷伊鸣很快就会醒的,他说过他是不会轻易屈服的。

"雷伊鸣,你可要快点好起来哟,还有好多好多事情等着我们去做呢。"刘秀青说这话时,仿佛为了回应她,雷伊鸣忽然发出了一声粗重的鼻息声。

14

  雷伊鸣醒来已是半个月之后。

  这半个月里,刘秀青和他几乎是寸步不离。实验小学那边代课事宜已由王豪帮助解决,她能够一心一意地伺候雷伊鸣。护工依然留着,但给雷伊鸣擦身子、按摩、喂流食,送他去高压氧舱,几乎都是刘秀青在做。雷伊鸣的父母要上班,如果不是周末,他们每天下班后才能过来待一会儿。刘秀青上网查询,又向医生请教,学习按摩技巧。有一次她在网上看到一个案例,说一个沉睡了八年的植物人,妻子每天跟他说话,终于把他唤醒。刘秀青于是便不停地跟雷伊鸣说话,跟他说她小时候的事,把那十几封没有寄给他的信,复读机似的每天读一遍。

  有一天,刘秀青问:"雷伊鸣,你还记得大新镇换乘中心那家面馆吗?开面馆的老板娘就是我妈呀。"刘秀青说找到妈妈时,握在她手中的雷伊鸣的手指颤动起来。起先她以为是错觉,伸开手掌看掌心里他的几根手指,确实在微微颤动。刘秀青喜极而泣:"是的,我找到妈妈了。雷伊鸣,我找到妈妈了。"雷伊鸣的反应却又没有了。刘秀青知道,他是有知觉的,他在听她说话。于是她又不停地说,说王娟快要结婚了,王娟还等着雷伊鸣和她一道去参加婚礼哩。说她元旦期间去过和平村,那里的父老乡亲还等着雷村干回去搞颐养托老中心哩……

  五一小长假期间的某个下午,许文来病房看刘秀青和雷伊鸣。临走时,刘秀青要送她,许文指指雷伊鸣:"你不看着他?"刘秀青说:"没有打吊针,不需要看的。他要是能翻身掉下床才好呢。"然后故意推推雷伊鸣,"你好好睡呀,我走了,不回来了。"

小姐妹们到一起,总有说不完的话,俩人在医院门口站着又说了一会儿。刘秀青回到病房时,已经快要到雷伊鸣爸妈下班的时间,她蹲下身子,从病床底下拿出脸盆,准备给雷伊鸣擦擦身子,站起身时,陡然发现雷伊鸣正瞪着双眼定定地看着她。她惊得跳起来,一下扔掉了脸盆。"雷伊鸣,雷伊鸣,你终于醒来啦?你终于醒来啦!"她哭着笑着,笑着哭着,惹得护士惊慌地跑了进来。雷伊鸣的爸爸妈妈下班后开车过来,走到医院走廊里,看见医生、护士和其他病房的病友都往雷伊鸣的病房跑,吓得腿都软了。雷伊鸣妈妈顺着墙壁就要往地下坐,雷伊鸣爸爸使劲把她拉了起来。等到他们跟跟跄跄地走进雷伊鸣的病房时,发现大家脸上都有笑容,知道他们期待已久的好消息终于来了。雷伊鸣妈妈哭喊了一句"我的儿啊",就突然晕倒了。她承受不了过山车似的情绪波动,心脏病一下就犯了。雷伊鸣爸爸还没来得及把醒后的儿子看真切,就又抱起妻子奔向了抢救室。

雷伊鸣真的醒过来了,眼睛转动,看到刘秀青他眼眶湿润了。听到消息赶来的叔叔姑姑,他也都认得。只是他不会说话,也不会走路,仿佛新生婴儿。雷伊鸣妈妈很快也康复了,一家人的喜悦兴奋慢慢趋于满足和平静。

雷伊鸣醒过来之后,治疗以帮助恢复机能为主,雷家重新请了一个有经验的男护工,帮助他锻炼。每天上午、下午,护工都要花一小时帮助他锻炼行走。刚开始雷伊鸣无法站立,护工就架起他的一只胳膊、揽住他的腰,连拖带拉地带着他走。雷伊鸣好像很虚弱,走几步就满头大汗,直喘粗气。刘秀青和雷伊鸣妈妈看了都很心疼,叮嘱护工"慢一点、慢一点""休息一下",只有雷伊鸣爸爸硬着心肠叫"继续"。雷伊鸣进步很快,几天之后,他已经能在别人的搀扶下抬起脚了。起初,雷伊鸣只能发呃、啊之类的简单音节,没多久就能说话了,但依然含混不清,舌头仿佛被筋拉着不能自由活动。

五月底,刘秀青要回学校继续论文答辩,雷伊鸣也将要出院去康复中心住下。刘秀青收拾书本和衣物时,雷伊鸣眼巴巴地看着她,好像有许多话要说。刘秀青说:"你是担心我不回来了吗?"

雷伊鸣摇摇头。

"那你是想让我早点回来?"

雷伊鸣又摇摇头。刘秀青假装生气地说:"不想我早点回来,那我就不回来喽。"雷伊鸣又摇了摇头,艰难地说:"考。"刘秀青恍然大悟:"你是让我考研啊?"雷伊鸣还是摇头。

"那你是让我去考村干?"这本来是刘秀青的一句玩笑话,没想到雷伊鸣却郑重其事地点了点头。

刘秀青愣怔了,她突然明白雷伊鸣的心思了。她猜想,他不仅想让她考村干,说不定考上村干后还要她去顺南镇的和平村,把他要搞的颐养托老中心继续搞完。刘秀青把自己的猜想细声细气地跟雷伊鸣说完,雷伊鸣笑了,露出漂亮的虎牙。

这年九月,刘秀青拖着行李箱来到了顺南镇和平村。村委会主任老聂亲自去大新换乘中心接的她。一进和平村村部院子,几个村委委员和陈医生、董栀子全都围了过来,大家问长问短,纷纷探听雷伊鸣的病情,知道他已经大有好转,都很开心。刘秀青把手提袋里的橘子、香蕉分给大家吃,这些都是在大新换乘时,妈妈亲手塞给她的。

村委会主任老聂把刘秀青安排在雷伊鸣的宿舍里。如果老聂不这么安排,刘秀青自己也会这样要求的。推开宿舍的门,仿佛还能嗅到雷伊鸣的气息,他的吉他静静地挂在床上,他的运动鞋静静地躺在床底,一切都是这样熟悉、这样亲切。桌上打开的书果然是她送的《荆棘鸟》,水杯中的茶渍早已结成厚厚的茶垢。

刘秀青把宿舍简单收拾一下,就走出宿舍,想去村里转转。老聂说:"今天你先休息,明天我领你转。"患有严重肺气肿的村支书老马也鼻息粗重地劝她先休息,说:"我们这破地方往后有你看的,只怕你很快就不想看了。"见大家都阻拦,刘秀青也不好违了大家的好意。等到他们下班后离开了村部,刘秀青还是走出了宿舍,想自己出去转一转。一出门就看见苗大饱靠在村部食堂的门框上,和董栀子嬉笑着说话。"哟,这不是雷同志的……"他还记得刘秀青。董栀子从窗口伸出脑袋,说:"这是新到的刘同志。"又笑着问刘秀青是不是饿了,说还要过一会儿才能开晚饭。刘秀青说想出去转转,先认一下和平村的路。苗大饱便颠儿颠儿地跑过来,说:"我领你去。"

太阳还没有落山,刘秀青用一只手挡住晒脸的阳光,跟在苗大饱后面。苗大饱很热情,一出村部就划拉着一只长手臂,说这里、那里都是和平村的地盘。原来听雷伊鸣说过,和平村的地盘就像一个扁平的"U"字,"U"字形的山冈围着一片平原,一条河流弯弯曲曲斜穿过平原直达长江。这里是典型的丘陵地带,全村十四个自然村,九个在山冈,五个在平原。山冈上的村民有山地,也有平原上的稻田。平原上的人家,只有稻田。

苗大饱说:"现在的稻田大多承包给种粮大户了,也有不少撂荒的,长了齐人高的草。"刘秀青问为什么,苗大饱说:"种田划不来嘛,有的老人种不动了,年轻人都跑到外面打工去了。"

刘秀青问苗大饱是种田还是种地,苗大饱突然气愤起来,说他是三队的,家住山冈上,有地无田。五年前村委会想搞形象工程,挨家挨户做他们村民小组的工作,叫把山地流转给大户种橘子。种出的橘子酸不溜丢卖不出去,后来大户跑了,只剩下橘树还在地里杵着。土地流转费只给了三年的,最近两年都没给。别人都出去打工了,他是因为打工没人要,才整天在村里到处晃荡的。

"为什么没人要啊?"刘秀青好奇。

苗大饱扭扭捏捏地把口袋里的一只手拿了出来,在刘秀青眼前晃了晃:"我是残疾人。"刘秀青朝他的手瞟了一眼,发现那只手比他另外一只手小了好几号,像一个小学生的手,手掌扭曲,手指张不开,像一只在冰柜中冻过的鸡爪。"这是怎么啦?"刘秀青问。

"娘胎里带来的。我父母愚昧,表亲联姻,害了我们,也害了他们自己。"苗大饱说他们这里过去表亲联姻的多,不是肥水不流外人田,是因为这地方穷,男人讨不到媳妇,只能亲戚家相互帮衬。现在不作兴表亲联姻了,所以他苗大饱四十多岁了还是个光棍儿条。

俩人顺着山冈上的水泥路边走边聊,走了半里多路,水泥路突然断了,呈现在眼前的是一条凹凸不平、布满车辙的土路。苗大饱说:"这条水泥路是雷同志在市内拉赞助修的,修了一大半雷同志住院了,这条路就烂尾了。"

原来雷伊鸣是要在山冈上修一条"U"形路,这是他没有干完的事情,刘秀青记在了心里。前面的路不好走了,苗大饱建议往回走,去"U"字形的另一边看看。刘秀青说:"领我去你们橘园看看吧。"

"嘀——"正走着,身后一声车鸣吓了刘秀青一跳,她赶紧让到路边,一辆电动三轮车便呼地窜过去了。刘秀青惊异地发现,开车的竟然是一个小女孩。见刘秀青看着远处的车子瞪大了眼睛,苗大饱主动介绍:"这丫头是我们三队的,叫苗成林,读六年级。她爷爷脑溢血,住院开刀后还要做康复,康复中心住不起,就在镇医院做。她每天放学后送她爷爷去医院,然后再拉回来。"

刘秀青问:"这家大人呢?怎么叫小女孩开三轮车?"苗大饱说:"苗成林她爸得胃癌死了,她妈外出打工后就再也没有回家,也联系不上。她奶奶都七十多岁了,也开不了电动车,只有她开喽。这车还是雷同志捐助的,原来叫她堂叔帮忙开着送的,后来她堂叔也外出打工了。这小丫头能得很。"

"你带我去她家看看。"刘秀青被什么东西触动了,她仿佛看到了少年时期的自己,心里无比酸楚,她要尽快了解一下苗成林家的情况。走了十多分钟,苗大饱指着一栋矮矮的平房说:"那就是她家了。"还没有走进苗成林家,就听苗成林在大呼小叫,埋怨奶奶不该把她的作业本拿去擦腚。走进去发现,苗成林拿着一本撕了页的作业本,噘着嘴要哭不哭的,见有人进来,才停止了跺脚。

苗奶奶不认识刘秀青,苗大饱说这是新来的刘同志,雷同志的女朋友。

苗奶奶伸出两只枯瘦的手,朝刘秀青张开,见了清官似的求助:"你说说这丫头,本子已经写完了,我拿到厕所用怎么就不能了?"

"用铅笔写完了,我还可以用中性笔再打草稿。"苗成林像受到天大的委屈,竟然抹泪了。刘秀青拍拍她的肩膀,说:"不哭啊,明天我给你送几本作业本来。"嘴里劝苗成林不哭,她自己却鼻子发酸了。刘秀青打量这个家,发现这家空荡荡的,没有冰箱,没有电视机,连一张像样的凳子都没有。苗成林的爷爷已经睡到床上去了,床是架子床,和床上的老人一样灰败,都是上了岁数的。客厅的墙壁上张贴了几张奖状,是苗成林在学校得的,都是劳动竞赛和体育比赛方面的奖状,却没有学习成绩和优秀学生方面的奖状。刘秀青猜想,小女孩也许因为小小年纪承载了不该承载的家庭重担,影响了她的学习。刘秀青夸赞苗成林得了这么多奖状,真了不起。小姑娘脸色才缓和了,依然不笑。十二岁的小姑娘个头却不矮,差不多要齐刘秀青肩高了,长得也不瘦,只是头发有点枯黄。她不哭时,眉眼也周正,只是嘴角有点紧,看上去不舒服。刘秀青又问了问她每天开车送爷爷去镇医院的情况,叮嘱她开车一定要注意安全,尽量慢点。

从苗成林家出来,走过几户人家,苗大饱就说自家到了,邀请刘秀青进去喝口茶。刘秀青在外面打量他的屋子,发现屋子是新的,也很好看。苗大饱说,原来他家只有一间房,靠在他大伯的屋边。雷同志替他申请了危房改造,政府给盖了三间新房。刘秀青说哪天有空再进去看看他母亲,现在她想去橘园看看。苗大饱还要陪她去,她说不用了,已经看见那片林子了。

刘秀青从橘园转回村部,村部大门口的电灯早已亮了。董栀子见了她,说:"你可回来了,我还以为你迷路了,心里正骂着小手呢。"刘秀青知道她是在怪苗大饱没有把她送回村部来,说:"哪能那么容易丢?手机可以导航呢。"

吃饭时,刘秀青问董栀子苗大饱人很热情,长得也还好看,怎么没娶上媳妇。董栀子说,如果不是雷同志帮他申请了危房改造,他到现在连个像样的窝都没有。以前一家四口挤在一间破屋里,娶了媳妇住哪呢?

"怎么会混得这样惨？虽然手有点残疾，但另一只手不是好好的吗？"刘秀青一边吃饭一边问。

"小手这个人是个好人，就是太懒了。他父亲去世得早，他妈拉扯的三个孩子，两个智障，苦哈哈地没了精气神，也不勤劳，连带着他也变懒了。"

"两个智障？"

"是哩。他姐姐和弟弟都是智障，就他好点，还落个手脚不全。雷同志把他姐姐和弟弟都送福利院了，但没过一个月，那个弟弟就被福利院退回来了，说是在福利院打人，人家管不了……"

刘秀青吃完饭，看着董栀子洗碗，心里还在惦记着苗成林。她问村里有小超市吗，离这里远不远。董栀子说，七队村口就有一个，五分钟就能走到，刘秀青要去的话她陪着去。不过那里卖的卫生巾都是低档的。刘秀青说是要买本子送苗成林。董栀子说："和平村穷户太多，你这样好心，只怕以后工资不够用了。"

在小超市买了几十本本子和几十支笔，又买了两提厕纸，考虑到苗成林现在正长身体，刘秀青又买了一提纯牛奶。董栀子帮她提着牛奶，陪着去了苗成林家。祖孙俩正在吃饭，饭桌上只有一碗菜——红椒炒南瓜头。苗奶奶见刘秀青提了东西来，不停地说谢谢，又用衣袖擦了椅子叫刘秀青坐。

等到祖孙俩吃完饭，董栀子陪苗奶奶在客厅说话，刘秀青看着苗成林在卧室做作业。她看见苗成林一道算术题做错了，便给苗成林讲题。苗成林不怕生，跟刘秀青算是熟人了，她告诉刘秀青她不喜欢算术，她喜欢语文。刘秀青问，是不是不喜欢算术老师。苗成林说不是，是算术应用题太难。刘秀青叫苗成林以后放学后接回爷爷，就去村部找她，她帮苗成林辅导功课。苗成林说那不成，接回爷爷她还得去放鹅。

从苗成林家回到村部已经很晚了。乡村的夜色，是真正的夜色，黑色中带有一点微光，如海洋般能淹没一切。这久违的熟悉的夜色却没有给刘秀青带来该有的宁静，她翻来覆去怎么也睡不着，苗成林、苗大饱和那条烂尾的水泥路，不断地骚扰着她。她终于明白雷伊鸣为什么放不下和平村，为什么心心念念要做村干了。改变农村贫困面貌,让大家过上幸福日子,这不是我们这一代村干应有的担当吗?如果说,能通过办颐养托老中心来帮助更多家庭致富的话,那么像苗成林这样的家庭又能靠什么脱贫呢?而对于苗大饱这样的人,恐怕首先不是帮他脱贫,而是先要扶志吧?

睡不着,数云朵、数绵羊仍然睡不着,刘秀青索性摁亮灯,拿出工作手册,写起工作计划来。

15

在刘秀青参加的第一次村委会会议上,她把自己有关振兴和平村经济的设想跟大家说了一下。这些设想,她在来这之前也和雷伊鸣沟通过,只是沟通不够顺畅。她还去外地考察了几个有名的乡镇。那些经济搞得好的乡镇基本上都有实体企业,和平村这里没有矿产资源,也很难招商引资过来办企业,只能靠山吃山,靠水吃水。

刘秀青说:"雷伊鸣在和平村工作时就想搞颐养托老中心,现在有这个市场需求。如果立项的话,政府也有一些补贴。但建一所大型颐养托老中心,资金来源还是有困难。我昨天晚上反复想了想,我们可不可以把农户组织起来,组成合作社的形式,让他们把需要养老托老的人领回家?"

聂主任说:"我看可以考虑。这实际上就是一种居家养老的方式。一家领回一个也行,领回两三个也行。让那些需要养老托老的人住农家小院,吃农家饭菜,呼吸新鲜的乡村空气,在这里颐养天年。"

马支书皱着眉头咳嗽了几声,嗓子眼里呼呼啦啦地说:"看花容易绣花难。就这样的破地方,也有人肯来?自家人在一起处久了还要闹个是非口舌,跟不熟悉的人住一个屋檐下能相处得好?要是出个什么事故,还要惹一身麻烦。"

刘秀青说不能怕麻烦,怕麻烦就什么事都做不了了。大多数村委委员支持搞颐养托老中心。具体怎么搞,大家又扯了很久。大家扯来扯去,觉得先在老聂所在的一队搞,那边有山有水,关键是那边村民有一半建起了楼房,房子宽敞,卫浴齐全,不需要再做什么改建。老聂负责回去动员那些村民。还就运动场所建在哪里、医护如何到位等问题扯了一遍。

这件事情扯妥了,刘秀青又谈橘园的事,她说:"我这几天走访农户时,很多人要求橘园的土地流转费不能再拖欠了。村委会当初代表大户跟村民签订了合同,大户跑了,村委会有义务赔付农户土地流转费。合同还有十多年,如果不想办法,村委会要被债务压垮。"

有人小声嘀咕"已经压垮了"。老聂不满地朝那人瞪了一眼:"已经跟农户说了,大户跑了,叫他们把橘树砍了,爱种什么种什么。他们不听,偏偏赖上村委会了,能有什么办法?"

又扯了半天,有人建议再找别的大户来承包,有人建议去做村民的工作,叫他们自个儿把橘树砍了,种玉米种大豆。扯了半天,最终没有统一意见,不了了之。

散会后,刘秀青直接去了山冈下的小河边,这个点,苗成林肯定已经在那放鹅了。果然,她远远就看见苗成林的十几只白鹅在河滩上吃草,苗成林趴在河坡上做作业。

"苗成林。"刘秀青喊了一嗓子。苗成林一翻身就坐了起来:"刘村干,我有算术题做不了,正想找你,你就到了。"

刘秀青在河坡上坐下,拿起她的本子,仔细看题,然后一步一步启发她。苗成林有所领悟,终于做好了那道难题。她把做好的题拿给刘秀青看,刘秀青检查了一下,朝她竖起了大拇指。苗成林开心地笑了。刘秀青说:"别动,别动,保持笑容。"她迅速划亮手机给苗成林拍了一张照片。照片上的苗成林,梳着高高的马尾辫,卷起高高的裤脚,赤脚站在草地上,晚霞涂满她全身,含笑的眸子熠熠生辉。苗成林也凑过脑袋来看照片,刘秀青指着照片说:"还是笑起来好看。"然后她轻声哼唱起来,"你笑起来真好看,像春天的花一样,把所有的烦恼所有的忧愁统统都吹散。你笑起来真好看,像夏天的阳光,整个世界全部的时光美得像画卷……"刘秀青的声音甜甜的、脆脆的,唱起歌来很好听。她看着苗成林的眼睛唱,苗成林羞赧地笑了。

等到苗成林把作业都做完了,刘秀青抱着双膝坐在草地上,跟苗成林讲她自己小时候的故事,讲她妈妈疯了、走了,讲她爸爸出车祸去世,讲她寄住到叔叔家转到市十五中被同学欺负,但更多的是讲她如何克服困难、战胜贫困、努力学习。苗成林起先是抬眼看着刘秀青,慢慢地她靠过来,搂住了刘秀青的腰。两个有着类似经历的女孩子,两个年龄相差了十几岁的女孩子,彼此怜惜,成了朋友。

晚上,刘秀青照常和雷伊鸣通个电话,她问他药吃了没有,今天的锻炼项目都完成了吗?自己感觉康复有进展吗?雷伊鸣说话依然不够清楚,嘴里像含了一块苹果,勉勉强强能听懂。尽管如此,他还要啰里啰唆,回答了她的问题之后,又关心她的饮食起居,关心她的工作进展。刘秀青打断他的话,告诉他,自己在这里很好,还交到了一个好朋友,不是一般意义上的好朋友哦。雷伊鸣追问她,那位朋友是干什么的。刘秀青卖关子,说:"这个不想告诉你哦。"雷伊鸣又追问,那位朋友是男是女。刘秀青故意踌躇了一会儿,说:"这个我也不想告诉你。"雷伊鸣第一次生气地挂掉了刘秀青的电话。刘秀青看着黑屏的手机,又好气又好笑。

市里准备搞美好乡村试点,刘秀青听说了这个消息,立即请求村支书老马去镇里申请。老马说:"你去跟老聂说吧。"老马身体不好,有严重的肺气肿,平时村里的事他懒得张罗,大事小事基本上都是聂主任做主。

老聂搓搓满脸的络腮胡子,说:"你个学生娃,还是缺少社会经验。我们就别梦里娶媳妇——净想好事了。"老聂分析,美好乡村建设既然是试点,那就是个形象工程,按照惯例应该是放在近郊搞的,或者在省道附近,这样上面领导来视察也好,外地朋友来参观也好,一眼就能看得到。把形象工程放到这偏远的地方来,不等于瞎子点灯——白费蜡?刘秀青知道聂主任说得有一定道理,但她不死心,她直接写了个申请发到了市长电子邮箱。她把申请的理由写得很充足,把她想要帮助和平村父老乡亲脱贫致富的计划罗列得清清楚楚。然后她又打电话给雷伊鸣父亲,求他帮帮忙。

不知道是她写给市长的邮件发挥了作用,还是雷伊鸣父亲出了力,试点工程名单上竟然真的有"和平村"。很快,工程款下拨来一部分。村委会找了个施工队,翻瓦的翻瓦,修路的修路。

刘秀青见苗大饱整天袖着手,到处看热闹,就跟施工队队长商量,能不能让和平村的几个贫困户加入施工队伍,也让他们创点收。施工队队长点了一根烟,面露难色,说:"贫困户吧,不是懒就是病,干活不行。"再说他们施工队也不缺人手。刘秀青喊了他一声大哥,说多个人手就能加快点进度,早一天把这里的工程干完,就能早一天到别的地方接活。活接得越多,利润自然也就越多。再说了,作为包工头,也不能一味地赚钱,也要做做善事嘛。架不住刘秀青好说歹说,队长终于答应接收两个人。刘秀青准备叫四队的吴有根和三队的苗大饱来干活。吴有根妻子有癫痫病,一发病,人就昏迷倒下,吴有根便不能出外打工,害怕妻子洗衣服时发病会淹着,烧菜做饭时发病会烫着。如果在门口做零工倒是可以,洗衣做饭的事,他早晚可以干。

吴有根接到通知,立即背了铁锹过来干活。苗大饱哩,不找他时,他总在你眼前晃荡;要找他时,却又不见了踪影。

刘秀青只好骑着董栀子的电瓶车去苗大饱家里找。

到苗大饱家门口,刘秀青两脚撑地,坐车上喊:"苗大饱!"门开着,叫了几声却没人应,刘秀青只好下车支起车架,走进屋去。

"苗大饱!"她以为苗大饱还在睡懒觉,进了门又喊,却猛然看见一怪人正瞪了双眼盯着她,不是别人,正是苗大饱的弟弟。他膀阔腰圆,腮大额短,目光混浊。他站在门后,一声不响,像一头等候猎物的野兽。刘秀青猛然见到他怪异的脸型和身架,心里一哆嗦,头发几乎根根都竖立起来。她下意识地转身就跑,却被他一把死死抱住。他腥臭的大嘴滑过她的脸颊和脖子,然后又往她的胸脯上拱。她拼命挣扎,大声尖叫,但还是被他放倒在地。

他一条腿跪压在她胸脯上,粗重的大手扯她的衣服。刘秀青痛得喘不过气来,两只手拼命地抓挠。她的尖叫惊动了屋后菜地里的苗大饱妈妈,老奶奶跑回家,拿起扫帚在小儿子头上一顿猛打。

他抱着脑袋跑了,刘秀青咳嗽着爬起来,惊魂未定。老奶奶连声道歉,要扶她坐下。刘秀青慌忙逃出她家,骑上电瓶车就跑。文胸的肩带被扯断了,上衣的纽扣也被扯落了两颗。为了不被人瞧出她的尴尬,她把电瓶车骑得飞快,路上差点和一辆开出村子的卡车相撞,如果不是那辆卡车太破旧,如果不是村里的路坑坑洼洼不好走,刘秀青肯定去见阎王爷了。

刘秀青一口气飞进村部大院,直接把车骑到了自己宿舍窗根下。扑进宿舍,关了门,她伏到办公桌上小声地痛哭了一场。噩梦般的一场经历,阴影驱之不散,冲动之下,她真想收拾行李一走了之。

下午,刘秀青请了假,说是去大新镇看母亲,其实是去了大新镇医院。胸脯酸疼难忍,她感觉肋骨断了。拍了胸片,果然有两根肋骨骨裂,好在没有错位,能够自行愈合。医生要给她开住院单,她说她不能住院,拿了些止痛、消炎的药就出来了。她去妈妈家躺了一天一夜,不敢说胸口疼,只说是太累了。第三天她就坐早班车回到了和平村。

刘秀青回到村部时,苗大饱已经守候在那里了,他见了刘秀青立即跑过来:"我以为你再也不回我们和平村了。对不住了刘村干,我那该死的兄弟已经被我拴住了……"

刘秀青朝他摇摇头,示意他别说那事。苗大饱立即明白,他大手握住小手,朝刘秀青直作揖:"对不住!对不住!"

刘秀青说:"村里的施工队答应让你去干活,你去吧。"

苗大饱一愣,随后连连答应,赶忙去找施工队了。

但是,苗大饱只干了半天,就被施工队队长给撵回家了。下午,刘秀青又看见他靠在村部食堂门口,跟董栀子说笑。

"苗大饱,不是叫你干活吗?没去?"刘秀青问。刘秀青说话稍微大声了点,肋骨又痛得要命。

"去了。人家嫌我出的力气少。嘁,还嫌我,我还懒得给他干呢。一天只给80块,那么累,谁愿意?"

"你一天能捡到80块?"董栀子戗他。他嘻嘻一笑,说:"我多看你几眼,比捡到80块还快活。"话音未落,董栀子一瓢冷水就朝他泼了过来。他跳开,一边弹着湿了的胸襟,一边嘻嘻发笑。

"苗大饱,你过来。"刘秀青喊,这回音量放低了许多。苗大饱赶忙朝刘秀青走过去。

"你也四十多了吧?"刘秀青问。

"嘿嘿,虚活了四十二。"

"想娶媳妇吗?"

"嘿嘿,刘村干要给我说媒吗?"

"如果有合适的,我愿意给你做媒。"

苗大饱便拿眼睛朝食堂那边瞟。刘秀青会意,故意激他:"你拿什么养活媳妇呢?"

"你小瞧人了不是?这个社会还能饿死人吗?"苗大饱自尊心倒挺强。

刘秀青说:"这是现实问题,娶媳妇要房子住吧?总不能天天跟你那几兄弟挤在一起。娶了媳妇想要养孩子吧?孩子吃、喝、穿、用和上学哪一样不要钱呢?你母亲年纪也大了,老了有个病痛要治疗吧?你整天游手好闲的,以后怎么办呢?"

刘秀青细声细气地说,苗大饱感受到了她的真诚关心,他低了头,不再笑,好半天才悲切地说:"我没用,我这样子干活也使不上力气。"他把那只残手从口袋里拿出来,朝刘秀青亮了亮,又赶紧缩回到口袋里。刘秀青说,这只是个借口。她拿出手机,翻出一个短视频给他看。苗大饱看到,没有双手的男人用嘴含着毛笔写字,没有手的女人用脚切菜做饭……"乖乖隆地咚,这些人真好本事。"苗大饱惊叹。刘秀青问:"跟他们比,你还能把自己当残疾吗?"

"嘿嘿,我也没说我是残疾人。刘村干,你要是再能帮我找到活,我肯定会好好干。"

刘秀青说:"好。"

村委会本来就想筹资把一队的村民房屋改造一下,把相关基础设施建好,好挂牌搞颐养托老中心,现在借助政府美好乡村建设的东风,愿望一下就能变成现实了。另一支施工队已被老聂领到一队,粉刷墙壁,把人家屋顶上的黑瓦一律换成漂亮的红瓦,栽花种草,修建亭台水榭,修建文化广场,忙得热火朝天。苗大饱在那边搬砖递瓦,累得腰酸背痛,好几次都想丢了活逃回家。但一想到刘秀青过半天就会来检查一次,他只得打消逃跑的念头,咬牙坚持。

刘秀青的胸部,喘气重了都痛,打个喷嚏能痛得身子一缩。医生吩咐过要卧床静养,但她哪有时间卧床静养?颐养托老中心的策划、申报、宣传,全都指望她做呢。在电脑前做文案久了,她便走出村部到一队转转,随手把工程情况拍个小视频发给雷伊鸣。

雷伊鸣说:"你好长时间没有来看我了。"刘秀青说:"太忙了。"雷伊鸣问:"是不是跟那个新朋友处得很好?"刘秀青这才陡然想起苗成林的生日快到了。

16

又过了一周,刘秀青的肋骨已经不那么痛了,她又开始去给苗成林辅导功课。俩人还是坐在河坡草地上,一边讲题、做题,一边放鹅。临回来时,苗成林发现草窝窝里有几只鹅蛋,她赶忙拾起,用衣兜兜了,说:"我后天过生日,奶奶说过生日时给我炒个鹅蛋。"

"你奶奶平时不给你炒鹅蛋吗?"

"不炒,要卖钱哩。"

"也不杀鹅给你吃喽?"

"不杀。过年才会杀一只。"

刘秀青说:"你别动,我给你拍个小视频。"她拍了苗成林家的鹅,几只鹅在草丛里吃草,几只鹅在河水里浮游。她又拍了苗成林家的鹅蛋,鹅蛋白中泛青,硕大,被苗成林小心翼翼地兜着。她给小视频取了个名字,就叫"苗成林家的鹅和蛋",下面再配一行小字:"鹅肉20元一斤,鹅蛋5元一个,欲购从速。"然后发了出去。

这天晚上,刘秀青的电话不停地响,来电纷纷询问,苗成林家的鹅还有吗?苗成林家的鹅蛋还有吗?刘秀青说,鹅只有十几只,鹅蛋有两百来个。立即就有人要买,20元一斤给我留两只,十一小长假开车去拿。有人说,鹅蛋我全要了。还有人说,可惜太少了,不然可以长期合作。一个小时不到,苗成林家的鹅和鹅蛋就全部给订购完了,大多数都给了预付款。

第二天是周六,刘秀青这天一大早就去街上买了一个生日蛋糕,还割了三斤猪肉、买了半只卤鸭,去了苗成林家。当蛋糕打开,蜡烛点上,刘秀青拍手给她唱"祝你生日快乐"时,苗成林突然用手臂擦起泪来,刘秀青万万没有想到,苗成林竟然是第一次得到生日蛋糕。苗成林奶奶也用衣襟擦起泪来,说刘村干真是菩萨。当刘秀青把卖鹅和鹅蛋的事告诉祖孙俩时,奶奶和苗成林又都开心地笑了。

受卖鹅之事的启发,刘秀青立即又做了两件事。

首先她鼓励苗大饱养鹅。

苗大饱还在跟着施工队干翻瓦的活,刘秀青找到苗大饱,他正站在树荫下偷懒,拿着草帽当扇子扇着风。他看到刘秀青有点不好意思,说:"我刚直起腰,水还没来得及喝哩。"

"你坚持干了十多天了,表现不错。"

苗大饱没想到刘秀青会表扬自己,嘿嘿笑了,伸出自己的手给刘秀青看,他那只小手的虎口上都打出血泡来了。刘秀青说:"我替苗成林卖鹅的事你听说了?你也养鹅怎么样?养鹅不费力。鹅吃草,不需要多少后续投资,只要勤快就行。"

苗大饱说:"好倒是好,就是鹅苗太贵,要十多块钱一只呢,我买不起。"

"我出钱,你出力,到时候鹅卖了钱,你还我本钱,其余的收益全算你的。可行?"

苗大饱还是有点犹豫:"万一、万一发鹅瘟,我不是白花了力气还欠下债务?"

刘秀青说:"我会联系兽医站一对一帮助你。如果真的出了'万一',本钱我不要。可行?"

"你,说话算数?"

"不信,我们就签个合同啊。"

"好。"

把苗大饱说动了心,刘秀青又要求他马上就开始养鹅,说现在养冬鹅,能赶上春节出栏。苗大饱说,现在养的话很快就没有草吃了。刘秀青说不怕,橘园那边你不是还有几亩山地吗?把橘树砍了,撒上青菜,种上油麦菜,不愁它们没吃的。刘秀青让他开始少养点,只养100只,他母亲可以帮忙照料,等到雏鹅可以放养时,还可以培养智障弟弟做帮手。先积累些经验,明年开春再开始大规模养。如果能上规模的话,政府另外还有扶持资金。

说干就干,趁着施工队在和平村,苗大饱请他们帮自己建了一个能圈500只鹅的鹅圈。建鹅圈的钱,是村委会帮助申请的无息贷款。刘秀青借给他2000块钱,买了鹅苗和谷子。他把自己山地里的橘树砍了,开始翻地种菜。董栀子一有空,也过去给他帮忙。

苗大饱的雏鹅捉回家之后,刘秀青去了一趟市区。一到市里,她就准备先去康复中心看望日夜思念的雷伊鸣。雷伊鸣现在说话已经能听懂了,只是还不够顺溜。每天的手机通话不能解思念之苦,刘秀青恨不得立即飞到他身边。

刘秀青出现在雷伊鸣病房门口时,雷伊鸣正坐在病床上专心致志地吃午饭。刘秀青站在病房门口静静地看着他,看见他用筷子搛了两根豆角送进了嘴里,又看他用筷子夹盘中的毛豆,毛豆滚了几次,像有意要逃跑似的,但最终还是被他夹住了,也顺利地送进了嘴里。刘秀青喜不自禁,笑道:"真棒啊,你都能拿筷子吃饭啦?"

雷伊鸣这才发现刘秀青来了,他丢下饭碗就要下地,被刘秀青按住了。但他执意要下地走几步给刘秀青看。他走得稳稳的,只是步子有点慢,好像每一步都在试探前面有没有危险似的。这种进步大大出乎刘秀青意料,她开心地抱住他,把脑袋朝他胸口蹭了蹭。

雷伊鸣迫不及待地想了解和平村的情况,刘秀青一五一十向他做了详细介绍。雷伊鸣自然也很开心,他说他真想马上就能出院,真想立即回到工作岗位上去。末了,他迟迟疑疑地又问:"你那个新朋友……"

刘秀青狡黠地一笑:"不告诉你。我今天就是为她来市里的,我想找电视台为她做一期节目。"

雷伊鸣脸上勉强扯出点笑意："原来你是顺便来看我的啊？"

刘秀青见雷伊鸣真的不开心了，心软了，忙伸手抚摸他的脸，柔声道："傻子，我天天都想回到你身边。"雷伊鸣这才松了一口气，伸出食指刮了一下她的鼻子。刘秀青怕雷伊鸣再误会，她舍不得让他难过，就把"那位朋友"的真实身份向他和盘托出。

"原来是苗成林那小丫头啊，我还以为是个小伙子。"雷伊鸣彻底放下心来。刘秀青说："我觉得她跟我少女时一样，受贫穷压迫，但很坚强。"雷伊鸣心痛地抚摸刘秀青的秀发，说自己要是早点认识刘秀青就好了，就能帮到她了。刘秀青说，她的苦难已经沉积为历史了，她要雷伊鸣和她一起帮助苗成林，帮助更多需要帮助的人。雷伊鸣用小手指钩住刘秀青的小手指，用大拇指按了一下刘秀青的大拇指，说没问题。

刘秀青说："我今天想去电视台，想让电视台为苗成林做一期节目，看看能不能借此让她得到更多人的资助。"

"这是个好主意，我陪你一道去电视台。"

去电视台后，事情比刘秀青想的还要顺利。当她把苗成林的故事跟电视台的一位主任一说，那位主任立即就被感动了。他说小小年纪，开着三轮车送爷爷看病，只这一点就能教育很多青少年，电视台正需要这样富有正能量的典型人物。

电视台做了一个策划，拍了苗成林一天的日常生活。她上学，她放学后开着三轮电动车送爷爷去医院，她赶着鹅去河滩吃草，她伏在草地上做作业，她简单的一日三餐……她生活的艰辛让人心酸，她自强自立又让人敬佩。节目一播出，社会爱心人士纷纷给她捐款。短短几天就收到了十几万元的捐助。刘秀青对苗成林的那颗担忧焦虑的心终于落地了。

17

和平村的"美好乡村"工程一结束,整个村容村貌发生了翻天覆地的变化。村村通道路修起来;太阳能路灯安上了;村民的房屋全都翻整过了,白墙红瓦焕然一新;文化广场古朴雅致,花草树木错落有致,乡村有了公园的韵味。这件事做成了,极大地鼓舞了刘秀青,也让她在和平村村委会树起了威信。

好事接踵而至。十一月初,和平村"颐养托老中心"正式挂牌运行,30多名回乡妇女培训完毕已经到岗,安全、保健等各种岗位都已配齐。首批接收来颐养的老人一共是25人,被分住到12个家庭中。村部的座机每天都要被打爆了,咨询或报名的电话一个接一个。看情形,一队的资源很难满足市场需求,村委会决定,立即在二队、三队开辟"园地",组织第二批、第三批妇女去培训。

和平村的变化发展,让刘秀青惦念起了她的故乡十三冲,那块生她养她的热土如今仍然贫瘠着哩,她更希望那里的父老乡亲早一天过上好日子啊。

抽了个空,刘秀青回了一趟故乡十三冲。她回到她的家,只在屋外看了看,就到竹溪边,用玻璃杯装了一杯竹溪水,她要把这水送到市里进行化验,这种清冽带甜的水,一直让刘秀青觉得有开发前景。然后她就去了二图哥刘得福家。

村庄很冷清,像被遗忘了的那种冷清。一路上都没有遇到行人,二图家的门也锁着。刘秀青估计他到地里干活去了,她知道他的山地在哪,寻过去时,远远就看见二图两口子正撅着屁股挖地翻土。

"二图哥,艾子嫂!"她叫了一声哥和嫂,两口子转身发现是刘秀青,立即扔掉锄头从坡上跑下来。"你这丫头,真是气死人,要回来怎么也不提前说一声?"二图见了面就埋怨,脸上的褶子里却全都夹着笑。

他们一边领她往家走,一边不停地问:"青,你妈身体还好吧?""毕业了吧,分到哪个学校啦?""谈男朋友了没?"刘秀青一一作答。当他们听说刘秀青没有去当老师,而是做了村干,艾子嫂替她惋惜,说:"女孩子做老师多好,又清闲又体面。"

二图骂他老婆:"你晓得个屁,当老师有什么前途?你以为当村干就永远当村干啦?青说不定将来能够当镇长。"

刘秀青被他逗笑了,说:"在哪个岗位工作都一样,都要想法把事情做好。"她又说,"我这次回来就是想把哥和嫂子接到我工作的和平村走一走,看一看。"

二图说:"等你成家了,我们作为娘家人,肯定是要过去给你压压场子的,现在冇空,要翻地种丹皮呢。"

刘秀青问种什么丹皮?二图就仔细给刘秀青说了,说是一种中药材。春天时他去大山里帮朋友收旧物件,看见那里都种了丹皮,好家伙,花开得漫山遍野,白的粉的,开得那叫好看,当地人也叫它们牡丹花。花不值钱,但花结的籽值钱,根晒干了价格卖得也高。

刘秀青问:"什么时候种呢?"

"冬季种,头年十一月到来年正月种都可以。"

"那就不急着翻地,你跟我去一趟和平村,回家后说不定还能有其他发家致富的想法。"

"和平村搞了啥名堂?你给说说呗。"

刘秀青觉得她说的效果肯定没有二图哥到现场看的好,让他去和平村好好立体地感受一下,才能对他有最大的触动。她执意要带他到和平村,二图拗不过她,在和平村背着双手走了一趟,临走时悄悄跟刘秀青说:"青啊,你还是回到我们十三冲吧,跟上面领导请求一下!"刘秀青笑而不答,二图立即就变了脸:"你这丫头真是气死人,给别人干得一身劲,给自己家干却不愿意。"

刘秀青扑哧笑了:"不是我不愿意,是调动没有那么容易。哥你回去先干,我经常回家给你出出点子,可中?"

"这还差不多。那我回去先想想?"

"嗯。"刘秀青朝二图重重地点了点头。

不久,竹溪的水化验结果出来了,此水不仅含有丰富的矿物质和微量元素以及植物的半乳糖,是优质的可饮用水。刘秀青拿到化验报告欣喜若狂,胁下仿佛要生出两只翅膀来,恨不得立即飞到二图哥那里,又恨不得马上飞到雷伊鸣身边,但理智让她做出了应有的选择,她立即打电话叫许文赶快出来,她在银行对面的稻香村茶楼等。

许文说:"在上班呢,你在茶楼坐一个小时,我中午下班就过去。"

"不行,马上,立即。你快点请假。"刘秀青嚷道。

许文不知道出了什么事,火急火燎地请同事代班,慌慌张张地奔进了"稻香村"。刘秀青见她进来,立即抱住她的肩膀跳了起来:"有喜事,有好事!"刘秀青语无伦次。

许文被她的情绪感染,也笑了起来:"是雷伊鸣完全恢复了?你们要结婚了?"

"不是,不是,你看!"刘秀青把茶桌上的化验报告拿给许文看,许文匆忙扫了几眼,却没有看出个所以然,着急地说:"你说吧,到底怎么回事?"

刘秀青笑着说:"这是我们竹溪水的化验报告,你看,'含有丰富的矿物质和微量元素以及植物的半乳糖,是优质的可饮用水',我们竹溪的水可以做成矿泉水。"

许文突然明白了:"是想叫我爸去投资建厂?"

"嗯,嗯,就是这个意思。你以前给过我承诺,你忘了?"

"那叫什么承诺?那叫设想。"许文开心起来,"还是我有远见吧?今天中午,要不要我陪你来个一醉方休?"

"不要不要,我还得去看看雷伊鸣,我还得告诉二图哥。下午我还要回和平村。"刘秀青开心地说。

许文看见刘秀青匆忙的背影满意地笑了。雷伊鸣见刘秀青在他病房还没有待到五分钟就要走,心里老大不高兴。他担心刘秀青成了工作狂,心里慢慢没有了他。

这年元旦前,已经出院在家休养的雷伊鸣向刘秀青催婚,他说父母急着抱孙子,要他们元旦结婚。

刘秀青在电话中回复他:"忙得脚不沾地呢,哪有工夫结婚?等等吧。"

她现在确实太忙了,橘园已经翻耕过,她准备搞一个千亩牡丹皮园(丹皮是牡丹的一种),不仅要收获经济作物,还要开发乡村旅游业。平原上的那些农田,正在跟大户商量搞"稻虾共养"。十三冲那边,矿泉水厂正在建设,她少不得要时常回去帮二图哥筹划筹划,哪有工夫结婚呢?

"你告诉我,要等到什么时候?"雷伊鸣锲而不舍。

刘秀青想了想,说:"后年春天吧。那时,和平村漫山遍野应该开满了牡丹花。我要在那片牡丹花里举行婚礼!"